시지프의 운명

김정남 평론집

새미

문학이란 것은 소명이 아니라, 당신에게 분명히 말해 두고 싶습니다만, 일종의 저주입니다. 언제부터 이것이, 이 저주가 느껴지기 시작하지요? 일찍부터, 엄청나게 일찍부터지요. 아직도 의당 하느님과 세상 사람들과 더불어 평화로운 화해 속에서 살아야 할 그런 시기에 벌써 이 저주가 찾아옵니다.

—Thomas Mann, 『토니오 크뢰거』』

세상이 어두워짐으로 인해 극단적으로 어두워진 예술의 비합리성은 합리적인 의미를 지닌다. 억압된 것을 집중화함으로써 예술은 억압원리, 즉 구제받을 수 없는 세계의 조건을 내면화한다. 예술은 억압원칙에 헛되이 저항하는 대신 이러한 조건을 동일시하고 표현함으로써 그 극복을 이야기한다.

—Theodor W. Adorno, 『미학이론』』

시지프의 운명

　이 책은 멀티미디어 시대라는 매체환경과 대중문화를 중심으로 한 문화산업의 확산이라는 문화적 환경에 대항하는 문학의 고투와 관련된 글들로 이루어진다. 개인적으로는 2002년 『현대문학』으로 등단한 이후, 국내 주요 문예지와 학술지에 발표한 글들을 모든 것이다. 문자적 상상력에 기반한 전통적인 문학은 대중의 이목을 마비시키는 현란한 멀티미디어의 광휘에 향유층을 잃어가고, 포스트모더니즘의 이론을 바탕으로 한 대중문화론은 문학의 정전으로서의 지위를 무력화시키고 있다. 이러한 현실을 앞에 두고, 근대문학이 개척해 온 문학의 사회적 존재가치를 잃지 않으려는 노력은 창작자에게도 비평가에게도 힘겹고 고독한 일이다.

　이 책의 제목을 『시지프의 운명』이라고 붙인 것도 이러한 맥락과 관련된다. 신을 속인 죄로 산정山頂으로 끊임없이 바위를 올려놓아야 하는 영겁의 형벌을 받은 시지프. 그에게 가해진 형벌이 끔찍한 것은 육체적 고통에 있는 것이 아니라 그 행위가 목적이 없는 도로徒勞이기 때문이다. 그러나 이 운명은 무의미한 반복적 행위에 대한 자각이 있을 때만 비극적이다. 카뮈는 시지프의 삶에서 신에 대한 저항과 부조리성에 대한 자각, 더 나아가 실존에 대한 주체적 의식을 발견한다. '행복한 시지프'가 바로 그것이다. 스스로의 운명의 굴레를 자각하고 바위를 산정에 올려놓는 순간에 기쁨을 느끼며 자신의 삶에 가해진 벌에서 행복을 찾는다. '근대문학의 종말'을 고하는 이 시대에, 자꾸만 떨어져 내리는 바윗덩어리를 산정에 올려놓는 시지프의 운명에서 우리 시대 문학의 힘겨운 모습을 발견한다. 시지프가 자신의 실존을 깨닫고 부조리성에 저항하듯이, 우리 시대 문학에 대해서도 이러한 자각이 필요하다.

문학이 윤리적·지적 과제를 행사하던 시대는 끝났는가? 문학에서 이러한 과제를 제거하면 오락만이 남겠지만, 요즘 인기를 끌고 있는 환타지 소설이나 팬픽FanFic이 문학의 현주소이고 귀착점일 수는 없다. 또한 문화산업의 논리 아래, 문학이 영화나 각종 디지털 콘텐츠에 반자재를 공급하는 1차산업으로 취급될 수는 없다. 문제는 이러한 문화콘텐츠 논리에 재빠르게 편승하거나 문화산업의 음험한 지배력에 대하여 방관적인 자세를 취하는 데 있다. 한편, 인터넷 공간에서 행해진 하이퍼텍스트 문학실험이 문학적 성취에 있어서도, 대중적인 호응에 있어서도 실패할 수밖에 없었던 원인은 디지털 매체를 순수한 문자라는 매질로 구성했기 때문이다. 이러한 기획의 의도와 과정상의 의의를 무시할 수 없지만, 인터넷 공간에서 문자만으로 구현되는 소통의 방식은 멀티미디어의 현란함으로부터 네티즌의 시선을 돌리는 데 성공하지 못했다.

문학의 경쟁 상대가 TV·비디오·컴퓨터라면 이에 대한 문학적 대응력은 패배로만 이어질 수 없다. 물론 문학의 제도적 위상이 영상 미디어의 발호에 의하여 위축된 것은 사실이지만, 문학은 지금도 미디어 사회의 음험한 지배권 속에서 왜곡되고 마멸되어 가는 인간 존재의 실상을 조명하고 있다. 문학은 직접적인 매체경쟁을 피하고 그 대신 미디어에 의해서 왜곡되어 가는 현실의 모습을 언어적으로 재현하거나 미디어의 기술적 특성을 수용하면서 미디어와 미디어 사회를 비판하는 우회로를 선택한다. 문자적 상상력에 기반한 전통적 문학은 헛되게 지출되는 직접적인 매체경쟁을 요구하지 않는다. 여기서 문학은 사회와의 협화음보다는 불협화음으로 생명을 부지한다는 아도르노의 말을 상기해볼 필요가 있다. 멀티미디어 시대에 문학이 가지는 사회적 길항력은 바로 문자적·심미적·인문학적 상상력이라는 문학의 본령에 있다.

영화나 애니메이션과 같은 문화산업에서는 대박이라는 말이 있을 수 있지만, 문화의 영역을 산업적 가치로만 받아들이는 최근의 경향을 바라보면, 문화의 영역에 교환가치가 깊숙이 스며들어 왔음을 알게 된다. 판타지 소설『해리포터』의 전세계적인 판매량이 연간 우리나라 자동차 수출의 몇 배가 된다는 식의 경제논리는 문화의 영역에서 퇴출되어야 한다. 국가경제의 경쟁력을 신장시키기 위하여 글을 쓰는 사람은 없을 것이기 때문이다. 이 시대에 제대로 된 문학을 하기 위해서는 작가나 연구자 모두 우리 시대 문화에 대한 스스로의 자각이 필요할 것이다. 이 시대에도 스스로의 고립을 자초하며 문학이라는 시지프의 바위를 힘껏 올려놓는 글쟁이는 있다. 이들은 우리 시대 문학판에서 실존을 자각한 자들이며, 따라서 이들은 행복한 시지프이다.

나도 글을 쓰면서 행복한 시지프여야 한다고 생각한다. 때로는 문학뿐만 아니라, 全運命의 집채만한 바윗덩어리를 짊어지고 언덕을 오르고 있음을 느낀다. 매순간 두렵고 질기게 달라붙는 천한 운명 때문에 고통받고 있지만, 스스로 깨어있기에 나는 행복하게 살고 있다. 부디, 나의 이 책이 이 시대에 문학을 함께 하고 있는 사람들에게 깊은 공감을 얻게 되기를 바란다.

을유년 여름, 폭염 속에서
저자 씀

제1부

문학의 본질

이청준 소설에 나타난 예술관
—문화산업시대, 이청준 소설이 던지는 의미

1. 이청준의 장인 계보 소설

　문화 예술의 지형도가 문화 산업이라는 큰 틀 속에 새롭게 재편되는 후기 산업사회에서 이청준 소설에 나타난 예술의 모습을 조명하는 일은 보기에 따라서 시대착오적이라는 오해를 불러올 수 있다. 왜냐하면 그의 소설에서 자신의 직업이나 작품 활동을 통해서 藝[1]의 경지를 추구하는 인물들은 모두 시대적 효용을 상실한 전통적인 직업 종사자이거나 산업 사회에서 예술이 갖는 문화자본으로서의 기능과는 별개로 예술 그 자체의 본래적 의미와 이상을 추구하는 예술가의 모습이 형상화되기 때문이다. 이러한 작품으로 「줄광대」(원제:「줄」)(1966), 「과녁」(1967), 「매잡이」(1968), 「불 머금은 항아리」(1977), 「시간의 문」(1982), 「지관의 소」(1990)를 들 수 있다. 이 작품들은 소위 '장인匠人 계보 소설'로 지칭되는데, 인물들의 직업이나 작품 활동은 단순한 생계수단이나 여기餘技가 아니라, 藝의 지평으로 이상화되어 나타난다. 「줄광대」의 줄광대, 「과녁」의 궁사, 「매잡이」의 매잡이, 「불 머금은 항아리」의 도공, 「시간의 문」의 사진작가, 「지관의 소」의 화가가 이청준 소설에서 그리고 있는 장인들의 초상이다.

　이청준의 장인 계보 소설은 기존의 연구에서는 예술가의 삶 속에서 빚어지는 치열한 갈등과 진정한 예술을 향한 갈망을 형상화한 '예술가

---

1) 본고에서 사용한 '藝'는 협의의 '예술'이 아니라 '줄광대', '궁사', '매잡이', '도공'과 같은 직업으로서의 ars(匠)의 범주와 '사진작가', '화가'와 같은 art(藝)의 범주를 포괄하는 개념이다. ars는 전적으로 전문화된 기술 양식이었다. 그러한 ars에 미적 의미를 부여하여 art의 개념을 갖게 된 것이다. 요컨대, 藝의 의미는「art」∋ {ars, aesthetic}의 형태로 도식화할 수 있다. (윤재근, 『문예미학』, 고려원, 1984, 54쪽.)

소설'Künstlerroman로 범주화되었다. 이러한 연구는 이청준 소설에 국한한 경우와 외국 작품과의 비교문학적 접근을 수행한 경우가 있는데, 이들 연구는 예술가의 의식을 탐구하는 데 있어 한 두 작품에 국한되거나 혹은 소박한 예술론의 한계를 벗어나지 못했다. 이에 필자는 이청준 소설에 나타난 예술관을 미학과 예술철학의 관점에서 세밀하게 접근해야 할 필요성을 강조하면서, 이러한 작업을 통해서 도출된 예술관이 과연 이 시대의 예술에 어떠한 시사점을 던지고 있는가 하는 점까지 논의를 확장하고자 한다.

아도르노T. W. Adorno의 말대로 예술 작품은 교환에 의해 더 이상 손상되지 않은 사물들의 대변인이다.[2] 그러나 현재 문화산업이 낳은 문화 컨텐츠의 논리는 예술이 테크놀로지와 결합되어 문화상품의 형태로 교환되는 양상을 나타낸다. 또한 예술가는 더 이상 장인이 아니라 문화 컨텐츠 제공자로 그 위상이 변화되는 양상을 보인다. 이러한 현재의 문화적 상황 속에서 예술이 지니는 본원적인 가치는 점점 퇴색되어가고 있는 형편이다. 본고에서 이청준의 장인 계보 소설에 주목하는 이유는 이 작품들이 문화 산업의 논리에 훼손되지 않은 예술 그 자체의 본질을 탐구하고 있기 때문이다.

2. 예술창작과정의 제문제

2.1. 대상에 있어 추상과 현실의 문제

예술창작에 있어 대상object[3]은 창작 주체인 예술가의 미적 관심

---

2) T. W. Adorno, 홍승용 옮김, 『미학이론』, 문학과지성사, 1997, 352쪽.
3) 본고에서 object의 개념을 사용한 것은 「시간의 문」에 등장하는 사진 예술의 경우를 설명하기 위해서이다. 일반적으로 예술작품에 있어 표현 대상으로서의 소재를 보통 제재(題材, subject matter)라고 하는데 이는 물리적 대상, 자연현상, 역사적 사건, 관념이나 정서 등을 모두 포함한다.(한용환, 『소설학사전』, 고려원, 1992, 259쪽.) 그런데,

Aesthetic interest에 포착되는 사물이나 사건을 의미한다. 따라서 예술가에게 미적 관심을 유발한 대상을 통해서 한 예술가의 미적 태도와 예술관을 가늠할 수도 있을 것이다. 여기서 미적 태도는 '그것이 어떤 대상이든 간에 인지의 대상'any object of awareness whatever[4]에 대해서 취해질 수 있는데, 여기서 논의하고자 하는 것은 1차적으로 그 대상에 대한 문제이다.

이청준의 「시간의 문」은 어느 사진작가의 창작방법에 대한 치열한 고민과 좌절의 모습을 그리고 있다. 이 작품은 사진작가 '유종열'의 유작 사진전을 전해들은 신문사 후배 기자인 '나'가 전시회에 다녀오기까지의 현재 이야기와 '유종열'의 예술적 변모양상과 그의 실종에 관한 과거의 이야기가 교차되는 이중의 플롯으로 짜여져 있다. 이 작품 속에서 '나'는 '유종열'과 강원도의 한 광산촌 사고 취재에 동행한 것을 계기로 가까워지는데, 결국 이러한 과정에서 '나'는 '유종열'과 직장 선후배의 관계라기보다는 사진 예술에 대한 의견을 기탄없이 주고받는 동반자의 관계가 되며, 생전의 '유종열'의 예술적 고민과 갈등을 증언하는 서술자의 역할을 맡고 있다. 다음의 인용문은 '유종열'의 사진 예술에 대하여 '나'가 비판을 가하는 부분이다. 이 부분은 예술창작에 있어 대상의 문제에 입각하여 볼 때, 예술창작의 방법과 실천의 문제를 논의하고 있는 것이라고 볼 수 있다.

"저 거리를 좀 나가보아요"
내가 아직 유 선배와 하숙을 함께 하고 있던 시절, 그게 내가 유 선배를 몰아세우며 자주 지껄여댄 힐난의 소리였다.

본고에서 subject matter가 아닌 object의 용어를 사용한 것은 사진 예술에 있어 피사체는 작품 안에서 추출된 소재라기보다는 독립된 외부 세계로서의 대상이고, 사진을 찍는 행위는 이러한 대상을 포착하는 것이기 때문이다.
4) Jerome Stolnitz, 오병남 옮김, 『미학과 비평철학』, 이론과실천, 1991, 42쪽.

"사람들과 몸을 부딪치며 함께 길거리를 걸어보세요. 서로 발들을 밟고 밟히면서 사람들이 들이마시는 공기를 함께 들이마시면서 말입니다……"
(중략)
유종열이란 위인의 가슴속엔 그런 사람이 없는 거처럼 보였다. 그의 자신들은 사람들이나 사람의 일에 초점을 맞추는 일이 거의 없었다. 사람의 삶이나 삶의 자취들 대신, 그는 나무와 산을 찍고 강과 바다와 하늘을 찍고 때로는 구름과 바람과 바위를 찍었다. 그의 사진에선 이 시대의 사람들과 삶의 흔적이 깡그리 사라져가고 있었다. 남은 것은 오직 지극히 추상적인 시간에의 동경과 그것에 대한 예감같은 것뿐이었다.

(시간의 문, 191쪽)[5]

위의 인용문에서 '유종열'에 대한 '나'의 힐난의 요지는 사람들이나 사람의 일에 초점을 맞추지 않는 그의 사진 예술에 대하여 시대와 인간의 문제에 주목할 것을 요구하는 것에 있다. '유종열'의 사진 예술에 있어 대상은 삶의 자취보다는 나무, 산, 강, 바위, 하늘, 구름 바위와 같이 인간의 삶의 흔적이 모두 사라진 추상적인 사물에 있다. 그는 현재의 시간대에서 자신의 소재를 지워버리고 추상적인 시간에 대한 동경으로 나아간다. 여기서 말하는 추상적 시간이란 다름 아닌 현재의 삶이 모두 소거된 미래의 시간이다. 이러한 미래의 시간에 대한 동경과 그의 예술적 실험은 현재의 시점에서 본다면 '유종열' 자신의 '자기 실종의 황홀한 욕망'(193쪽)의 대행행위인 셈이다.

"허 형은 이 그림에서 뭔가 흐름이 그치지 않는 시간의 소리 같은 게 들리지 않소?"
(중략)
"글쎄요. 전 별로 들리는 게 없는데요. 들리는 게 있다면 무슨 몽유병을

본고의 텍스트는 이청준,『시간의 문』, 열림원, 2000에 수록된 중·단편을 대상으로 하며, 인용문의 출전은 인용문 말미의 괄호 속에 작품명과 해당페이지 순으로 적기로 한다.

앓고 있는 병든 시간의 잠꼬대 같은 소리나……."

나는 부러 뒤틀린 소리로 유 선배의 기대를 빗나갔다. 그리고 그것을 발단
으로 유 선배와 나 사이에 한 동안 그 버릇이 되다시피 한 말싸움이 계속됐
다.

"또 첫마디부터 비웃으려 드는군. 하기야 허 형한테는 사회부 기자의 귀밖
엔 없으니까. 그걸 알면서 물은 내가 잘못이지.

유 선배가 곧 반격을 해왔다.

"물고 뜯고 아우성치는 사람의 목소리. 허 형은 그런 거나 들을 줄 알았지.
시간의 소리 같은 건 들을 귀가 없는 사람이거든."

(중략)

"그런데 유 선배님은 그 허깨비 같은 소리에 귀가 홀려 사람의 소리를
듣는 귀는 그렇게 못마땅해지고 마신 겁니까."

"사람의 소리를 듣는 걸 허물하려는 게 아니오. 살아움직이는 것들은 그
시간과 함께 죽음으로 지나가 버리기 쉽다는 것뿐이지. 그러니 그 순간의
소리에만 너무들 깊이 매달리지 말고 좀더 먼 시간의 소리에도 귀를 기울
여보라구 말이오."

(시간의 문, 195-196쪽)

위에서 '유종열'은 자신의 사진에서 그려지는 시간의 의미를 모르는
'나'에게 사회부 기자의 눈밖에 없다고 말하고 있고, '나'는 '유종열'에게
허깨비 같은 소리에 귀가 홀려 있어 사람의 소리를 듣지 못하고 있다고
맞대응을 하고 있다. 더 나아가 '나'는 '유종열'에게 현실을 외면하고
미래만을 지나치게 신봉하는 건 일종의 미망이나 망상이라고 비판하고,
'유종열'은 '나'에게 자신의 사진에서 사람의 모습을 기피하는 것은 사실
이지만 거기서 사람의 시간을 지우기 위해서가 아니라 절망을 지우고
싶어한 때문이라고 진술하기에 이른다.

이것은 일종의 '선택'의 문제로 귀결된다. 선택이란 주관적 관념과 의
지의 표현이다. 선택이 되는 것은 사람마다 색이 다른 안경을 쓰고 있기
때문이다. 이 안경이 소위 패러다임paradigm이라는 것으로 이것에 의해

서 사물은 각기 다른 색으로 인식된다.6) 여기서 추상적인 사물을 찍는 사진작가 '유종열'과 이것에 대해서 현실을 외면하는 것이라고 비판하는 '나'의 견해는 피사체에 대한 주관적 통제 행위로서의 '선택'에 대한 가치 판단의 차이라고 할 수 있다.

이러한 예술창작에 있어 부딪치게 되는 미적 관심의 대상에 대한 문제는 곧 예술의 존재에 대한 근본적인 문제제기이다. "창작행위는 누구를 위한 것인가. 사진은 작가를 위한 예술로서 끝나는 것인가. 작가의 창작 욕구가 세계를 자기화함으로써 성취되었다면, 그렇게 얻어진 작품은 피사체인 그 세계에게는 어떤 의미를 줄 수 있을까."7)하는 문제와 연관된다. 이 작품에서 사진 예술은 '유종열' 개인이 느끼는 현실적인 고통을 망각하기 위한 대행행위에 불과하다. 그러나 예술이 이러한 자기 실종의 욕망이라는 개인의 욕망의 발현이라면 예술의 사회적 의미는 존재의미를 가지지 못한다. 이는 예술 행위의 사회적 기능 혹은 가치라는 측면은 반드시 피할 수 없는 문제인 것이다.

하지만, 이러한 예술의 사회적 기능을 지나치게 강조하게 되었을 때 예술가의 억압이 발생할 수 있다. 더욱이 이념적 갈등이나 전쟁 혹은 파시즘 등에 의해서 고통을 당하는 시대일 경우, 예술가들은 이러한 사회적 삶을 어떤 방식으로 든 형상화해야 한다는 중압감에 시달리게 된다. 극단적으로 말해서 사회적 사실을 전형성에 입각해 현상을 총체적으로 드러내지 않으면 우편향적이거나 반동적인 예술로 매도될 수 있다. 이러한 사회적 압력은 예술가의 자기 검열이라는 억압을 낳게 한다. 한국의 80년대 리얼리즘도 단순한 목적지향성을 내재한 실천 개념으로 수많은 예술을 이분법적으로 재단한 것이 사실이다.8) 이 작품에서 '유종열'은

---

6) 한정식, 『사진예술개론』열화당 미술선서 52, 열화당, 1986, 207-208쪽.
7) 현길언, 「소설 읽기와 인물 이해」—이청준의 「시간의 문」에 나타난 예술가 초상—, 『소설은 어떻게 읽을 것인가』, 나남출판, 1997, 46-47쪽.
8) 심지어 문예사조를 쓰는 입장에서도 '리얼리즘'은 목적지향적 실천개념이 지나치게

현재의 자신의 절망을 지우기 위해서 미래의 시간을 동경하며 사람의 숨결이 사라진 추상적인 대상만을 피사체로 삼았지만, 이러한 예술 행위에 대한 '나'의 비판은 예술가가 경험하게 되는 사회적 압력으로 해석할 수도 있다.

2.2. 예술창작의 현재성과 미래성

이 작품에서 '유종열'이 미래의 시간을 추구하는 데에는 그만의 독특한 창작 방법에 기인한다. 그는 사진을 찍은 날짜와는 상관없이 무작위적으로 아무 필름이나 손에 닿는 대로 현상에 들어갔고 현상된 필름을 인화해 내는 것이다. 다시 말하면 사진은 촬영을 한 날과는 상관없이 그것을 현상하고 인화해낸 날짜 위로 새로운 시간이 배열되는 것이다. 또한 인화 후 일종의 소급일기 형식의 메모를 통해서 지난날의 정황과 느낌을 인화한 당일의 것으로 현재화시킨다. 그는 사진 작업을 통해서 과거를 현재화하고 있는 것이다. 역으로 그는 사진의 과거 속에서 현실을 살고 있는 것이라고 말할 수 있다. 이에 '나'는 '유종열'의 사진 작업이 갖는 시간의 역설에 대하여 '카메라 렌즈는 바로 그 현재라는 시간대와 직면하는 순간에서 작업이 이루어지는 것'(185쪽)이라는 반론을 제기한다. 즉, 찰나의 포착이라는 사진의 순간적 의미를 말하고 있는 것이다. 그러나 '유종열'은 이러한 '나'의 문제제기에 대하여 사진의 미래적 의미를 제기한다.

> "내가 사진 찍는 일을 생각해 보세요 난 내가 찍는 사진을 당시로선 아무것도 해석을 하려 하지 않아요. 다만 사진을 찍는 것뿐이지요. 해석은 훨씬 나중의 일이에요. 사진들은 나중에 인화가 될 때 비로소 내 해석을 얻게

강조되는 경향을 드러낸다. 염무웅은 리얼리즘에 대해서 '우리는 이 시대 문학의 풍요와 건강을 전취하는 과정에서 우리 스스로 리얼리즘의 개념의 심화에 커다란 역할을 맡으리라는 결의와 희망에 입각해서 이 말을 해야한다'(염무웅, 「리얼리즘」, 이선영 편, 『문예사조사』, 민음사, 1986, 90쪽.)고 규정하고 있을 정도다.

되고 현실의 의미도 지니게 된단 말입니다. 그렇다면 내가 그 사진을 찍은 일은 무엇이 됩니까. 나는 오히려 미래의 시간대를 찍고 있는 거지요 그리고 그때의 내 시간은 미래의 이름으로 살아지고 있는 셈이구요."

(시간의 문, 186쪽)

위에서 '유종열'은 사진을 찍는 것은 '행위 자체'이고 인화하는 것은 '행위의 해석'이기 때문에 사진 예술은 근본적으로 미래적인 의미를 가질 수밖에 없다는 것을 말하고 있다. 즉 행위의 의미는 해석이 행해지는 미래의 현실에 속하는 것이기 때문에 미래를 찍는 것이 된다는 논리이다. 이것은 사진 예술에서 '카메라'라는 매체적 속성에 기인하는데, 이러한 매체적 속성은 현재의 존재를 모두 지워버리려는 '유종열'의 욕망과 통하게 된다.

그러나 사진의 미래성을 강조하는 '유종열'의 사진 예술은 그의 사진에서 사람의 모습이 나타나기 시작하면서 변모하기 시작한다. 이러한 변화에는 두 가지 계기가 있는데, '정성희'란 여인과의 결혼 생활과 월남전 취재가 그것이다. '정성희'라는 여인과의 생활은 그에겐 '새로운 인간에의 해후'(204쪽)였고, 월남전 취재는 전쟁이라는 '생생한 비극의 초상'(204쪽)의 발견이었기 때문에 가능한 것이었다. 그리고 다시 한 번의 동남아 취재 여행에서 동남아 일대 해상을 떠도는 월남 난민의 피난선을 목격하고 그것들을 찍은 사진들 아래엔 한 장 한 장마다 모두 촬영 장소와 날짜·시각들이 밝혀져 있었다. 즉, 우방국에서마저 받아들여지지 않고 망망대해를 떠도는 '보트 피플'boat people을 보고, 그는 정확한 현실의 시간적 질서를 회복하고 있는 것이다. 추상 속을 헤매던 그의 시간대가 현실의 것으로 되돌아오고 있는 증거인 것이다.

하지만, '유종열'의 사진이 현실의 시간적 질서를 회복하고 있다고 할지라도, '나'는 그의 사진 속에 나타나는 절망적인 시간 속에는 '미래의 구원'(212쪽)이 없음을 인식하고 그의 사진 예술에 또 다른 의문을 제기한다. 즉, 절망의 시간을 자신의 미래로 흐르게 할 '구원의 빛'이 없기 때문이다. 여기서 '나'의 주장은 예술이 현재의 모순과 비극성을 드러내는 것뿐만 아니라 인간 구원이라는 미래적 의미를 담보해 내야 한다는 것이다.

이상의 논의를 예술 일반의 차원으로 보편화시켜 보자. 예술은 창작 주체인 예술가의 세계와 인간에 대한 해석의 의미를 전달한다. 이것은 창작 행위를 통해서 현재화되는데, 그 해석은 언제나 미래를 향해서 열려 있게 된다. 창작 주체의 창작 행위도 시간의 미래성 위에 과정으로 존재하며, 그 결과물인 예술품도 시간의 정지라기보다는 끊임없는 해석의 시간 위에 지연된다. 이것은 인화 과정을 거쳐야만 하는 사진 예술의 시간적 특수성에 기인하기도 하지만 예술 일반의 문제로 확대가 가능하다. 그런데 이러한 예술의 미래성도 현실에 대한 분명한 인식에 기반해야 한다. 이것이 예술의 현재성이라면, 이것은 또 미래의 시간이라는 전망으로 이어져야 한다는 것으로 이해할 수 있다.

2.3. 예술행위와 대상의 거리距離

'유종열'은 그의 사진 예술에서 찍는 주체자와 피사체로서의 대상과의 거리를 인식하고 다시금 절망하게 된다. 그의 창작 행위가 인간의 숨결이 사라진 자연물을 대상으로 하다가 월남전이라는 전쟁을 체험하고 나서 비로소 사람의 얼굴이 등장하기 시작하고 '유아가 소년으로 소년이 다시 청년과 장년과 노인의 그것으로, 또는 남자와 여자와 자식들과 배부른 자, 배고픈 자, 병든 자와 건강한 자, 노는 자와 일하는 자, 웃는 자와 우는 자'(208쪽) 등의 사람들의 삶의 절망과 희망의 이야기로 채워진다. 그러나 사람을 찍어도 사진의 사람들은 언제나 저쪽이고 나는 이쪽이라는 절망을 하게 되는 것이다.

사람을 찍는다 해도 역시 대상과 렌즈 사이의 공간의 방해로 사진의 시간이 죽어버린다는 것이었다. 사람을 찍거나 무엇을 찍거나 그가 거기서 찍어내는 것은 죽어 굳어진 시간뿐이라 하였다. 살아 흐르는 시간을 찍기 위해선 거리와 공간을 제거해야 하는데, 그 방법이 찾아지질 않는다 하였다.

(시간의 문, 209쪽)

사진을 찍는 사람과 대상 사이의 거리를 '유종열'은 '공간의 벽'(219쪽)이라고 명명하고 있고, 그 공간의 두꺼운 벽 때문에 대상의 시간은 렌즈가 열리고 닫히는 순간에 늘 순간적으로 정지해 버린다. 이것은 어쩔 수 없는 카메라의 숙명인 것이다. 그런데, 이러한 한계는 비단 사진 예술만의 문제가 아니라 예술 일반의 한계라도 볼 수 있다. 이 작품에서 이러한 예술 행위와 대상의 거리는 어떻게 극복되고 있는가? 그 공간의 벽을 뛰어넘어 자신도 그 대상과 함께 미래의 시간으로 흐르는 것은 무엇으로 가능한 것인가?

사진의 화면은 사방이 바다다. 해무로 어슴푸레해진 바다 저편에 난민선으로 보이는 배가 한 척 떠 있고, 화면의 중간쯤엔 한 사내가 그 난민선을 향해 방금 작은 보트를 저어가는 중이다.
(중략)
"이거 혹시 유 선배의 모습이 아닙니까. 그것도 그 난민선을 찾아다니는 바다 위에서의……."
나는 차라리 한 번 더 여자의 도움을 구하는 게 빠를 것 같았다. 그래 눈길을 여자 쪽으로 옮기며 자신 없는 목소리로 확인을 구한다.
"맞아요. 그건 유종열 씨예요."
(중략)
"그는 그냥 그렇게 사라져간 거예요. 이게 그의 마지막 모습이니까요."
(시간의 문, 223-224쪽)

이 사진은 그가 마지막으로 얻어 탔던 배의 일본인 선장이 필름과 편지를 함께 동봉한 것이다. 일본인 선장은 편지에서 '유종열'의 불행한 사고에 대해서 증언하고 있는데, 그가 혼자 보트를 저어 난민선으로 갔으며 그것이 자신이 아는 유 선생의 마지막 모습이었음을 밝히고 있다. 선장은 편지에서 그는 불의의 사고로 죽은 것이 아니라 자기 스스로의 결단에 의하여 난민선에로의 양심과 행동의 결사적인 항해를 떠난 것임을 분명히 하고 있다.

이 사진과 편지의 내용으로 보아 그는 주체와 피사체인 대상과의 거리를 극복하기 위하여 스스로 대상에게 다가간 것이다. '나'의 말에 의하면 '유종열'은 스스로의 배반과 절망을 통하여 비로소 그 미래에로의 시간의 항해를 시작한 것이다. 물론 여기서 미래의 시간이란 혼자만의 시간이 아니라 우리 모두가 함께 살아내야 할 공유의 시간이다. 그러나 예술은 그러한 구원의 몫을 감당하지 못하기 때문에 주체와 대상이 하나가 되는 길은 난민들의 일을 생생하게 사진으로 담아내는 것이 아니라 그들을 구조하는 일임을 알게 된다.[9] 그가 난민선으로 다가간 것은 그가 그토록 절망했던 주체와 대상 간의 거리를 소멸시키기 위한 결단이었지만, 그것은 죽음을 대가로 해서 이룬 것이다. 그러기에 미망인 여자는 실상 제 부질없는 허풍이고 그저 한 번 그렇게 꿈을 꾸어본 것뿐이며, 그는 그 시간을 건너면서 제 문을 닫아버리고 간 것이라고 말한 것이다. 이 두 가지 사실, 예술이 대상(세계)을 구원할 수 없다는 사실과 '유종열'이 죽음이라는 형식을 취할 수밖에 없었다는 사실은 그 자체로는 한계이지만, 예술의 이상은 결코 결과로서 주어지는 것이 아닌 '진행태'이기에 치열한 예술적 진념은 성취된 정신으로 인정할 수 있다.

이러한 예술과 대상 간의 관계성에 대하여 작가 이청준은 이 작품의 '작가 노트'에서 다음과 같이 밝히고 있다.

---

9) 현길언, 앞의 책, 48쪽.

지나친 미학에의 탐닉은 그것을 자칫 허망한 패배주의와 폐쇄적 정신주의
로 함몰시켜 버릴 위험이 있으며, 일사분란한 사회학에의 경도 또한 그의
문학을 이미 문학의 자리를 떠난 상막한 자기 알리바이의 증서로 전락시킬
위험이 뒤따를 수 있기 때문이다.

(죽음의 미학과 사회학-작가노트, 246쪽)

이러한 이청준의 언급은 작품 안에서 '유종열'의 창작 행위에 대한
주석적 언급인 셈이다. 그는 나무, 산, 강, 바위, 하늘, 구름 바위와 같이
인간의 삶의 흔적이 모두 사라진 추상적인 사물을 피사체로 삼으면서
관념적·추상적 예술의 형태를 나타냈고 이것은 결국 패배주의와 폐쇄
적 정신주의로의 함몰을 가져왔다. 그러나 여기서 벗어나 전쟁터와 같은
비극적인 현장에서 고통에 일그러진 삶의 모습을 발견하고 구체적인 삶
의 모습을 형상화한다. 하지만 예술이 이와 같은 현실의 문제에 주목할
경우, 문학의 자리를 떠난 사회적 가치의 문제로 전화될 수 있는 가능성
을 내포한다. 이청준은 '작가 노트'에서 이에 대한 해답으로 '시선의 깊
이'가 문제가 될 듯싶다고 말하고 있다. 작가적 시선을 현실의 수면 아래
로 은밀히 숨어들어가는 것도 어쩔 수 없는 자기 대처 방법일 수 있지만,
그 시선이 너무 깊은 수면 아래로 가라앉아 들어가 지상과의 교신이 거의
불가능해져 버리거나 지극히 부정확한 상태에 빠질 때 지상으로 쏘아올
린 메타포는 의미가 없다는 것이다.

이러한 측면에서 아도르노가 규명한 예술과 사회와의 관계는 이청준
이 말하는 '시선의 깊이'와 연관지어 중요한 의미를 지닌다. 아도르노는
예술이 사회에 기여하는 바는 사회와의 (직접적인) 커뮤니케이션이 아니
라 극히 간접적인 형태를 띤다[10]고 설명한다. 예술에서는 사회에 반대하
는 예술의 내재적 운동이 사회적이지, 예술의 명시적인 입장이 사회적인
것은 아니기 때문이다.[11] 결국, 예술과 대상과의 거리는 대상의 구원이라

---

10) T. W. Adorno, 앞의 책, 350쪽.

는 측면에서 본다면 예술이 대상(세계)을 직접적으로 구원할 수 없다는 사실은 자명하다. 예술이 대상을 구원할 수 있다면 이것은 예술의 영역을 이미 벗어난 것이 되기 때문이다. 예술은 극히 간접적인 형태로 그의 자율적인 운동방식에 의하여 세계에 저항한다. 또한 이것이 예술과 비예술, 예술과 대상의 거리가 되는 셈이다.

3. 예술의 본질

3.1. 예술행위의 자유와 초월성

이청준 소설에서 예술 행위를 통해서 얻어지는 자유는 현실과의 단절을 전제로 해서 이루어지는 것이다. 다시 말하면, 예술이 곧 삶이 영위되는 유일한 공간일 때, 그 한정된 공간 안에서 藝를 통한 자유의 지평이 열리게 되는 것이다. 그의 소설 「줄광대」에는 이러한 측면이 잘 나타나 있다. 이 작품은 '나'(남 記者)가 C읍의 승천한 줄광대를 취재하려 갔던 이야기인데, 그곳에서 듣게 되는 '허 노인'과 '허운'이라는 줄광대 부자의 이야기가 내부 이야기로 설정되어 있다. 이 줄광대 부자의 이야기는 같은 서커스단에서 트럼펫을 불었던 사내에 의해서 증언되는 형식을 취하고 있는데, 이 이야기는 그들이 줄타기를 통해서 추구했던 藝의 모습을 구체적으로 형상화하고 있다. 물론, 줄타기는 그 자체로 예술은 아니다. 하지만 본고에서 줄타기를 예술(적) 행위로 파악한 것은 이청준 소설에서 그려지고 있는 장인의 모습이 藝의 경지를 추구하는 인간의 모습이고, 이러한 장인의 모습은 진정한 예술을 추구하는 예술가의 알레고리로 받아들이기에 충분한 것이기 때문이다.

---

11) 위의 책, 351쪽.

운이 열한 살이 되던 해였다. 처음에는 학교라는 곳엘 갔다가 시들해서
돌아온 운을 보고 허 노인이 혼자 이렇게 중얼거렸다.
—세상에는 줄광대가 밟을 만한 땅이 흔찮을 게 당연하지.
그리고는 운에게 줄타기를 가르치기 시작했다.

(줄광대, 24쪽)

위에서는 '허 노인'이 '허운'에게 줄타기 훈련을 시키게 된 계기가 제시
되고 있는데, 이는 정상적인 학교 교육이라는 현실과의 단절을 계기로
마련된 것이다. 이렇게 시작된 줄타기 훈련은 아버지 '허 노인'의 엄격한
규율 속에서 이루어진다. '허운'은 땅바닥에 직선을 그어놓고 발을 왕래
했지만 다음에는 각목으로 줄로 바뀌더니 드디어 공중에 줄이 떠오르기
시작했다. 이렇게 하기에 5년의 세월이 흘렀고, 이제 16살이 된 '허운'은
겉으로 보기엔 줄타기 솜씨가 '허 노인'과 다름이 없었다. 그러나 아버지
는 '허운'을 사람들 앞에 세우지 않았다. '허 노인'이 아들 '허운'의 줄타
기에서 가장 경계했던 것은 '객기'였으며, '허 노인'은 아들의 줄타기
수준이 자신의 기대지평에 다다를 때까지 혹독한 훈련을 반복한다.

—아버지 저도 이젠 사람들 앞에서 줄을 탔으면 합니다.
그때 허 노인은 얼굴색이 조금 변했으나 온화하게 물었다.
—그래. ……그럼 줄을 탈 때 끝이 가까워 보이느냐?
—네, 바로 눈앞에 있는 것 같습니다.
—그럼, 가는 줄이 넓게 보이겠구나…….
—그 위에서 뛰어놀 수 있을 것 같습니다.
—안 되겠다!
운은 까닭을 몰랐으나 더 대꾸하지 못했다. 열여덟 살이 되었다.
운은 허 노인에게 다시 같은 청을 드렸다.
—어떠냐, 줄이 넓어 보이느냐?
—줄이 보이질 않습니다.
운은 불안했으나 사실대로 말했다.

─그래, 줄을 타고 있을 때 아무것도 보이질 않는단 말이냐?
─예.
─귀도 들리지 않고.
─예.
그것도 사실대로 대답했다.
─흠, 아직도 객기가 있어.

(줄광대, 24-25쪽)

'허 노인'은 줄이 넓어 보여 뛰어놀 수 있을 것 같다는 '허운'의 말에 '안되겠다'는 말로, 귀에 아무것도 들리지 않는다는 '허운'의 대답에 '객기가 있다'는 말로 그의 미숙성에 질정을 가한다. '허 노인'이 바라는 藝의 지평은 아무런 '객기'가 사라진 순수한 藝의 세계이기 때문이다. 실제로 '허 노인'은 단장이 바라는 대로 구경꾼의 이목을 즐겁게 해 주는 재주는 부리지도 않았고, 온몸이 땀에 흠뻑 젖을 정도로 혼신의 힘을 다해 줄을 탔던 것이다. 이처럼 줄타기에 있어 고도의 정신적·기술적 수준을 요구하는 '허 노인'은 어느 날 줄을 타는 아들에게 호통을 질렀으나 그 말을 전혀 듣지 못하고 줄을 건너가는 아들을 보자 그제서야 노인은 만족해 하는 것이다.

줄 끝이 멀리 보여서는 더욱 안 되지만, 가깝고 넓어 보여서도 안 되는 법이다. 그 줄이라는 것이 눈에서 아주 사라져버리고, 줄에만 올라서면 거기만의 자유로운 세상이 있어야 하는 게야. 제일 위험한 것은 눈과 귀가 열리는 것이다. 줄에서는 눈이 없어야 하고 귀가 열리지 않아야 하고 생각이 땅에 머무르지 않아야 한다는 소리다.

(줄광대, 27쪽, 강조-인용자)

줄 위에서 얻어지는 자유란, 눈과 귀가 열리지 않고 생각이 땅에 머무르지 않고 오로지 줄 위에서만 얻어지는 초월적인 藝의 지평을 의미한

이청준 소설에 나타난 예술관 27

다.12) 그것은 욕망으로부터의 자유이고 자기구속을 통해서만 얻을 수 있는 역설적인 자유이다.13) 눈과 귀를 닫고 땅의 생각이 사라진 정신 세계는 현실적인 욕망을 초월한 세계이기 때문에 현실의 국면이 이에 개입해 들어올 때 이상적인 藝의 세계는 파국을 맞게 된다. 아버지 '허 노인'의 경우는 서커스 단장과 부정한 일을 저지른 아내를 목졸라 죽임으로써 줄을 탈 수 있었지만, '허 운'의 경우는 자신에게 꽃다발을 준 여자를 사랑하게 되고 이러한 현실적인 욕망이 개입되자 줄에서 재주를 피우기 시작한 운은 결국 줄에서 떨어져 죽고 만다. 여기서 '사랑의 욕망=땅의 욕망=현실의 욕망'이라는 등식이 성립될 수 있다. 이성異性에 대한 분노나 사랑의 욕망은 줄광대로서는 머무르지 않아야 할 땅의 욕망이고 이는 곧 현실의 욕망인 것이다. 이것과 절연된 초월적인 공간에 藝를 통한 진정한 자유가 있음을 이 작품은 보여주고 있다.

한편, 지관 '양정관' 화백의 그림을 통한 예술 정신에의 추구를 보여주는 작품으로 「지관의 소」가 있다. 이 작품에서 '나'는 소설가로서 월간 잡지 창간 일을 진행하면서 삽화나 도안 일로 화백과 만나게 된다. 양화백은 술자리의 풍모를 보면 호방하고 질펀한 성격의 소유자이지만, 이러한 분방하고 파격적인 기질과 함께 다양하고 해박한 견문을 가지고 있는 사람이다. 이러한 양 화백과 '나'는 결별을 하게 되는데, 그것은 역설적이게도 '나' 자신의 그에 대한 지나친 경사傾斜 때문이었다. 소설이 그의 삽화의 분위기를 뒤쫓아 그의 인물을 따라가는 격이 되자 '나'는

---

12) 이러한 측면에서 「줄광대」에서 나타나는 초월적인 藝의 모습은 동양 예술이 추구하는 和氣의 정신과 맞닿아 있다. 和氣는 인간과 천지 사이의 어울림을 절대의 가치로 인식한 경지이다. 그러므로 동양 예술이 추구하는 감동은 감성의 충만이 아니라 감성의 절제에 그 특징이 있다. (윤재근, 『東洋의 美學』, 도서출판 둥지, 1993, 125쪽.) 여기서 동양미학이 추구하는 미적 가치는 마음의 動을 마음의 靜으로 변용시키는 데 있다. (위의 책, 126쪽.) 이것이 욕망의 절제인데, 예술창작이나 감상에 있어서 동일하게 적용된다.
13) 현길언, 「이야기방식과 소설의 의미」—현진건과 이청준의 소설에서—, 『소설은 어떻게 읽을 것인가』, 나남출판, 1997, 134쪽.

그에 대한 경사를 더 이상 참을 수가 없게 된 것이다. 그러다가 그는 15년의 잠적 끝에 느닷없이 전화를 걸어 개인전 소식을 전해 온다. 그러나 그 개인전은 개막전 날, 한동네에 달갑지 않게 벌어진 시위로 최루탄과 화염병이 난무하는 가운데 서둘러 막을 내릴 수밖에 없었다.

양 화백은 '소' 그림에 대해서 집착적으로 매달리며 자신의 예술혼을 불태우고 있었다. 그는 소 그림에 대해서 자조적인 질책기를 퍼붓곤 하였는데, 그것은 '나'의 생각으로는 작가로서의 결핍감과 불만에서 기인한 것이었다.

> 나는 그런 양 화백을 볼 때마다 민망스럽게도 그와 동시대의 한 동료 화가와 그 화가의 유명한 소 그림이 떠올리게 되곤 하였다. 그가 가끔 말해왔듯, 일찍이 청년 시절 양 화백과 함께 그림을 그리다가, 그에 앞서 같은 소재의 소 그림 몇 작품을 세상에 내놓고 짧은 생애를 마감해 간 ㅈ화백, 그래서 사람들 간에는 그의 천재성이 더 널리 알려진 ㅈ화백의 소 그림 — 당시로선 차마 입밖에 내어 말할 수 없는 일이었지만, 지금 와서 솔직히 털어놓고 말한다면, 나는 그 앞에 ㅈ씨의 소 그림을 떠올리며 양 화백의 그 자기 결핍감과 어떤 거북살스런 갈등의 뿌리 같은 것을 상상해 보곤 한 것이었다.
>
> (지관의 소, 292쪽)

위의 인용문은 양 화백의 소 그림과 천재적인 작가라고 평가받는 작고한 동시대 화가인 ㅈ화백에 대한 '나'의 생각이다. 양 화백은 정작 ㅈ화백의 소 그림에 대하여 이렇다할 말을 하지는 않았다 하지만, '나'는 아무리 그림의 세계나 지향이 서로 다르더라도, ㅈ화백의 그림이 온 세상의 소를 대표하듯 널리 사랑받고 있고, 거기다 같은 대상에 매달려 있는 그로서도 심사가 그리 편치만은 않았을 것으로 생각한다. '나'는 결정적으로 양 화백이 ㅈ화백을 '멋쟁이' 혹은 '행운아'라고 표현한 관용기에서 그와는 반대되는 심사를 읽어낸다. 그것은 남을 한 발 앞서 챙긴 소재의 선점성과 그 짧은 생애로 하여 덤으로 사게 된 거라는 소리로 받아들일 수 있기 때문이다. 이렇게 생각하면, 그는 자신의 소 외에도 죽은 ㅈ씨의 소와도 싸움을 벌이고 있었고 이러한 혼동스러운 소용돌이 속에서 진정한 예술이 태어나려는 산고의 몸부림을 하게 된다.

그러나 정작 경기도 광주에 가 있는 선생을 만나고 보니 기대나 궁금증과는 딴판으로 그동안의 변화의 기미는 엿보이지 않았다. 주야장천 계속되는 주선 놀음도 물론이고, 그림도 역시 소재나 내용, 분위기 모두가 옛날 그대로였던 것이다. 이 자리에서 양 화백은 '나'에게 광주, 여주, 이천 지역의 도자기 역사 자료를 정리한 것을 넘겨주며 소설을 만들든지 어떤 방식으로든 처리해 줄 것을 요청하고, 그의 부인은 여기 저기 흩어져 있는 선생의 작품을 회수하고 있으니 알려달라는 부탁을 하게 된다. '나'는 이 자리에서 선생의 '홍수 뒷날'이라는 그림을 소장하고 있음을 밝히고 또 한번의 광주행을 기약한다.

2년 후 선생의 그림을 가지고 집을 방문했을 때, 어떻게 오늘 그림을 가져왔느냐는 부인의 의외의 반문을 듣게 된다. 이유인 즉 건강이 좋지 않은 양 화백 자신이 병세를 모르고 있다고 믿고 있었던 부인이 어디서 나쁜 소식을 듣고 찾아온 줄 알고 있었다는 것이다. 그러나 실제로 양 화백은 자신의 죽음을 예감하고 있었고 이미 자신의 모든 그림을 없애버린 후였다. 이렇게 자신의 삶의 흔적을 모두 지워버리려는 그가 '나'에게 황소 머리 그림을 그려준다. 여기서 '나'는 의문에 빠진다. 자신의 모든 그림을 정리하는 과정에서 왜 새로 그림을 그려준 것일까? 이러한 의문은 광주행에 동행한 '백야'의 말에 의해서 풀어지게 된다.

> "이 소 그림 바로 그 양반 자신을 그린 거구만 그래. 그때 차를 모느라 제대로 볼 수가 없었지만, 이 얼굴 표정이나 분위기가 영락없이 그 양반 그대로 아니야?"

(중략)

백야의 소리에 그림을 다시 보니 과연 그의 말이 그대로였다. 거기에 정말
로 소의 모습을 한 지관 선생의 얼굴이 숨어 있었다. 그것도 그 옛날의
충동적인 힘과 고통스런 몸부림기 같은 것이 완전히 가셔진 온화한 모습
속에 선생이 마치 그 깊은 영혼의 눈길로 자신을 응시하듯 조용히 나를
바라보고 있었다. 선생이 마침내 자신의 아호처럼 지관(止觀)의 경지에 도
달한 격이랄까. 그래 그 자신의 소고삐를 바투 틀어쥐고, 자신과 그 소가
하나로 다시 태어난 격이랄까. 아니 거긴 이제 지관 선생도 소도 아닌 그
자신과 소를 포함한 모든 삶의 영욕과 질곡의 끈을 넘어선 자유로운 영혼
의 얼굴이 초상되어 있었다.

(지관의 소, 318쪽)

'백야'는 선생이 마지막으로 그려준 황소 머리 그림이 바로 지관 선생
의 얼굴이라는 것을 알아차리고, '나'는 그의 말에 그림 속에서 한 예술가
가 마지막으로 도달한 초월적 경지를 발견한다. 그것은 삶의 영욕과 질곡
의 사슬을 끊어버린 자유로운 정신적 지평을 담은 예술가의 초상이었고
그의 삶과 예술의 빛을 묵연스런 침묵으로 웅변하고 있는 것이었다. 이러
한 예술행위의 과정을 통해서 궁극적으로 얻어지는 자유와 초월성은 이
청준 소설에서 그려지는 예술의 본질 중의 하나이다. 여기서 이러한 예술
의 자유와 초월성이 어느 날 갑자기 얻어진 것이 아니라, 치열한 고통
suffering 속에서 잉태되었다는 사실이 중요하다. 여기서 고통을 체험함으
로써 나타낸다는 것은 합리적 인식에 비추어 볼 때 비합리적인 일이다.14)
이러한 고통의 체험이라는 비합리적인 인식은 이성과 합리성으로 가득
찬 경험적 세계에 대해서 부정성을 강하게 내포한다. 왜냐하면, 예술에
있어 고통의 체험이란 현실세계에서 겪게 되는 고통과는 다르게 현실의
억압원리를 예술행위를 통해서 승화시키는 것이기 때문이다.

---

14) T. W. Adorno, 앞의 책, 39쪽.

3.2. 예술의 法式과 미적 완전성

이청준의 소설에서 형상화되는 예술은 藝의 양식과 법도를 통해서 완벽한 미적 완전성을 추구하는 모습으로 나타난다. 이러한 예술관이 투영된 작품으로「불 머금은 항아리」를 상정해 볼 수 있다. 이 작품은 '민경섭'이 소유하고 있는 항아리의 유래담由來談을 액자 형식으로 제시하고 있다. '경섭'의 자랑거리인 항아리는 '이 항아리를 지닌 사람은 부자가 된다.'는 희한한 낙서가 설채되어 있는 것으로, 어느 날 그는 이 사기 항아리를 찾는다는 신문 광고를 보게 되어, 항아리를 들고 경기도 여주의 분매산 가마를 찾아가게 된다. 항아리를 찾고자 하는 늙은 사기장 노인은 잃었던 자식이 되돌아오기라도 한 듯 항아리를 어루만지며 눈물을 흘린다.

액자 내부의 이야기는 이러한 노인의 이야기와 항아리의 사연을 들려주고 있는데, 시간은 60년 전쯤의 일로 소급된다. 그 당시 가마의 주인은 '허봉도'라는 70이 넘은 노인이 있었고 그 가마의 일꾼으로 어려서부터 허 노인을 선생으로 가마일을 배워온 '백용술'이라는 청년이 있었다. 허 노인은 용술에게 가마일을 배워 주지 않고 산에서 나무를 해오게 하거나 밤새 아궁이 불이나 지키게 하는 등 허드렛일만을 시킬 뿐이었다. 허 노인은 가마를 열고 잘못된 일을 꾸중하고 사기물을 아무런 미련 없이 깨버리는데, 그 허물은 모두 가마불을 지킨 용술 자신에게서 찾을 수밖에 없었다. 그런 와중에 부근 마을을 지나가던 허름한 옷차림의 중년 사내가 찾아들게 되는데, 그는 쓸만한 사기를 찾는 것이 아니라 깨버릴 죽은 사기를 요구한다. 집요하게 버려질 물건을 원하는 사내에게 용술은 죽은 사기가 전혀 안 나갈 수는 없는 노릇이라고 고백하기에 이른다. 그것은 두 사람의 호구지책으로 어쩔 수 없었다는 것과 심지어 만든 물건에 '이 사기 사주면 부자가 된다'고 실없는 낙서를 갈겨넣은 일까지 말하게 되는 것이다. 결국, 60년전 '백용술'이란 청년은 '경섭'이 가마를 찾아가 만난 늙은 사기장 노인인 것이다. 액자 외부 이야기의 사기장 노인(백용술)은 스승의 눈을 속인 젊은 날의 한 번의 실수 때문에 평생을 회한과 죄책감 속에서 보내온 것이었다.

여기서 액자 내부 이야기에서 깨버릴 사기를 요구하는 사내와 백용술의 스승인 허 노인과의 대화를 살펴보기로 한다. 이 대화 속에서 허 노인은 허물을 찾고 싶어하는 사내와 강하게 대립하며 허 노인이 추구하는 예술의 법식을 피력한다.

> "(전략) 사람이 어떻게 제 허물을 한 가지도 세상에 흘리지 않을 수 있습니까. 허물을 한가지도 남기지 않는다고 그 사람이 어찌 허물이 없는 사람으로 남을 수가 있습니까. 전 그래서 차라리 그 사람의 허물을 찾고 싶어하는 위인입니다. 온전한 것보다는 그 허물을 더 따뜻이 감싸서 사랑하고 싶어 말씀입니다."
>
> (중략)
>
> "아서시오. 내 노형이 살아온 내력을 알 수는 없소마는, 사람이 모두 남의 험집만 찾아 모아보시오. 세상엔 아무것도 정도가 없을게요."
>
> 노인은 나무라고 나서 다시 사내 앞에 유별스럴 만큼 긴 사설을 늘어놓았다.
>
> "(전략) 세상 사람들은 흔히 사기를 굽는 비법이나 숨은 이치가 따로 숨겨져 있는 줄 알지만, 이건 차라리 우연을 기다리는 일에 더 가깝소. 흙을 얻고 빛깔을 얻고 불을 때는 일들이 모두가 그렇소. 마음으로 익히고 몸으로 익힐 뿐 정해진 비법이 있는 건 아니란 말요. (후략)"
>
> "……."
>
> "한다고 세상 일을 모두 그런 우연으로만 생각해 보오. 아무것도 그저 법도가 없는 천지가 되고 말게요 (중략) 죽은 사기를 깨 없애는 데에 그 사기를 구워내는 법칙이 생기는 게요. 죽은 사기들을 부수면 부술수록 살아 남은 우연들이 남아서 분명한 법칙의 묶음을 이루는 이치지요. 그래서 이 사기장이 일에도 그 나름의 보람이나 법도가 정해져 온 것이오. 그런데 노형 같은 사람이 많아서 그 사람의 실수들을 찾아 엮어보시오. 아무 곳에도 신용할 법칙이 남아나지 못할 게요. (후략)"
>
> (불 머금은 항아리, 157-158쪽)

위에서 죽은 사기를 원하는 사내는 삶과 예술의 허물을, 허 노인은 법식을 옹호하고 있다. 사내가 온전한 것보다는 허물에 애정을 갖는 것은 그 속에 자연스러운 인간의 삶이 숨쉬고 있기 때문이다. 이에 대해서 허 노인은 사기를 굽는 비법이나 숨은 이치가 따로 있는 것은 아니지만 죽은 사기를 깨는 과정에서 분명한 법칙의 묶음을 이루어 가는 것이라는 점을 강조한다. 여기서 노인이 사기를 깨는 이유가 분명해졌거니와 더 나아가서 이러한 노인이 가지고 있는 藝의 법식은 삶의 보람과 법도의 문제로 확대된다.

이는 『禮記』에서 제시하고 있는 동양 미학의 원류와 깊은 관련성을 갖는다. 「樂記」에서 樂은 하늘에 말미암아서 만들어진 것이고, 禮는 땅의 법칙으로 만들어진 것이니, 잘못 만들면 어지러워지고 잘못 지으면 난폭하게 된다고 기록하고 있다.[15] 이처럼 樂은 詩·歌·舞의 총칭으로서의 의미뿐만 아니라 삶의 도리와 질서를 의미하는 禮를 포괄하는 개념인 것이다. 따라서 사기장 허 노인이 藝의 법식을 통해서 얻고자 하는 삶의 보람과 법도는 동양 미학에서 禮의 의미와 상통한다.

또한 법식의 문제는 서양 미학에서 형식이 미적 가치의 원천이 된다는 인식과 그 궤를 같이 한다. 예컨대, 그리스의 고전주의 조각은 인간 모습의 균형미 때문에 찬양의 대상이 되는 것과 같은 것으로 이해할 수 있다.[16] 그러나 「불 머금은 항아리」에서 이러한 형식이란 선행적으로 정해진 것이 아니라 예술가가 그 창작과정에서 나름대로의 법식을 만들어

---

15) 樂者, 天地之和也, 禮者, 天地之序也, 和故百物皆化, 序故羣物皆別, 樂由天作, 禮以地制, 過制則亂, 過作則暴, 明於天地, 然後能興禮樂也. (『禮記』下卷 제19편「樂記」편)
解義 : 악은 천지의 화(和)이며 예는 천지의 서(序)다. 화(和)한 까닭으로 백물이 모두 화(化)하고, 서한 까닭으로 물건이 모두 분별이 있다. 악은 하늘에 말미암아서 만들어진 것이다. 예는 땅의 법칙을 가지고 만들어진 것이다. 잘못 만들면 어지러워지고 잘못 지으면 난폭하게 된다. 천지의 도리에 밝은 뒤에야 예악을 일으킬 수 있는 것이다. (戴聖, 李民樹 譯解, 『禮記』, 惠園出版社, 1995. 420-421쪽.)
16) Anne Sheppard, 유호전 옮김, 『미학개론』, 동문선, 2001, 54쪽.

가는 것이고 이러한 법식에서 이탈되는 것은 예술과 예술가로서의 삶을 포기하는 것으로 이해된다.

결국, 이러한 법식은 예술의 미적 완전성을 지향하게 된다. 이 작품에서 한 점의 허물도 허용하지 않는 노인의 장인적 모습에서도 알 수 있지만, 용술을 한 사람의 도공으로서 수련시키는 과정에서도 분명하게 드러난다. 전술한 바 있지만, 용술에 대한 허 노인의 수련은 가혹하게 진행된다. 불을 지피는 일을 익히기 시작하면 죽은 사기와 산 사기의 구분이 저절로 익혀지는 것으로 생각하는 노인은 가마에 때는 불이 도공의 가슴 속에 옮겨붙어 함께 타야한다는 이상적 경지를 향해 용술을 혹독하게 수련시키는 것이다. 그러나 용술이 한 때 스승인 허 노인에 대한 불만과 호구지책으로 사기에 실없는 낙서를 갈겨 넣어 팔게 되고 이러한 용술의 실수는 평생을 두고 씻을 수 없는 상처와 회한을 남기게 되는 것이다. 그러다가 60여년의 세월이 흐른 뒤, '경섭'이 그 항아리를 가지고 늙은 노인이 된 용술 노인 앞에 나타났고, 노인은 그 항아리를 몹시 되돌려 받기를 원하는 듯 하면서도 말하지 않고 조용히 체념할 뿐이다. 이러한 자신이 만든 삶의 허물로 평생을 괴로움 속에서 살다간 사기장의 '갸륵한 삶'(169쪽)이 결국 자신의 허물을 체념하는 모습으로 나타나지만, 자신의 허물을 증거하는 항아리를 되찾고자 했던 것은 스승인 '허봉도' 노인과 같이 조금의 흠결도 인정하지 않으려는 미적 완전성을 향한 장인적 삶으로 이해할 수 있다.

3.3. 예술의 미적 자율성과 물신성

예술은 언제나 사회적 사실이다. 왜냐하면 그것은 정신의 사회적 노동의 산물이기 때문이다. 그러나 예술이 사회적인 것은 생산력과 생산관계의 변증법을 구현한다는 점 때문만은 아니다. 또한 예술이 소재 내용을 사회적인 내용에서 끌어온다는 것 때문에 사회적인 것도 아니다. 오히려 예술이 사회적인 것은 무엇보다도 예술이 사회와 대립되기 때문이다. 그리고 이러한 입장은 단지 자율적인 예술만이 취할 수 있다.17)

이청준의 장인 계보 소설에서 형상화되는 예술의 모습은 이러한 측면을 강하게 반영한다. 「줄광대」에서 줄광대 부자는 서커스단의 광대로서 사회적인 생산 관계 속에서 발생하는 노동이지만 그들이 구현하는 藝의 모습은 이러한 사회적 교환 가치와는 무관하다. '허 노인'은 관객의 흥미를 돋구기 위해서 재주를 부리라는 단장의 요구와는 상관없이 줄을 탔으며, 아들 '허운'도 그러한 노인의 가르침에 따라서 '줄에만 올라서면 거기만의 자유로운 세상'(27쪽)이 열려야 함을 인식하게 된다. 그러나 '허운'은 한 여자를 사랑하게 되고 그 사랑을 주체할 수 없게 되자, 어느 날 갑자기 관객 앞에서 재주를 부리기 시작한다. 급기야 운은 그 날 밤 무리하게 줄을 타게 되고 죽음을 맞게 된다. 요컨대, 이 작품에서 줄광대 부자에게는 줄타기 이외에는 어떠한 가치도 용납되지 않으며, 줄타기에 현실의 논리가 개입해 들어올 때 예술도 예술가의 삶도 파멸을 맞게 되는 것이다.

「불 머금은 항아리」에서 보여지는 도공으로서의 장인의 삶도 현실적인 이윤 추구나 생활의 방편으로서의 직업적 의미는 철저하게 부정된다. 죽은 사기를 아무런 미련 없이 깨버리는 허 노인은 생활을 위해 자기를 파는 일에는 철저하게 무관심한 태도를 보인다. 말하자면, 노인의 가마에서 나오는 자기는 생활 용구로서의 자기가 아니라 자기 그 자체로서의 자기인 셈이다.

「지관의 소」에서도 '소'라는 소재에 일생을 바친 '양정관' 화백의 예술과 예술가로서의 삶도 현실의 논리와는 대립되는 영역에 존재한다. 양화백은 자신의 그림과 삶을 철저한 과정으로만 살고 간 것이기에, 그는 죽음에 임박했을 때 자신의 그림과 삶의 흔적을 모조리 지우고 간 것이

---

17) T. W. Adorno, 앞의 책, 350쪽.

다. 그리고 화백은 '나'에게 '삶의 영욕과 질곡의 끈을 넘어선 자유로운 영혼의 얼굴'(318쪽)이 초상된 한 장의 그림을 마지막으로 남기고 삶을 마감한다. 화백의 마지막 그림은 '바로 그 하나뿐인 것으로 우리에게 더욱 오래 기려질 값'(319쪽)을 지니게 된다. 여기서 궁극적인 藝의 지평에 다다른 화백의 그림은 예술작품의 유일무이한 현존성[18]을 의미하는 아우라 Aura를 환기한다. 물론, 벤야민W. Benjamin은 기술복제 시대의 예술작품이 영화와 같은 기술에 의해 예술의 사회적 기능을 혁명적으로 수행할 수 있다고 보았는데 반해서, 이청준은 예술의 아우라의 개념을 옹호하면서 산업 시대의 예술 작품이 갖는 기능적 측면—특히, 산업적·도락적 측면—을 비판하고 있는 것이다.

「매잡이」는 '매사냥'이라는 사라져 가는 전통을 고집하다가 죽어 가는 매잡이 '곽돌'의 기이한 삶을 그리고 있다.

> 그때 매잡이는 매를 가지고 산 정수리를 다니며 꿩이 떠오르면 그걸 보고 매를 띄우는 것뿐 꿩몰이는 마을에서 나서 주었다. 그리고도 매잡이는 술과 밥과 잠자리를 얻으며 마을의 손님 노릇을 하였다. 그러나 그것은 어떤 마을에라도 매 한 마리만 가지고 들어가면 밥 걱정 잠자리 걱정을 하지 않던 시절의 이야기—요즘엔 어떤 마을에도 매를 부리는 사람이 없었고, 매잡이가 그런 곳엘 들어갔다간 우스운 구경거리나 되지 않으면 다행이었다.
>   (매잡이, 104쪽)

이렇게 변화된 시류에 맞춰 세상사를 잘 요리해 갈 수 있을 뿐만 아니라 그 시류에 민감하고 영리하게 적응하는 세상 사람들과는 정반대로 쇠퇴하는 풍속의 끝자락을 붙잡고 변화된 풍속에 저항하는 곽서방의 삶은 고집스러운 장인 정신의 표상이다. 그런데 문제는 이러한 곽돌의 삶과

---

18) Walter Benjamin, 반성완 옮김, 「기술복제 시대의 예술작품」, 『발터 벤야민의 문예이론』, 민음사, 1995, 202쪽.

'민태준'의 삶과의 관련성을 모색하기 위해서 씌어진 현재의 소설이다.[19] 현재의 소설은 액자 소설의 구성방식을 통하여 그것을 형상화하고 있는데, 이는 액자 밖의 '민태준'과 액자 안의 '곽돌'의 삶이 유사하다는 것을 밝히기 위함이다. 현재의 소설에서 서술자 '나'는 '민태준'과 '곽서방'의 삶을 동일한 선상에 놓고 있다. '민형'이 소설을 쓴다고 하면서 한 편도 못 쓰는 것처럼, '곽 서방' 또한 사냥을 하지 못하는 매잡이다. 그러나 그들은 시류를 따르는, 얄팍한 기술로 돈벌이에 집착하는 세속인이 아니라, 진정한 장인의 세계를 고집하는 사람들이다. 그러나 문제는 그들이 추구하는 바를 실현시켜 주지 못하고 그들을 죽게 만든다는 데 있다.

이 소설은 '곽돌'과 '민태준'이라는 두 인물을 통해 풍속의 미학과 타락한 현실의 풍속화에 저항하고 새로운 진실을 찾고자 하는 치열한 삶의 의지를 보여주고 있다. '곽서방'은 사라져가는 풍속을 고집하면서 죽어가는 참된 장인정신을 지닌 '풍속의 유민'(135쪽)이다. '민형'도 타락한 현실에 타협하지 않고 진정한 가치를 찾으려다가 한 편의 소설도 쓰지 못하고 죽어가는 또 다른 장인의식의 소유자이다. '민형'과 '곽서방'이라는 두 인물의 죽음은 타락한 세계와의 갈등에서 비롯된 것이며, 이들은 이러한 현실에 타협하지 않고 타락한 풍속에 극단적으로 저항한 것이라 할 수 있다.

그런데 문제는 이 소설이 단순하게 장인匠人이나 과거의 풍속과 관련해 해석할 작품이 아니라는 데 있다. 이 작품은 '작가란 누구인가', 그리고 '소설이란 무엇인가'라는 문학의 본질적인 존재 이유에 대한 해명의 관

---

19) 「매잡이」는 3편의 소설이 등장하는데, 첫 번째 소설은 '민형'의 취재 요구로 '매잡이'를 만나고 온 직후에 '나'가 썼던 소설이고, 두 번째 소설은 오늘 아침 '민형'이 남긴 봉투에서 발견된 유고작이며, 세 번째 소설은 '매잡이'와 '민형'의 이야기를 함께 담은 현재의 소설이다. 여기서 액자 형식을 빌려 메타 픽션으로 씌어진 소설이 현재의 소설이다.

점으로 접근해야할 작품이다.[20] 이러한 관점에서 본고에서는 예술의 본질적인 문제에 대한 접근 방식으로 이 작품을 해석하고자 한다.

이 작품에서 그려지는 예술의 모습은 현실과 대립적인 위치에 서 있다. 현실의 논리는 유용성usefulness에 의해서 가치가 정해지지만, 예술은 사회적으로 유용하게 되는 것보다는 자기 자신으로서 자율적으로 존재한다. 이러한 현실과 예술의 대립적 존재 방식은 다음과 같이 정리해 볼 수 있다.

총체적 교환 사회	순수 예술
for-other	in-itself
타율성	자율성
추상화	구체화
量化	美的 質
익명화	주체적 의식

이처럼 (순수)예술은 총체적 교환 사회로서의 현실과 대립한다. 우선 현실은 '~를 위해서' 존재하지만, 예술은 '그 자체로' 존재한다. 따라서 현실의 가치는 목적에 의해서 가치가 부여되는 타율적 방식을 취하지만, 예술은 무목적의 목적으로서의 미적 자율성을 갖는다. 이러한 측면에서 현실은 유용성usefulness을, 예술은 현실적으로는 쓸모없음useless이라는 대립적 존재방식을 취한다. 이때 현실에서의 유용성은 양적으로 측정될 수 있는 가치이지만, 예술에서의 가치는 미美의 질質로서 드러난다. 한편, 현실 속에서 익명화에 빠진 인간에 비해 예술가는 주체적 의식으로 추상적 현실을 구체화시킨다. 이러한 관점에서 볼 때, '곽돌'의 매잡이와 '민

---

20) 장영우, 「이청준 초기 소설에 나타난 작가의식」, ―「매잡이」를 중심으로―, 『동악어문논집』36집, 동악어문학회, 2000, 12, 541쪽.

태준'의 소설 쓰기는 동일한 선상에 놓인다. 이들은 자신이 상정해 놓은 藝의 이상을 주체적으로 지향하며 자율적인 존재방식으로 현실의 논리와 대립하고 있다. '곽돌'의 매잡이가 현실적으로 아무 쓸모없는 것과 마찬가지로 '민태준'의 소설 쓰기도 현실과의 타협점을 거부하기 때문에 무용성을 나타낸다.

이러한 예술의 존재 방식은 물신적 성격을 그 조건으로 한다.[21] 이때 이 물신적 성격은 부정적으로 생각해서는 안 된다. 여기서 말하는 물신적 성격이란 객체화objectify의 의미를 갖는다. 예술의 객체화로서의 물신성은 현실의 교환 가치exchange value에 순응하지 않는 무용성useless에 의해서만 가능하다. 이것은 순수 예술이 교환에 의해 더 이상 손상되지 않은 사물들의 대변인으로 역할을 수행하기 때문이다. 이청준의 장인 계보 소설들은 (순수)예술이 '거기 있음'으로 해서 현실과 대립한다는 측면을 강조한다. 이러할 때 예술은 총체적 교환가치를 지향하는 조건에 의한 인간의 타락을 묵시적으로 비판할 수 있다.

3.4. 藝와 藝의 공간의 파괴

순수 예술은 현실과 절연된 채 이상화된 藝의 지평에 존재하는 것은 아니지만, 현실의 논리가 藝에 침투하게 되면 藝의 본래적 기능은 사라지고 속화俗化의 길을 걸을 수밖에 없다. 이청준의 장인 계보 소설에서 이러한 藝의 파괴와 속화의 문제를 다루고 있는 작품으로 「과녁」을 들 수 있다.

이 작품은 나이 스물아홉에 어느 지방 검찰 지청으로 부임한 '석주호' 검사가 새벽 산책길에 북호정이라는 정자에서 반백이 다 된 한 사람의 노인과 젊은 여인이 활을 쏘는 장면을 우연히 발견하면서 이야기가 전개된다. 활쏘기는 흰 손부채를 들고 있는 '건'이라고 불리우는 어린 사내아

---

21) T. W. Adorno, 앞의 책, 352쪽.

이가 건너편 언덕으로 달려가 과녁판 곁에 서고, 노인과 젊은 여인이 활시위를 당기면서 시작된다. 부채를 든 사내아이는 화살의 명중도에 따라서 부채를 놀리는 고전동告傳童이다. 석 검사는 젊은 여인과 어린 아이가 노인의 친자식이 아니라 거지 남매가 찾아든 것을 붙잡아 기른 것이라는 사실을 사무실의 권 서기를 통해서 알게 된다. 그날 오후 청廳을 나선 석 검사는 자신의 개 '폴'을 데리고 북호정으로 나선다. 거기서 그는 노인에게 궁술을 배울 것을 청하고 의외로 쉽게 승낙을 얻게 된다.

여기서 석 검사가 활을 배우고자 하는 의도를 놓쳐서는 안 된다. 그가 새벽 산책길에서 반백의 노인과 젊은 여인이 활을 쏘는 장면의 신비성에 매혹된 것은 사실이지만, 궁술 그 자체를 배우기 위한 목적으로 시작된 것은 아니었다는 사실이 중요하다. 그에게 보다 실질적인 이유는, 첫째 이 고을의 유지들과의 내기 바둑에서 지게 된 것에 대한 앙갚음이고, 둘째 도회都會의 부임지에 남은 동료들이나 자신이 도회에 남았을 경우에 비해 값진 것을 만들기 위한 방편에서 선택된 것이라는 사실이다. 즉, 그는 '북호정에서 활을 겨누고 설 자신의 기품 있는 모습'(53쪽)을 머릿속에서 그려보며, 바둑집에서 그 친구들을 끌어내고 거기서 당한 것을 갚아 주겠다는 유지들에 대한 제압 의지와 벽촌에서도 '자신에 대한 무위의 시간이란 있을 수 없다'(52쪽)는 실리적인 자기 경험의 의지 때문에 활쏘기를 배우고자 한 것이다. 따라서 석 검사가 배우고자 하는 활쏘기는 궁술弓術이지, 궁도弓道는 아닌 것이다. 그는 노인을 만나 활을 배우겠다는 청을 하고 나서, 너무 쉽게 활을 잡는 게 아니라는 노인의 만류에도 불구하고 성급하게 활을 잡는 등 경솔한 행동을 하게 된다.

장 노인, 저 세상 사람이 되기 며칠 전까지도 이 북호정을 찾아준 지기지우(知己之友). 어린애처럼 장난을 좋아하면서도 북호정을 자기 집처럼 아끼고 궁도에 대한 훼손에는 크게 혀를 차며 잘 노하던 노인. 그의 얼굴이 지나갔다.

뿐이랴. 전근으로 이 고을을 떠난 뒤로도 이따금 북호정 소식을 물어주던, 그러다가 해방으로 아주 소식이 끊어져버린 일본인 군수. 세상을 떠난 지 벌써 스무 해가 가까운 곱사등이 한의원. 꼽추라도 그 영감의 활 솜씨는 단(段)을 넘었었다. 그리고 누구보다도 북호정의 옛 주인, 그 백발 수염의 위풍당당하고도 인자스럽던 백부의 얼굴……, ―너밖에 이 북호정을 지킬 사람이 없다―굵은 목소리가 아직도 귀에 쟁쟁했다.

(과녁, 57-58쪽)

그가 산을 내려가고 노인이 사정射亭 대청마루에서 천장에 매달린 활집을 쳐다보며 과거 이 사정을 찾던 사람들을 떠올리는 것은 우연이 아니다. 이는 활을 배우겠다는 석 검사의 경솔한 언행과 행동에 기인한다. 물론 그의 이러한 태도에서 노인은 그가 궁도弓道를 배울만한 자세가 아님을 발견한 것은 당연한 것이다. 석 검사가 자신의 재능을 드러내기 위해서 혹은 무위의 시간을 허용하지 않는 용의주도한 자기 개발의 현실적인 욕구에서 출발한 여기餘技로서의 궁술은, 위에서 노인이 떠올리게 되는 인물들과 전적으로 대비된다. 궁도의 훼손을 안타까워하던 '장 노인', 북호정을 떠나도 가끔씩 소식을 물어주던 '일본인 군수', 활솜씨가 단을 넘는 '한의원', 그리고 노인에게 북호정을 지키라고 당부하던 그의 '백부'는 궁술이 아닌 궁도의 경지에 다다르거나 이를 즐길 줄 아는 사람들인 것이다. 이때 석 검사의 활쏘기에 대한 욕망은 또다른 현실의 불순한 의도가 개입된 속화된 의지이며 이것이 '장 노인'이 안타까워하던 궁도의 훼손인 셈이다.

석 검사는 다음날 우선 네 사람―자동차 회사 사장, 양조장 영감, 국회의원 아우가 되는 파나마모자, 권 서기―을 동행하여 북호정에 올라간다. 이 자리에서 양조장 영감이 노인의 과년한 딸 아이(젊은 여인)의 혼사와 같은 가십성의 질문을 던짐으로써 일종의 금기禁忌를 깨자, 여인에 대한 이런 저런 말들을 주고받는다. 이에 노인은 몇 마디 준엄한 힐책을 하고 나섰지만, '이미 활터의 질서 속에 있지 않은'(69쪽) 그들은 여인의 화살 시범을 요구하게 된다. 노인은 이러한 희롱기가 섞인 그들의 요구에 의해서 늙은 사내들 앞에서 딸이 활을 쏘게 하는 것에 대해서 모욕감을 느낀다.

이로 인해 노인이 수모감을 꾹꾹 참고 있는 것을 알지 못했던 주호는 고전동 소년을 과녁판에 보내주지 않는 노인에 대해서 조그만 반역의 음모를 시작한다. 그는 자신의 분신과도 같은 개 '폴'을 사정 기둥에 매어놓게 함으로써 폴을 아프게 한 것이 노인의 횡포라는 생각이 들자, 그 개를 풀어준다. 워낙 개를 무서워하는 고전동 소년은 질겁을 하며 달아났으나 주호는 그것을 모른 척한다. 그 뒤로 주호는 폴을 기둥에 매기로 한 약속을 어기고 폴을 풀어놓기 시작한다. 며칠이 더 지나고 나서 주호는 노인이 보는 자리에서 소년에게 '건너가서 화살이나 주우면 좋지 않아.'(73쪽)라고 말하자, 노인은 소년에게 건너갈 것을 명령하기에 이른다. 그러자 소년은 쏜살같이 골짜기를 건너갔고 노인은 절망적인 얼굴이 되어갔다. 잠시 후 주호가 일시—矢 후 매긴 두 번째 화살을 맞고 소년은 쓰러지고 만다. 이렇게 진정한 궁도의 세계에 입문하고자 하는 것이 아니라 현실적인 승부욕과 자기 경험의 욕망에서 시작된 석주호 검사의 활쏘기는 藝의 공간을 파괴하고 마침내 고전동 소년을 죽게 만들고 만 것이다. 즉, 궁도라는 藝와 활터라는 藝의 공간은 용의주도한 현실의 논리로 무장한 한 개인의 속화된 욕망과 그를 둘러싼 속물적 인간들에 의해서 파괴되고 만다. 이렇게 볼 때, 궁도라는 藝의 지평의 훼손은 타락한 현실의 논리와 가치에 의한 것임을 알 수 있다.

4. 예술의 가치 회복을 위하여

이청준의 장인 계보 소설에서 주인공의 직업은 산업사회에서 유용성을 상실한 직업군과 근대적 제도 안에서 인정되는 예술가로 이대분二大分할 수 있다. 전자의 경우는 「줄광대」의 '줄광대', 「과녁」의 궁사, 「불 머금은 항아리」의 도공, 「매잡이」의 '매잡이'이고, 후자의 경우는 「시간의 문」의 '사진작가', 「지관의 소」의 '화가'이다.

전자의 경우, 작가 이청준은 단순하게 사라져 가는 전통 문화에 대한 아쉬움과 그것을 지켜내려는 장인으로서의 의지를 형상화하기 위해서 작품을 쓴 것은 아니다. 후자의 경우는 전통 문화와는 관련이 없는 예술가이지만, 범속한 시류에 따르거나 상업적 전략으로 작품활동을 하는 사람들이 아니라는 점에서는 장인정신의 범주에 포함시킬 수 있는데, 이들의 예술적 역경도 진정한 예술정신의 추구라고 범박하게 평가할 수 있는 성질의 것이 아니다.

이들 작품에서 형상화되는 장인과 예술가는 모두 현실의 논리와 가치와 절연된 경지에 있다는 공통점을 떠올려 볼 필요가 있다. 이것은 단적으로 말해, 예술이 경험적 현실의 목적—수단 관계에서 벗어나 있기 때문에 무목적적인 것을 의미한다고 할 수 있다. 또한 현실의 가치기준과는 구분되는 예술의 독자적인 자립성을 의미하는 것이기도 하며 이러한 자율성이 타락한 현실을 비판할 수 있는 미적 준거가 될 수 있다.

한편, 이청준 소설에 나타나는 장인적 삶과 예술가의 정신은 '예술의 탈예술화'Entkunstung를 지향하는 현대 문화 산업의 논리와는 정면으로 배치되는 것이다. 문화산업 하에서 예술은 규격화된 상품 중의 한 가지 물건으로 전락하며 이러한 대중의 메커니즘은 상업 논리 속에서 철저하게 이용당하게 된다. 물론 예술의 자율성이라는 개념이 예술의 본질적인 구성 개념이긴 하지만, 그것도 형성되어진 것이지 아프리오리한 것은 아니다. 즉, 선험적인 예술의 개념이 있는 것이 아니라 제도에 의해서 형성되어진 것임을 부인할 수 없다. 하지만 예술이 예술 외적인 영역에 종속되거나 외적인 영역을 위한 수단적 가치로 전락할 때, 예술의 예술로서의 주권은 상실된다. 이청준의 장인 계보 소설들은 철저하게 외적인 목적이 표백된 순수한 藝의 지평을 추구하는 예술가적 면모가 형상화되고 있는데, 이는 현재 문화산업이라는 새로운 제도 하에서 문화 상품으로 양산되는 속화된 예술에 대한 묵시적 비판력을 가지고 있다.

요컨대, 이청준의 장인 계보 소설에서 나타나는 예술의 모습은 유용성과 목적 합리성으로 무장한 산업사회의 논리에 대한 최후의 보루이다. 예술은 미적 형식을 통해서 예술적 완전성을 지향한다. 또한 아도르노가 「시와 사회에 대한 강연」에서 서정시는 사회로부터 연역되어야 하는 것이 아니라고 말한 것처럼, 예술은 현실에서 유도되는 것이 아니라 바로 그 속에서 생겨나는 자발성Das Spontane에서 기인한다. 이러한 예술의 무목적성과 객체로서의 물신성은 미학적 실존태로서 예술이 지니는 가치이다. 이것은 사회와의 관계 속에서도 예술이 현실의 가치에 구속됨이 없이 자족적으로 존재할 때, 비판력을 행사할 수 있다는 말과 통한다. 이청준의 장인 계보 소설들은 바로 예술이 지니고 있는 미적 자율성을 통해서 현실 세계의 문화 전반의 논리를 반성할 수 있는 기회를 던지고 있다. 문화산업이라는 우리 시대의 새로운 제도는 예술의 가치를 변화시키고 있다. 문제는 현실적으로 이러한 새로운 제도로부터의 탈주를 기대할 수 없을 만큼 현실의 논리가 강력하게 문화 전반을 지배하고 있다는 점이다. 문제는 이러한 탈주선을 모색하기 이전에 예술이 본질적으로 가지는 가치와 의의에 대해서 성찰하고 그 안에서 해답을 얻으려는 노력에서 출발해야 한다는 점이다. 따라서 이청준의 장인 계보 소설은 예술의 가치 회복이라는 측면에서 교환 가치와 유용성으로 무장한 현실 세계에 대한 강한 비판력을 행사하고 있는 것이다.

(『국어국문학』133호, 2003년 5월)

제도로서의 문학과 소설의 가치
—구효서의 「영혼에 생선 가시가 박혀」, 「子公, 소설에 먹히다」

1. 문학이라는 이름의 제도

문학은 항구적인 의미와 가치를 지닌 것이 아니다. 시, 소설, 희곡, 수필의 장르 구분이나 장르의 내적 규범도 하나의 제도이거니와 문학의 미적 자율성과 사회성의 아포리아도 근대문학의 제도 안에서 나타난 것이다. 또한 문인이 되기 위한 등단 절차, 문학 종사자들의 작가로서의 사회적 지위, 문단 사회의 작동 원리, 물리적인 인쇄에 기반한 출판이나 E-book과 같은 인터넷 매체를 활용한 유통체제도 하나의 제도로서 형성된 것이다.

이것은 푸코Michel Foucault가 발견한 근대 권력의 작동원리와 맥을 같이한다. 그는 근대 권력의 탄생을 프랑스 혁명을 전후해서 형벌 체계가 감옥 제도로 바뀐 것에서 찾는다. 감옥 제도는 이전에 단순히 억압하고 금지하는 방식이 아니라 규율discipline에 의해서 개인의 신체에 적용되는 미시적 권력이다.[1] 이를 보이지 않는 근대의 문화적 규율 체계로 해석할 때, 의미는 보다 확대된다. 가라타니 고진柄谷行人이 말하는 '풍경'이 바로 그것이다. 그에 따르면, '풍경'은 중세적인 관념성에 대응하는 '근대'의 제도이며 인식틀이다. 여기서 그는 언문일치와 같은 근대문학의 제도에서 일본 근대문학의 기원을 찾는다.[2]

문인이 예술가라는 등식이 성립된 것도 근대사회에 들어서 형성된 것이다. 중세의 문사文士는 인재등용의 제도적 절차를 통하여 관직에 진출

---

1) Michel Foucault, 오생근 역, 『감시와 처벌』, 나남, 1994, 212-224쪽.
2) 가라타니 고진(柄谷行人), 『일본근대문학의 기원』, 민음사, 1997, 17-61쪽.

하였던 것과 같이 현실정치와 미분화된 상황에 놓여있었다. 그 시대에 은거隱居했던 문사의 경우도, 혼탁한 세상을 멀리한다는 것 자체가 일종의 정치적 포즈라고 한다면 이와 동일한 범주에 놓인다. 그러나 근대적 문인은 등단이라는 제도적 절차를 통해서 문단사회에 진입하게 되고, 창작행위도 하나의 사회적 노동으로서 원고료와 인세로 그 대가를 지불받지만, 자본주의 사회의 여타의 직업과 구분되는 예술가로서의 특별한 사회적 지위를 가지게 된다. 그들의 창작물은 양적 가치가 아닌 미적 가치로 판단되기 때문에, 자본주의 사회의 일반적인 노동생산품이 지향하는 교환가치 체계 안에서 배제되어, 대사회적인 자율성을 확보한다.

중세적 제도에서 문학은 현실정치와 직·간접적으로 매개되어 있었다면, 근대적 제도는 문학을 예술의 영역으로 독립시키는 대신, 그 제도의 장場 내부에 정치적 메커니즘을 형성하게 한다. 이것은 언어자본'linguistic capital[3]을 둘러싼 권력 투쟁의 양상으로 구체화된다. 최근에 제기된 '문학권력 논쟁'과 '등단제도'와 '문학상 논쟁' 등은 이러한 권력형 문단 메커니즘에 의해서 나타난 것이다.[4] 문학권력에 있어서는 소위 '에콜'ecole로 지칭되는 소수의 폐쇄적 권력구조와 이에 의해서 발생하는 권력의 공정성 문제가 시비의 대상이 되었다. 등단제도와 문학상 논쟁에 있어, 전자의 경우는 종래의 문단적 권위를 확대 재생산하는 장치로 기능하고 있다는 점[5]이 문제가 되었고, 후자의 문제는 출판사의 상업적 전략과 관계를 맺으면서 벌어지는 공정성 시비가 제기되었으며, 문단적 권력을 확대 재생산하는 '권력 효과'[6]가 존재해 왔다는 점에서 문제가 되어왔다.

---

3) Pierre Bourdieu, 정일준 옮김, 『상징폭력과 문화재생산』, 새물결, 1995, 58쪽.
4) 본고의 초점은 구효서의 작품에 형상화된 문학제도의 문제에 있으므로, 의도가 지나치게 확대되는 것을 방지하기 위하여 논쟁사에 대한 자세한 언급은 피하기로 한다.
5) 이명원, 『파문』—2000년 전후 한국문학 논쟁의 풍경, 도서출판 새움, 2004, 195쪽.
6) 위의 책, 201쪽.

이러한 문학의 제도적 문제는 주로 비평계에서 논의되어 왔고, 그 비판의 장르도 비평에 집중되어 왔다. 이러한 문학과 문단의 정치적 문제에 대해서 비판하고 있는 구효서의 「영혼에 생선 가시가 박혀」, 「子公, 소설에 먹히다」[7]는 문학제도의 작동원리를 우화적으로 형상화한 작품이다. 이 두 작품은 내용에 있어 각각 독립된 작품이지만 작가 지망생 '서통'이라는 인물이 작가가 되기까지의 과정과 그 과정에서 빚어지는 제도권 문학과의 갈등관계, 작가가 된 이후 스스로 견뎌내는 작가로서의 운명이 알레고리로 그려진다. 이러한 알레고리라는 문학적 형식은 문학제도와 원근법적 거리를 두기 위함이고 이러한 거리가 독자로 하여금 제도의 기원을 낯설게 인식하게 하는 효과를 가진다.

2. 등단이라는 제도적 절차

「영혼에 생선 가시가 박혀」에서 '서통'은 '뽕타운'[8]의 평범한 시민이었다. 그러나 그의 고종사촌형님이자, '뽕타운'에서 이름난 점쟁이인 '서하도사'에게 영혼에 생선가시가 박혀있다는 말을 듣고, 자신의 노이로제 증상이 모두 작가가 되기 위한 운명적 전조였음이 밝혀진다. 이에 '성하도사'는 '서통'에게 이러한 운명을 받아들이는 방법에 대하여 이야기한다. 그것은 영혼에 박힌 생선가시를 배척하지 말고 지병으로 받아들여 사귀며 지성으로 글을 쓰되, 등단 이전까지는 '궁중숯불갈비'를 비롯하

---

7) 본고의 텍스트는 구효서, 『그녀의 야윈 뺨』, 중앙일보사, 1996 이며, 인용문의 출전은 괄호 속에 해당 작품과 페이지를 병기하여 나타내기로 한다.
8) 이 작품에서 '뽕타운'이라는 공간의 언어적 의미에 대해서 생각해 볼 필요가 있다. 이 말은 '뽕'이라는 퇴폐성과 저속성의 뉘앙스를 풍기는 단어와 소도시를 의미하는 '타운'이라는 단어의 조합으로 만들어졌다. 이와 관련하여 작품에서 '뽕타운'은 건강한 시민성이 발현되는 공간이라기보다는 (문단의 내부적 상황만보더라도) 다분히 권력지향적인 관료사회로서 제도나 절차상의 합리성이 결여되어 있고 타락한 욕망의 혼란상을 드러내는 공간이다.

여 '궁중'이란 글자가 들어간 물건은 먹지도 사지도 말라고 경고이다. 이것은 일종의 통과의례의 형식에 부합하는 금기이다.

여기서부터 '서통'에게 이른바 습작의 기간이 시작되는데, 이 기간에 그는 필사훈련, 문학기행, 현장경험 등의 수련과정을 거치게 된다. 그러나 정작 그는 작가가 되는 방법에 대해서는 알지 못했다. 그는 이를 알아보기 위하여 각종 사전을 뒤져보거나 이곳저곳을 돌아다니며 방법을 찾아 헤맨다. 그러다가 우연히 '지팡이를 든 노파'에게서 작가가 되는 방법이 묻힌 곳을 알게 되는데, 그곳에 당도하여 땅을 파니 투명한 굼벵이 같은 것들이 땅 속에서 비어져 나오다가 그것들이 광물질로 변하여 깨알 같은 글자들을 쏘아낸다. 거기에는 작품을 모집하여 문인으로 등단시키는 잡지사와 신문사와 출판사들의 이름과 모집 요강이 상세하게 적혀 있었다.

작가의 운명을 기꺼이 짊어지겠다고 생각한 그가 작가가 되는 방법을 알지 못했다는 것도 이해가 되지 않는 일이거니와, 그 방법을 알게 되는 사건 역시도 상식적으로 이해할 수 없는 지극히 뒤틀린 우화이다. 그렇다면 여기서 작가가 되는 방법이 대단한 비의라도 되는 것처럼 왜곡하여 표현한 이유는 무엇일까? 이는 문단으로의 진입을 의미하는 제도적 절차를 낯설게 형상화함으로써 그 제도의 절차적 정당성과 합리성을 냉소하고자 하는 데 목적이 있다.

'서통'은 삼십 편의 작품을 모두 응모하게 되는데, 그 작품들은 예선에도 통과하지 못하고 그동안의 모든 노력과 열정이 허사가 되어버리고 만다. 낙선 이후 그는 영혼에 박힌 생선가시를 달래기 위하여 하루에 천 자 정도의 글자를 써서 분말기에 갈아 마시거나 예식장의 주례사를 작성하거나 씨름판을 찾아다니며 멋들어진 개회사를 해주며 생활해 간다. 그러던 중 그는 중절모를 눌러쓴 오십대 후반의 남자를 만나게 되는데, 이는 '문장관'이라는 문인 단체의 이사 직함을 가지고 있는 자이다.

이를 통해 문장관 회원들에 대한 동경의식을 품고 그들의 이야기를 엿들으며 방황하던 끝에, 문장관 회원이자 교사인 어느 사내를 통해서 또 다른 등단 철차가 있음을 듣게 된다. 하나는 경쟁절차를 거치지 않고 고명하신 원로 작가분의 추천에 의해서 등단하는 방법이고, 다른 하나는 '작품 제작에 필요한 기본 지식을 배울 수 있는 사설학원에 수강하는 것이다.

'서통'은 창작 학습을 위해서 사설학원에 수강하게 되는데, '문장관' 회원으로 구성된 강사들의 교수법이란 감질나게 지식과 비법을 냄새피울 뿐이고, 화두 같은 선문답으로 일관하여 실제로는 구체적인 실물이 쥐어지지 않는다. 그러나 이 '가시박이들'[9]은 현실적으로 강사들에게 의존할 수밖에 없으며 그들의 금빛 비법의 향기를 자신의 옷깃에 나마 스며들게 하고 싶어 한다. 그는 이에 실망하여 보다 디테일한 교수법과 모母회사에서 신문과 잡지를 제작하여 특혜를 입을 수 있는 사설학원으로 옮기게 된다. 여기서 또 한 번의 응모를 계획하나 문단의 정치적 이해관계로 인해 최종심에서 낙선하고 만다. 마지막으로 그는 심사위원이었던 칠십 원로의 문하생으로 들어가게 되고, 원로로부터 31번 딱지를 부여받고 수련하던 중, 해가 바뀌어 스승의 문하를 떠나 늙은 어머니 곁으로 오게 된다. 그리고 그는 마침내 '축 당선. 소감 5매 사진 1매 급송요'라는 전보를 받게 되는데, 이 당선작은 몇 년을 두고 쓴 작품이 아니라 마감 하루를 앞두고 써낸 글이었다는 아이러니를 마지막으로 그의 등단까지의 수련 과정은 마침표를 찍게 된다.

이렇게 낯설게 그려진 '서통'의 등단 우화는 등단이라는 제도의 본질을 겨냥하고 있다. 이른바 등단이라는 것은 '언어자본'linguistic capital의 제도적 공인을 의미하며 그렇지 못한 자들과 상대적인 '구분의 이윤'profit of distinction[10]을 확보한다는 것을 의미한다. 이러한 것이 작동하는 장

---

9) 영혼에 생선가시가 박힌 수많은 습작생들을 연대적 운명으로 묶어 표현한 말.

champ이 바로 언어시장인데, 이는 언어들 간의 위계로부터 이윤을 창출하는 장소이며, 진입권을 획득해서 그들의 이해에 맞게 구조를 변경시키려는 신참자들nouveaux entrants과 자신들의 독점적 지위를 유지하고 경쟁을 배제하려는 기존 행위자 혹은 집단 사이의 투쟁 속에서 작동한다. 따라서 언어시장의 기존의 권위를 지배하고 있는 자들은 그들의 규범을 확대 재생산하는 입장에서 신참자를 받아들인다. 이는 '서통'의 낙선 일화를 보면 잘 나타난다.

뒤에 상세히 논의하겠지만, 소위 문단의 '꽃논쟁'에서 꽃에 대한 언급이 반드시 있어야 한다는 '팔십 먹은 심사위원'과 이에 반대하는 '칠십 먹은 심사위원' 간의 싸움으로, 꽃에 대한 언급이 없는 서통의 작품이 낙선하게 된 것이다. 이는 언어시장에서 상징 권력을 가진 자들이 그 권위를 안정적으로 유지하기 위하여 전복·이단·이론異論 heterodoxy[11]을 배제하기 때문이다. 등단이라는 제도적 절차를 통과하여 상징 폭력을 획득하게 되면 모든 원고는 활자화되고 원고료도 나오지만, 그렇지 못한 자들은 기약없이 신산한 습작생의 처지로 떨어져야 한다. 이러한 문학의 제도적 절차는 철저하게 언어시장의 작동원리에 기반하여 권력적 관계를 가진다는 것이 구효서가 이 작품을 통해서 보여준 풍경의 실체이다.

3. 문단 권력의 메커니즘

「영혼에 생선가시가 박혀」에 형상화된 문단 권력의 정점에는 2700명으로 구성된 '문장관'이라는 문인 단체가 있고, 이 단체의 조직 운영제도는 바로 그 권력 메커니즘의 핵심이다. 낙선의 고배를 마시고 이곳저곳을 전전하던 '서통'은 씨름 대회 개회식장에서 '문장관' 이사를 만나게 되는

---

10) Pierre Bourdieu, 정일준 옮김, 앞의 책, 59쪽.
11) 위의 책, 57쪽.

데, 그를 찾아가 회원이 되는 방법을 묻고자 했으나 만나지 못하고 사무국 직원에게 핀잔만 듣게 된다. 그러던 '서통'은 나중에 '문장관'의 체계와 운영 기밀을 알게 된다.

> 문장관 회원들은 자신들을 스스로 폐쇄된 그룹에 가두어놓고, 그 안에서 글쓰는 비법을 배타적으로 보유하면서 대사회적으로 특권을 유지하려는 시도의 구체적 집단이라고 그는 이마를 탁탁 쳤다. 만세토록 그룹을 유지하기 위해 새로운 회원을 모집하는 엄격하기 이를 데 없는 자체 제도를 만들어놓고, 온갖 시련과 때로는 비굴한 절차를 마다않고 자격증을 따 가입한 회원에게는 자기들만의 비법과 비방을 단계적으로 개방하는 거라고 이마를 탁탁 쳤다. 회원끼리 은밀한 지식을 유통시키고, 나눈 지식이 자체 조직력을 철옹성처럼 강화하는 쪽으로 작용케 하고, 그것이 좋은 돈이 되게 하고 높은 권위가 되게 하기 위해서 문장관 같은 관리기관이 필수적인 거라고 이마를 탁탁 쳤다.
>
> (「영혼에 생선가시가 박혀」, 174쪽)

문장관 회원들은 자기들만의 글쓰기의 비방을 특수금고 속에 숨겨 놓고, 자신들끼리 은밀한 지식을 유통시키며, 그것을 조금씩 시중에 내다팔거나 문장관 활동을 지원해준 대가로 정치인, 기업인, 종교인들에게 헌납하고 있다. 이러한 내용은 문단권력의 알레고리로 이해할 수 있다. 언어자본의 배타적 관리와 운영, 조직의 폐쇄성, 정치성을 근간으로 하는 그들의 특권적 지위는, 그것의 현실 정합성을 논의하기 이전에, 문단 제도의 정치성과 관료성을 드러내는 데 무리가 없다. 등단이라고 하는 진입장벽을 통과하기 위해서는 문학적 규범(언어시장의 질서)을 와해시키거나 문단 내부의 권력 관계를 훼손하지 않는 범위 안에서만 독창성이 요구된다. 최대의 언어자본을 가지고 있는 자들은 자신들의 언어자본을 표준 norm으로 삼고 그것을 보존하려는 전략을 세우기 마련이고 자신과의 담론 (혹은 논박)의 세계에 들어올 수 있는 자격을 부여하는 것이다.

이러한 문단 권력의 메커니즘은 '서통'이 '궁중숯불갈비집'에서 열린 문장관 회원의 정례회의 모습을 '배기가스 통풍구'를 통해서 엿보는 장면에서 상징적으로 제시된다. 여기서 '배기가스 통풍구'를 통해서만 겨우 엿볼 수 있는 문장관의 정례회는 조직의 폐쇄성과 배타성을 함의한다. 그는 옥상의 통풍구에서 연욕煙浴을 계속하며 '문인들의 담화법'을 엿듣는다. 그러나 기실 그들이 나누는 말들이란 음담패설이 주를 이루었고, '서통'은 어쩌다 튀어나온 문학 용어를 싸가지고 돌아온다. 그러나 그는 문장관 회원들이 주고받은 음담패설을 도덕률의 보수성과 사회적 금기의 정치적 저의를 비웃는 비판행위로 결론지으며 그들에 대한 강한 동경심을 나타낸다. 이러한 '서통'의 '문장관' 조직에 대한 경외감은 작가에 대한 열망과 동경에서 기인하지만, 이러한 장면 제시가 냉소적 진술에 기반한 알레고리라는 점을 감안할 때, 제도권 문단의 폐쇄성과 이에 대한 무비판적 동경을 모두 비판한 것이 된다.

결국, '서통'은 칠십 원로의 문하생이 되기로 결심한다. 그의 문하생이 된 이상 이미 문장관 회원이 된 셈이라고 말하는 원로는 뜰안의 양버찌나무를 자주 바라보거나 가까이 가 냄새를 맡을 필요가 있다고 말한다. 창작비법은 문장관 중앙협의회에 아연강판으로 만든 대형 금고에 보관되어 있지만, 양버찌나무12)의 흔들림과 향기 속에도 숨어 있다고 말한다. 문하생들은 양버찌나무를 서로 가까이 하기 위하여 분쟁을 벌이는데, 심지어 '도둑 흠향'을 하는 경우까지 나타나게 된다.

이러한 일들과 함께 신인문학상응모요령이 발표되던 이른바 '악마의 기간'에, 스승은 등단이 어느 정도 보장된 문하생들에게 창녀와의 만남을 주선하게 된다. 스승은 사흘 낮밤을 젊은 창녀와 놀아나게 되고, 그 동안

---

12) 여기서 '양버찌나무'의 흠향이 갖는 의미를 생각해 볼 필요가 있다. 버찌나무가 벚나무의 열매를 의미하고, 양버찌나무는 체리cherry이다. 여기서 굳이 버찌나무가 아니라 양버찌나무라는 것은 서양문학의 전통을 전범으로 삼아야 한다는 창작 지침의 우화적 표현으로 이해할 수도 있다.

양버찌나무와 가장 멀리 떨어진 맞배지붕 아래서는 아주 은밀한 작업이 이루어지고 있었다. 이는 문장관 중견회원들과 이와 긴밀한 연관을 갖고 있는 사람들이 창작 비방의 오리지널 원액을 끓여 광물질을 건져내 은밀하게 시식하는 장면이었다. 그들은 공평하게 배당된 식용 광물질을 포도주와 함께 우아하게 털어 넘기고 있었으며 영롱한 그 광물질을 시식할 수 있는 '배타적 특권'을 지닌 것에 대단히 만족한다. 또한 이들은 이 광물질의 유통 체계의 근본적인 문제를 보완하는 제도를 마련해 자신들의 권리를 보장하려 했고, 비밀주의를 한층 강화하여 자신들의 권력을 영속화해야 한다는 주장에 입을 모았다. 이러한 우화가 던지는 메시지는 문단 권력의 폐쇄주의, 배타주의, 비밀주의이며 이러한 권력은 문학제도가 가지는 사회성, 더 나아가 문단이라는 작가 집단의 정치적 메커니즘을 의미한다.

4. 문학 논쟁의 실체

「영혼에 생선가시가 박혀」에서 제시되는 문학 논쟁의 실체는 '서통'의 소설 낙선의 계기로 밝혀지게 된다. 이는 모든 문학작품에는 어떤 형태로든 꽃에 대한 언급이 있어야 한다는 바윗돌 같은 신념을 갖고 있는 '팔십 먹은 원로'와 문학 작품은 꽃과는 무관하다는 논지를 초지일관 펴온 '칠십 먹은 원로' 사이의 대결 국면으로 구체화된다. '서통'의 응모작이 심사위원에 의해 79점으로 채점된 것은 이러한 사정을 은폐하기 위한 신문사의 핑계에 불과했다. 서로 다른 작품을 선한 두 원로 중에서 급기야 '팔십 먹은 원로'가 '칠십 먹은 원로'의 뺨을 때리게 되고 그 싸움으로 '팔십 먹은 원로'가 추천하는 작품이 당선된 것이었다.

문장관의 오랜 골칫거리였던 꽃논쟁이 재연되는 조짐을 보이기 시작했다.

칠십 먹은 원로문인을 따르는 많은 문장관 회원들을 팔십 먹은 원로의
나이에 어울리지 않는 폭력을 규탄하면서 매일같이 뿡타운의 어두운 식당
골방에 틀어박혀 대대적인 공세를 준비하고 있었고, 팔십 먹은 원로의 추
종자들도 호텔에 기숙하면서 꽃이론에 대한 새로운 전략을 수립하는 등
대응책 마련에 부심했다.

문장관의 꽃논쟁 역사는 참으로 오래된 것이었다. 한때 이 나라에 동족상
잔의 비극이 있었을 때 꽃논쟁은 논쟁이 아니라 인명을 구속하고 린치하고
살해하는 싸움으로까지 치달았었다. 팬 대신 칼과 총을 들고 서로를 죽였
다. 피를 흘리고 복수하고 원한을 나눠가졌다.

(「영혼에 생선가시가 박혀」, 188쪽)

여기서 말하는 소위 '꽃논쟁'이란 한국 현대 문학사의 가장 비생산적이
며 정치적인 논쟁이었던 '순수-참여 논쟁'13)을 우의적으로 지칭한다. 이
작품에서 문학이 꽃과 맺는 관계는 문학과 현실 사이의 관계와 같다.
문학의 현실참여를 강조하는 맑시즘의 예술이론과 문학의 미적 자율성
혹은 무목적성을 옹호하는 두 입장의 대결은, 위의 인용문에서 진술되는
바와 같이, '동족상잔'의 좌우이념의 충돌과 맥을 함께 한다. 문제는 이러
한 논쟁이 문학성에 대한 탐구에 모아지지 않고 다분히 정치적인 대결의
양상으로 나타났다는 데 있다.

---

13) 김윤식은 비평사적인 안목에서 60년대의 비평사를 조명하면서, 계급주의 대 민족주
의라든가 순수·비순수, 혹은 좌우익 논쟁 등은 모두가 한국적 여건과 현실의 문제
로서 제기되었다고 보고, 만일 이데올로기가 보편성(세계성)을 띤 것임과 동시에
한국적인 개성(특수성)을 띤 것이 아니라면 이토록 지속적이거나 완강할 수는 없을
것이라고 말한다. 그는 여기서 이데올로기의 문제를 단순한 반복이 아니라 변증법
적 과정으로 해석하고 있다. 그러나 논쟁이 끊임없이 되풀이 되는 것은 다 같이
무지한 소치라기보다는 한국 사회의 구조적 특성에서 연유되는 것으로 이해한다.
4·19로 하여 발단된 60년대 의식은 자유의 상한선에 대한 좌절과 함께 비롯된
것이고 따라서 그 자유의 내재화는 허무주의 같은 양상으로 문학에 등장하게 되고,
근대화의 추진과 대중의식의 성장은 민중의식의 힘으로 발현된다. 전자에 순수문학
론이, 후자에 참여문학론이 각각 대응되었으며, 그러한 논의가 가능한 것은 한국
근대문학사의 안목에서 보면 정상적인 상태일 것이라고 보고 있다. (김윤식, 『한국
현대문학사』, 일지사, 1983, 275-277쪽.)

칠십 먹은 원로가 문장관 안에서 세력을 확보해 나가기 전에는 모든 문학 작품에는 꽃에 대한 세련된 언급이 없으면 안 되었다. 열여덟 살부터 시인을 꿈꾸어오던 한 여자는 시보다 꽃에 관한 공부를 지나치게 한 나머지 등단 전에 대학의 식물학 교수가 되어버린 적도 있었다.

문장관 회원이 되기 위해 영혼에 생선가시가 박힌 사람들은 민들레·울릉국화·망초 따위의 통꽃무리서부터 참등나무·너삼·접시꽃 등 갈래꽃무늬의 군생지, 개화시기, 줄기의 높이, 열매의 용도까지 암기하지 않으면 안 되었다. 어깨에 두 그루의 나무를 키우고 다니는 원로는 작가가 그 꽃을 직접 보아서 알고 썼는지 식물도감 같은 데서 베꼈는지 귀신같이 알아냈다. 좋은 작품과 나쁜 작품에 대한 그의 기준은 다름 아닌 거기에 있었다.

(「영혼에 생선사시가 박혀」, 188-189쪽)

시를 꿈꾸어오던 한 여자가 시보다 꽃에 대한 공부를 많이 해서 등단 이전에 식물학 교수가 되었다는 말은, 꽃을 현실(사회)과 등치시켜 보면 다음과 같이 바꾸어볼 수 있다. 시를 꿈꾸던 한 여자가 사회에 대한 공부를 너무 많이 해서 등단 이전에 사회학 교수가 되었다. 이는 한국 문학이 현실반영성 혹은 현실참여로 경도되었던 시대에 나타났던 문단의 편향성에 대한 냉소와 비판으로 해석할 수 있다.[14] 이러한 '꽃논쟁'을 둘러싼 정치적 대결은 '서통'의 작품이 낙선하는 계기가 되었고, 이따금씩 떠들어대는 필화사건도 자파의 이익을 위해 정치권력을 이용하려는 데서 비롯된 것이다. 또한 이러한 대결이 지상전紙上戰에서도 똑같이 악의적인 인신공격으로 끝나곤 했다는 것이다.

구효서는 이러한 논쟁의 풍경을 극단적인 방식으로 왜곡하여 표현하고 있고, 이러한 알레고리가 다시 현실을 되비추는 거울이 되기 때문에

---

14) 실제로 한국문학사에서 80년대 민중문학론은 '민중의식'을 신비화된 절대적 영역으로 고착시키면서 점차로 경직화된 민중이론으로 나아갔고, 역사적 합법칙성을 기계론적으로 파악하여 당대 현실을 직선적으로 파악하는 우를 범했다. (고형진, 「화려하고 풍성한 「비평의 시대」」, 김윤식·김우종 외 30인 지음, 『한국현대문학사』, 현대문학, 1997, 545쪽.)

그의 서술 방식은 유효성을 지니고 있다. 문학 논쟁에 있어 대화적 관계가 차단되었다는 것은, 80년대 소위 '창작과비평사' 대 '문학과지성사'의 저널리즘을 통한 파벌주의로 나타난 것과 같이, 그 논쟁은 질과 양에 상관없이 문학의 생산적인 지형도를 그리지 못했고, 문학작품들을 정치적 이해관계에 따라서 재단하는 우를 범했다는 사실은 부인할 수 없다.

5. 문학상업주의와 대중문학의 유혹

「子公, 소설에 먹히다」는 등단의 관문을 통과한 '서통'의 작가로서의 삶을 다루고 있다. 이 작품에서 '서통'은 '빨래', '뽕나무하늘소', '영화배우'라는 별명을 가진 작가들과 어울리는데, 그들은 만나기만 하면 세기말과 데카당을 말하고 한심한 문학적 풍토를 소리 높여 비판한다. '빨래'와 '뽕나무하늘소'는 나름대로 토옥과 빈처와 적아赤兒를 구비하고 있었지만, '영화배우'는 무처무초無妻無草이어서 한뎃잠을 자며 궁핍한 생활을 한다. 이들과 자주 모여 문학을 외치며 떠드는 일은 좋은 작품을 생산하는 것과 관계가 없다는 것을 깨달은 '서통'은 집에 돌아와 소설만 쓰겠다고 결심하고, 8시간 쓰고 7시간 읽는 생활을 맹세한다. 이렇게 5년 동안 열다섯 권의 장편과 육십여 편의 중단편을 휘몰아 썼던 그는 '요추간판탈출증'이라는 질병을 얻게 된다. 요추 사이에 뼈가 튀어나와 신경을 자극해, 이제 그는 일상생활을 영위할 수 없을 만큼 힘겨운 처지에 놓이게 된 것이다. 그동안 그는 소설 창작에도 불구하고 경제적 수입이란 용접공만도 못했으며 가족들의 생계를 제대로 책임지지 못했음을 자책한다. 이는 그에게 글을 쓰는 행위에 대한 깊은 회의와 현실적인 삶을 영위하는데 대한 강박증을 몰고 오고 만다.

그는 '결국 소설이란 것이 죽음의 아가리를 벌리고 자신의 생명을 조금씩 갉아먹어왔다는 사실'(「子公, 소설에 먹히다」, 244쪽)을 깨닫는다. 그

즈음 시인과 소설가들이 삶을 비관하여 자살하는 일이 유행처럼 번지기 시작했고, 소설이란 식구의 호구를 위해 죽지 못해 써야할 괴물 같은 장르이며 소설이 죽음과 맞대적하는 장르라는 사실을 진작 알지 못했음을 한탄한다. 소설가로서의 운명을 자각한 그는 시도 때도 없이 성화하는 등장인물과 분개한 독자들 사이에서 갈피를 잡지 못하는 상황으로 치닫게 된다. 이는 현실적으로 작가가 경험하는 정신적·사회적 억압이 병리적 상황으로까지 나아갔음을 보여준다.

> 서통은 발간된 지 오래 되어 누렇게 변한 자신의 책들을 샌드페이퍼로 밀어 새것처럼 만들어 짊어지고 젊은이들이 춤추고 노래하기 위해 구름처럼 몰려드는 놀이마당으로 나갔다. 그곳에서 그는 쥐포와 옥수수와 순대 떡볶이 따위를 파는 부인들 곁에 자리를 잡고 목에서 피가 나도록 소리를 외치며, 다음 세대의 문학을 책임질 유망작가의 수준 높은 작품을 팔기 시작했다. 그리고 그날 오후 아홉 시, 한 권의 책도 팔지 못하고 집으로 돌아온 서통은 스스로 소설의 총구 앞으로 뚜벅뚜벅 걸어가, 기똥찬 물주를 잡으려다 놓쳐버린 한물간 창녀의 쑥스런 웃음을 과장되게 흉내내며, "항복!"하고 큰소리로 외쳤다. 앞에서 인중을 겨누고 있는 소설의 총구와, 좌우 양 옆구리에 각각 맥가이버 잭나이프를 들이대고 있는 출판사와 독자들 한가운데서 그는 손을 번쩍 들고 말했다. "시키는 대로 하겠습니다."
>
> (「子公, 소설에 먹히다」, 252쪽)

'서통'은 소설의 총구와 출판사와 독자의 칼 앞에서 항복을 선언한다. 이는 젊은이들이 춤추고 노래하기 위해 구름처럼 몰려드는 '놀이마당'에서 한 권의 소설책도 팔지 못했다는 현실에 기반을 둔다. 본격 소설에 대한 대중의 외면은 결국 작가에게 더 이상 소설을 쓸 수 없는 상황을 만들어 낸다. 여기서 (본격)소설은 급격한 대중문화와 문학상업주의로의 경사에 의해 한계 상황에 직면하게 된다. 실제로 '영화배우'를 등단시킨 출판사가 아직도 푸른색 로고를 사용하며, 어떠한 문학적 조류와 유행이 세상을 혼탁하게 한다 할지라도 창사이념을 고수할 것 같았지만, 실제로는 빨간 로고를 사용하는 뒷공장이 있었다. '영화배우'의 『참나무』라는 소설도 빨간 로고의 뒷공장에서 『밤나무 꿀밤나무 밑에서』라는 제목으로 바꿨으며, 그가 만들어낸 열두 명의 이름이 모두 달라져 있었다. 책이 중판을 거듭하고 온라인으로 들어오는 엄청난 인세에도 불구하고 '영화배우'는 영혼을 팔아먹었다며 밤거리를 헤맨다.

이러한 문학적 현실 속에서 '서통'은 스스로 자신의 책을 불태우며 '子公'이라는 새로운 이름의 제주가 되어 '소설집 장례식'을 치른다. 이는 황폐해진 문학적 현실에서 소설가 스스로가 감행하는 '현대판 분서갱유'라고 할 수 있다. 본격 소설의 효용가치가 상실되고 대중문화에 대한 길항력을 잃어버린 현실에서 대중의 구미와 출판사의 이윤에 굴종할 수밖에 없는 작가는 '통조림 회사 사장'과 하등 다를 것이 없는 존재가 되고 만다. 결국 그는 '자본주의 소비구조 속에서 잘 팔릴 물건을 만든다는 건 잘 안 팔릴 물건을 미련스럽게 만드는 일보다 훨씬 욕을 덜 얻어먹을 일이라고'(「子公 , 소설에 먹히다」, 252쪽)생각하게 된다.

이제 '서통'이 아닌 '자공'은 공상과학소설, 판타지소설, 에로소설 등 베스트셀러 목록에 매달려 있는 작품들을 사들인다. 그는 그 소설들에 재미를 붙이려고 애쓰지만 재미라고는 '고양이 오줌만큼'도 없었다. 그러나 책을 계속 사들이고 "어쨌든 요즘은 이런 소설들을 쓰지 않으면 안 돼."라고 외치며 책을 읽는다. 그 순간에도 "난 니 소설이 재미없더라 뭘."이라는 자신의 소설에 대한 조롱이 귓전을 때린다. 그것은 자신의 소설이 초판도 제대로 팔리지 않는 게 증거라며 윽대긴다. 억지로 대중소설에 재미를 붙이다 보니, 그동안 자신이 추구했던 문학이란 '문체라거나, 주제라거나, 여사여사한 미학이라거나, 문학사적인 가치 따위의 수상한 담론과 이데올로기로 억압되어 기를 펴지 못한 아주 고루하기 짝이 없는 몰골의 문학'(「子公, 소설에 먹히다」, 256쪽)이었다는 결론에 다다른다. 이렇게 본격문학의 가치에 대해서 스스로 냉소하고 조롱할 수 있게 된 듯 했던 '자공'은, 하루에 수십장 정도는 우습게 써내려갈 수 있을 것 같았던 대중소설을 단 한 문장도 쓰지 못하고 만다. 대중문학과의 현실적 타협에 실패한 것이다.

타협에 실패한 그는 잇몸에서 피가 줄줄 흐르고, 허리는 S자로 휘었으며, 글을 쓰는 오른손가락에는 수전증까지 찾아오는 등 형편없이 무너졌다. 그의 외침은 소설의 총구와 출판사와 독자의 쩩나이프에 구속당한 작가들에게로 이어져 그들의 괴로운 외침은 외지인들이 들으면 죽어버릴 만큼 의시시하고 괴상한 소리지만, '뽕타운'의 사람들에게는 심상한 소리로 들리기 시작한다. 여기서 외지인들에게 고통스럽게 들리는 그들의 울음이, '뽕타운' 사람들에게는 예사롭게 들리는 이유가 중요하다. 이는 '뽕타운'의 문화적 상황이 문화산업이 획책하는 예술상업주의와 도락주의에 빠져 있어, 더 이상 작가의 권위와 문학의 가치를 인정하지 않고 있기 때문이다.

이것은 근대정신을 이끌며 인간적 진실과 사회적 정의에 가장 유연한 담론 형식으로 받아들여졌던 소설의 지위가 약화되었다는 것을 의미한다.[15] 이남호는 이러한 현상을 포스트모더니즘 시대의 성격과 관련시켜, 소설의 위기는 역사의 소멸, 재현의 불가능성, 의미사슬의 와해, 비판적 거리의 소멸에서 그 원인을 찾을 수 있다고 보았다.[16] 여기에 중요한 요인을 몇 가지 추가해 본다면 다음과 같다. 문화산업의 논리에 의해서 훼손된 예술의 자율성, 다매체 시대에 있어 각종 영상매체의 발호, 연예·오락 산업에서 나타나는 딜레탕티즘의 문화적 상황 등이 그것이다. 그럼에도 불구하고, '소설의 공갈에 토악질을 하며 써야하는 운명'(「子公

---

15) 이남호, 「'소설 위기설'의 뜻과 그 배경」, 제5회 연구발표대회/공동주제 : 현대소설의 위기를 진단한다. 『현대소설연구』3집, 한국현대소설학회, 1995, 7-8쪽.
16) 위의 책, 10쪽.

, 소설에 먹히다」, 259쪽)을 지닌 '자공'은 도구화와 교환가치를 지향하는 현대의 문화적 상황에 숙명적으로 대결하는 작가의 모습을 보여준다.

6. 문학제도와 소설의 가치

구효서는 알레고리 기법을 통해서 우리 시대 문학이 갖는 정치적·사회적 의미와 그 속에서 길항하는 소설가의 상황을 예리하게 포착하였다. 그가 이 작품에서 사용한 알레고리 기법은 '언어시장' 내부에서 작동하는 문학제도의 권력 메커니즘을 낯설게 형상화하기 위한 방법이다. 이는 등단이라는 제도적 절차, 문단 권력의 메커니즘과 그 속에서 벌어지는 문학 논쟁의 실체를 통해서 문학제도의 의미에 대하여, 문학상업주의와 대중문학에의 유혹에 끊임없이 길항해야 하는 작가의 운명을 통해서 우리 시대 소설의 의미에 대하여 날카로운 질문을 던진다.

모든 시대에 걸쳐 예술가와 예술작품은 제도로부터 자유롭지 못하다. 아니, 그 예술 제도로부터 예술 작품이 생산된다. 다시 말하면, 제도가 글을 쓴다는 역설도 가능하다. 그러나 그 제도의 정당성과 공정성은 논쟁의 대상이 될 수 있다. 2003년 한국문예연감에 따르면, 2002년 한국잡지협회에 등록된 문예지는 202종에 달하며,[17] 2002년 국내에서 시행되고 있는 문학상은 신인상을 포함하여 280개에 달한다.[18] 여기서 이 숫자만을 문제 삼아서 그 제도의 방만함을 꼬집을 수는 없으나, 문학의 위기라고 말할 수 없을 만큼, 해마다 수많은 문예지와 문학상이 생겨나고 소리 없이 사라진다. 이 가운데 많은 종류의 문예지와 문학상은 문학권력이나 문학상업주의로부터 자유롭지 못하다. 신인을 등용하는 등단제도나 기

---

17) http://www.kcaf.or.kr/yearbook/2003/munhak/index.html (한국문화예술진흥원 문예연감 2003 편람「2」문예지 현황)

18) http://www.kcaf.or.kr/yearbook/2003/munhak/index.html (한국문화예술진흥원 문예연감 2003 편람「4」문학상 현황)

존 문인들의 문학적 업적을 인정하는 문학상은 모두 그 절차상의 문제와 잡음이 계속 되어왔다. 기존 문학상은 문학 권력의 제도적 장치 안에서 자본과 마케팅 전략으로 타락하였다는 점에, 후발 문학상들은 그 제도의 방만함과 난립에 문제가 짙다.

보수적 문학제도 안에서 배타적 권력을 영속화하려는 메이저 그룹의 섹티즘은 문학적 감식안과 비평안에 있어서 함량미달의 마이너 그룹과 더불어 비판의 대상이 된다. 서울의 중앙문단을 중심으로 다수의 지방 문단이 존재하는 문학계의 '과두정치' 체계는 하루 빨리 청산되어야 할 과제이다. 언제나 소수의 과밀한 권력은 부패하기 마련이고 이것은 실제로 학연, 지연 등의 비문학적 제도에 의해서 구속력을 가지고 작동하기도 한다. 이러한 제도와 절차상의 문제는 늘 제기되어 왔지만, 논쟁으로 끝난 것이 대부분이고 책임의 소지는 늘 권력 장치 내부에 은폐되어왔다는 데 더 큰 문제가 있다.

한편, 문화산업 논리에 의해서 가속화되는 문학상업주의와 대중문화에의 경도는, 예술을 부가가치의 생산을 위해서 사용되는 '콘텐츠'로 전락시키고 있다. 그러나 이에 대한 위협에도 불구하고 이를 무시하거나 편승해가는 학계의 동향은 더욱 심각하다. 근대문학의 제도 안에서 마련된 예술의 자율성을 한낱 장사꾼의 예술로 만들어버린 문화산업에 대하여, 학계에서조차 소위 '문화 콘텐츠'의 논리로 이에 편승하고 있는 것이다. 소설의 총구와 출판사와 독자의 쨱나이프의 위협에도 불구하고, 이러한 '공갈에 끊임없이 토악질하며 글, 글이라는 것을 쓰고 있다'(「子公, 소설에 먹히다」, 259쪽)는 '자공'의 작가적 운명은, 폐쇄적 온상에 권력을 두고 있는 문학제도의 메커니즘과 문화산업을 근간으로 하는 자본의 논리에 맞서, 예술의 자율성을 지키려는 처절한 싸움으로 이해할 수 있다. 그것은 아도르노의 말처럼 문화산업에 의해 기만당하여 문화산업의 상품을 탐내는 자들은 예술의 영역에 도달하지 못하기 때문이다.[19] 이는 우리 시대의 문학이 어떠해야 하는가 하는 점에 강한 시사점을 던진다. 문학은 어떠한 교환가치에 의해서 훼손되지 않은 순수한 사물의 대변인이어야 한다. 이 사실은 문학의 위기를 떠들어 대는 이 시대에 더욱 중요한 말이다.

(『현대소설연구』26호, 2005년 6월)

---

19) T. W. Adorno, 홍승용 옮김, 『미학 이론』, 문학과지성사, 1997, 36쪽.

섬의 주변성과 소설의 자리

—제주 설화를 모티프로 한 玄吉彦의 소설[*]에 대하여—

> 사회적인 금기를 거부하는 것은 어찌 보면 부도덕한 일같이 보이지만, 사실은 가장 보편적인 우리 인간들의 욕망입니다. 새로운 세계를 희망하는 열정을 갖지 않고는 그런 욕망을 생각하지 못합니다. 그것은 소중한 것이지요.
>
> —「그믐밤의 제의」 중에서

1. 권력의 횡포와 섬의 주변성

제주의 사람들에게 가해지는 권력의 횡포는 크게 두 가지 양상으로 나타난다. 첫째는 공물 징수에 따른 수탈이고, 둘째는 교화라는 이름으로 가해지는 민간 신앙에 대한 탄압이다. 전자의 경우는 「용마의 꿈」에서 진상용 감귤 징수에 대한 수탈로 나타나는데, 여름에 헤아려 놓은 수대로 과일을 바치지 못하면 곤장이나 돈으로 그것을 대신해야만 할 정도로 가혹한 착취를 가하고 있다. 이렇게 고혈을 짜내는 상황 속에서 백성들은 '과수나무를 키우는 것이 천생에 죄를 지은 것처럼'(「용마의 꿈」, 211쪽) 생각한다. 바로 이에 대한 저항으로 나타난 것이, '강좌수'가 행한 과수나무 자르기이다. 그는 굶주린 백성들을 구휼하고 공명정대한 생활태도로 도덕적인 신임을 두텁게 받고 있는 인물이다. 따라서 감귤나무를 자른

---

[*] 본고의 주요 분석 대상은 「용마의 꿈」(『용마의 꿈』, 문학과지성사, 1984), 「김녕사굴 본풀이」(『껍질과 속살』, 나남, 1993), 「광정당기」(『우리들의 스승님』, 문학과지성사, 1985), 「그믐밤의 제의」(『닳아지는 세월』, 문학과지성사, 1987)이다. 작품 인용의 경우, 작품명과 페이지를 괄호 속에 병기하기로 한다.

그의 행위는 목사의 권위에 대한 도전으로 받아들여지고, 결국 그는 죽음을 맞게 된다.

한편, 「그믐밤의 제의」에서 '장수여'嶼 전설은 권력의 수탈에 저항하는 장수의 비극적인 죽음에 관한 이야기이다. 이 전설에서 전복 100근을 상납하라는 요구에 '용당개' 마을 사람들은 모두 아무런 방도를 찾지 못하고 원망과 한탄으로 시간을 보내고 있었다. 그러나 강서방네 둘째아들이 이에 대한 저항의 표현으로 실제로 전복 100근을 바치게 되고, 이 힘센 젊은이는 역적으로 몰려, 맷돌을 달아맨 채 바다에 던져졌으나, 포승줄을 풀고 맷돌을 조약돌처럼 굴리며 헤엄을 치는 괴력을 보인다. 이에 목사는 부모가 대신 벌을 받아야 한다는 이유로 그를 죽음으로 이끌려 했고, 결국 그는 물 위에서 사흘을 견디다 죽는다. 이에 언제부터인지 그 마을 사람들은 장수여에서 그 장수를 위로하는 제를 지내게 된다. 여기서 괴력의 젊은이는 자신의 힘으로 민중의 가혹한 수탈에 맞서 저항하다가, 결국 그 힘으로 인해서 역적의 누명을 쓰고 비참한 최후를 맞게 되는 '아기장수'類의 전형적인 예이다.

후자의 경우는 제주도 민중들 사이에 뿌리내린 공동체적 신앙에 대한 일방적인 탄압의 형태로 나타난다. 「김녕사굴 본풀이」에서 판관은 김녕 마을 사람들이 섬기는 큰할머니 신이 뱀으로 둔갑하는 요귀로 사람들을 못살게 만든다는 소문이 나돌기 시작하자, 그 기회를 틈타 그동안 성스럽고 경외롭게 보존되던 신당을 파괴한다. 그러나 실제로 그 일이 일어나자, 백성들은 '흡사 초상 만난 상제 모양으로 넋을 잃은 채'(「김녕사굴 본풀이」, 97쪽) 그 모습을 지켜볼 뿐이다. 이에 백성들을 교화시키고 안위를 도모한다는 판관의 명분은 의미가 없게 되고 결국 그는 당신堂神의 흉험에 의해 패배하게 된다.

「광정당기」에서도 섬의 신당과 무당들이 혹세무민한다고 판단한 제주목사는 당을 부수고 무당을 귀농시키려고 한다. 그러나 대정고을의 광정당이 아직도 건재하다는 소식을 듣고 그것마저 철폐시킨 그는, 표면적으로는 신당철폐사업이 성공한 듯이 보였으나 결국 이상한 일에 연루되어 임기를 마치지 못하고 섬을 떠나게 되고, 광정당 신의 복수로 여러 가지 화를 입게 되었다는 이야기가 들려온다.

민중들에게 가해지는 권력의 횡포는 공물 수탈과 같은 물질적인 영역에서부터 신당 철폐와 같은 정신적인 영역에 이르기까지 광범위하게 자행되었다. 이것은 비단 제주만의 문제일 수는 없으나 그 착취가 단기간에 전역에 걸쳐 강력하게 진행되었다는 점은 특수한 점으로 이해할 수 있다. 공물 수탈은 물론이거니와 특히 신당 철폐에 있어서는 단기간에 제주 전역에 걸쳐서 폭력적인 방식으로 자행되었다는 데 문제가 있다. 이는 목사를 비롯한 관리들이 제주도민을 일방적인 '교화'의 대상으로 판단하고 있다는 데서 기인한다. 바로 여기에 '문명과 야만', '육지와 섬'의 이분법이 작용한다. 관리들의 '새로운 도덕'을 심겠다는 의도는 이러한 이분법적인 관계에 입각해 있고, 이러한 논리 하에서는 철저하게 제주도민의 공동체적 신앙은 철폐의 대상으로 인식되는 것이다. 이것은 바로 섬의 '주변성'에 기인한다. 여기서 말하는 주변성이란 지리적인 독립성과 폐쇄성, 누대에 걸쳐 형성된 공동의식의 단일성과 기층성을 뜻한다. 바로 이러한 점에서 그 착취가 단기간에 광범위하게 자행될 수 있었으며, 그 횡포는 표면적으로는 성공한 것처럼 보이지만, 궁극적으로는 실패할 수밖에 없었던 것이다. 공물 수탈과 같은 물리적인 착취에 대해서는 아기장수와 그에 대한 기다림으로, 신당 철폐와 같은 정신적인 탄압에 대해서는 흥험에 의한 관리의 패배와 기층 의식의 불변성으로 이를 대변하고 있다.

2. 공동체적 삶의 원리와 민중성

제주 설화를 모티프로 한 현길언의 소설에는 민중들의 공동체적 삶의 원리와 민간 신앙을 기초로 한 기층의식이 중요한 의미를 갖는다. 이는 특히 육지에서 내려온 관리들이 일방적으로 자행하는 탄압이 실패로 귀결될 수밖에 없는 근원적인 원인이 된다.

「용마의 꿈」에서 감귤 진상에 대한 수탈에 맞서 귤나무를 고의로 죽여버린 '강좌수'는 이런 민중의 분노를 대리적으로 표출하고 있는 인물이다. 그의 집안은 원래 제주도의 토착민이 아님에도 불구하고, 마을 사람들에게 물질적으로나 정신적으로 지주의 역할을 하게 된 것에는 나름의 이유가 있다.

> 그는 재산만 늘어난 게 아니라 인심까지 얻게 되었다. 그렇다고 그가 부자로서의 교만과 거드름이나, 세도가로서 행패를 부리는 일이 없었다. 더구나 그의 검약한 생활은 모든 사람의 본이 되었다. 그 집 종들은 모두 식구이고 친척과 같았다. 그런데 그렇게 없는 사람에게는 후한 그도 관리들에 대하여서는 까다롭기 그지없다. 역대 대정 군수가 그 앞에서 큰 소리를 못 치는 것은, 그가 갖고 있는 앞에 보이지 않는 그 힘 때문이었다. 관가의 아랫사람들의 뒷바람을 그가 많이 감당해 주었고, 그의 공명정대한 생활태도가 양반들이 따를 바가 못 되었기 때문이기도 했다.
>
> (「용마의 꿈」, 217-218쪽)

제주도에 정착한 지 삼대가 못되어 부자가 된 '강좌수'는 여느 부자들이 그러하듯이 아랫사람들의 고혈을 짜내어 부를 이룬 것이 아니다. 매년 춘궁기에는 식량을 대정 군민들에게 내놓으면서도 그 값을 마다하는 등 주민들에 대한 구휼에 앞장섰다. 따라서 사람들은 강좌수네 일이라면 자기 일보다도 더 마음을 썼고 이로 인해 쌓여진 부와 함께 인심까지 얻게 되었다. 또한 생활적인 면에서 공명정대하고 검약한 생활은 양반들을 넘어서고 그로 인해 주민들은 그를 정신인 지주로 신봉하게 된다. 이러한 마을 공동체는 '관리와 백성'의 위계 질서를 무화시킨다. 창고내 마을 사람들은 표면적으로 관리들의 탄압에 굴복하지만, 두터운 믿음으로 맺어진 강좌수와 마을 사람들의 관계까지 무너뜨리지는 못한다.

그러나 새로 부임한 목사에게는 '강좌수'가 가장 다루기 힘든 정적政敵이다. 감귤 징수에 따른 가혹한 착취에 대항하여 귤나무를 일부러 잘라버린 그이지만, 주민들에게 두텁게 신임을 받고 있는 터이기 때문에 그를 처단하기는 쉽지 않은 것이다. 그러나 그가 잡혀와 직접 목사 앞에서 국문을 받고, 나라를 뒤엎으려는 변란의 음모를 지니고 있다는 누명을 쓴 채, 죽고 만다. 그는 죽고 많은 재산은 관가에 귀속되고 식구들은 대정 고을의 노비가 되었지만, 이러한 현실적인 패배 이후에 살이 입혀지는 후일담에서 결코 패배할 수 없는 민중의 강한 생명력을 발견하게 된다.

> 그런데 그 후 얼마 안 되어 이상한 소문이 그 마을에서 흘러나오기 시작하였다. 어느날 밤에 강좌수의 둘째 아들이 날랜 용마(龍馬)를 타고 그 집 앞에 나타나서는 목청을 빼어 하늘을 향해 슬피 울다가 창고내(川)로 사라졌다는 것이다. 어떤 이야기는 그 둘째아들을 태운 용마가 하늘로 올라갔는데 곧 내려올 것이라 했다. 어떤 사람은 그 둘째아들이 바로 장군이 되어 용마를 타고 온 것을 직접 보았다고도 했다. 그러면 사실은 강좌수가 날개 돋은 장수였고 그 집터가 바로 왕이 날 땅이었는데 때를 제대로 만나지 못하여 죽게 되었다고 말했다. 그러나 언제고 그 아들이 바로 못다 이룬 아버지의 뒤를 이어 용마를 타고 올 것이라고 했다.
>
> (「용마의 꿈」, 231쪽)

마을 사람들은 그의 죽음을 패배로 인정하고 싶지 않았다. 이에 그의 둘째아들이 못다 이룬 아버지의 뒤를 이어 용마를 타고 내려온다는 믿음이, 그를 재생시킨다. 이야기는 더 날개가 돋아, 그 집의 종들이 모두 군사가 되어 밤마다 훈련하는 소리가 들리며, 실제로 목사가 그 소리에 혼비백산 줄행랑을 쳤다는 이야기까지 확대된다. 그리고 마을 사람들은 모두 둘만 모이면 신나는 얼굴로 용마 이야기를 하고, 또 용마를 타고 오는 장군을 기다리며 강좌수를 생각한다. 이러한 용마의 전설은 민중의 공동체적 이상이 반영된 것으로 이러한 꿈이 반영된 이야기는 민중들의 사이에서 지속적인 생명력을 지니고 전승된다.

「김녕사굴 본풀이」에서는 김녕 마을의 큰할머니 신에 대한 마을 사람들의 신앙에서 민중들의 공동체적 삶의 원리가 구현된다. 그들에게는 '벗이요 나랏님이요, 소원 들어 주는 큰할머니'(「김녕사굴 본풀이」, 78쪽)인 것이다. 새로 부임한 젊은 판관은, 정월 열나흘 신과세제新過歲祭라 하여 본향당에서 한 해 소원을 비는 굿판을 목격하게 되고, 이에 대해 신기한 눈길을 보낸다. "모두들 귀신들인 사람들 같구나. 어떻게 저리 신바람이 나게 춤을 추는지 참말 희한하구나."(「김녕사굴 본풀이」, 82쪽)」라는 판관의 말은 이들의 공동체적 의식과 심성을 이해하지 못하는 철저하게 외부적이며 이질적인 시선이다. 또한 왜구들의 출몰로 인해서 요구되는 군역軍役도 피하려고만 하며 오히려 산속으로만 피신하려 하는 사람들을 판관은 이해할 수 없는 노릇이다. 판관은 이에 왜구가 쳐들어왔다는 것을 가정하고 주민 소집령을 내리지만 모인 사람들은 스무남은 명이 고작이었다. 그 이유는 굿이 행해지는 기간 동안에는 아무런 부락일도 하지 않고 본향당 당신인 큰할머님을 즐겁게 하는 일만 하게 되어있기 때문이다. 이 사실을 들은 판관은 백성들이 더욱 무지하고 어리석게만 생각한다.

이러한 백성들의 상황을 수습하기 위해 골몰하고 있던 판관은, 태풍과 괴질 등 몇 해에 걸쳐 겹쳐 일어난 일련의 사태를 둘러싸고, 김녕 마을 사람들이 섬기는 큰할머니신이 심술궂은 요귀로서 뱀으로 둔갑하여 사람들을 못 살게 한다는 이야기가 나돌자, 이를 호기로 삼아 할머니 신과 신당을 철폐하고자 한다. 신봉의 대상이 금기의 대상으로 변모하는 과정 속에 개입하여 당신堂神에게 쏠려있는 민심을 수습하고자 한 것이다. 그러나 막상 신당이 화염 속에 휩싸이고, 복을 빌기 위하여 제물을 무당에

게 마칠 필요도 없게 되었다는 판관의 선언에도 불구하고 백성들의 마음
은 그와 정반대의 방향으로 나아가고 있었다.

> 판관이 떠오르는 아침 해를 바라보며 당당히 말하면서 모여 있는 사람
> 얼굴 하나하나를 뚫어져라 바라보았다. 그러나 어느 한 사람도 고개를 들
> 어 판관을 바로 보지 않았다. 사람들의 귀엔 판관의 말이 하나도 들리지
> 않았다.
> (중략)
> 판관이 다시 호기 있게 외쳤다. 그러나 백성들은 여전히 땅 위에 주저앉은
> 채 흡사 초상 만난 상제 모양으로 넋을 잃은 채 움직이질 않았다.
>
> (「김녕사굴 본풀이」, 97쪽)

일년에 몇 번씩 고운 딸을 제물로 바치지 않아도 되고, 이제는 안심하
고 생업에 종사할 수 있다고 호기 있게 요귀 퇴치를 선언하는 판관과는
반대로, 백성들은 판관의 말이 하나도 들리지 않았으며, 초상을 만난 상
제의 모양으로 넋을 잃고 있을 뿐이다. 이는 아무리 정당한 이유와 논리
가 있다고 하더라도 그것이 일방적인 논리와 행위라면, 오히려 거부의
대상이 된다는 사실을 보여준다. 따라서 위로부터의 일방적인 논리는
그 행위의 정당성과 상관없이 비윤리적인 것이다.
「광정당기」에서도 제주 목사로 부임한 영남 선비 '이형상'은 섬의 신당
과 무당이 혹세무민하고 있다고 판단하고 당은 부수고 무당은 귀농시키
고자 이른바 '신당 철폐령'을 내리게 된다. 그러나 제주의 선비들이 쓴
여러 책에서는 이를 치적으로 요란스럽게 거론하고 있지만, 실제로 민심
은 이를 수용하고 있지 않았다. "당을 부수어? 그 목사 제정신이 아닌
거로고.", "부수면 부수라지. 아니 당을 부수고 성할 성싶어? 지가 아무리
목사라고 영험(靈驗)이 높은 당신하고 상대하여 싸워 보젠."(「광정당기」,
56쪽)이라고 말할 뿐이다.

섬 안 모든 사람들이 자신의 뜻에 따라 당을 부수는 데 들고 일어설 것을 기대하였는데, 오히려 곳곳에서 무당과 한패가 되어 당을 지키고, 당을 부수는 관원들에게 행패를 부리고, 목사를 저주하는 욕설까지 서슴없이 퍼붓는다는 소문이고 보면, 목사는 화낼 기력도 없이 아연실색하고만 있었다. 그저 우매한 백성들이라 어쩔 수 없는 일이라고 생각하면서 스스로 마음을 달래었다.

(「광정당기」, 57-58쪽)

이미 관아에서 하는 일은 콩으로 메주를 쑨다고 해도 믿지 않을 만큼, 민의 관에 대한 불신이 큰 상황에서, 신당 철폐령은 목사의 의도와는 반대로 거센 저항에 부딪치게 된다. 이에 관가에서는 우선 무당들에게 굿을 못하게 무거운 무당세와 굿세를 매겼고 이에 따라서 무당 노릇을 할 사람이 없어지자, 백성들은 순순히 따를 수밖에 없었다. 하루하루 신당 철폐 상황을 보고 받던 목사에게 대정 고을에 있는 광정당이라는 당은 아직도 건재하고 아직도 마을 사람들이 굿을 하고 있으며 사람들이 당을 지키고 있다는 해괴한 소문이 날아들었다. 이에 목사는 화를 내며 그 요귀를 보고 말겠다며 광정당으로 향한다. 광정당으로 향하던 그는 말을 끌던 나졸이 말고삐를 잡은 채, 광정당 앞을 지날 때에는 하인何人을 막론하고 하마下馬를 하게 되어 있고 그렇지 않으면 큰 화를 입게 된다는 이야기를 듣고 대노하게 된다. 목사의 채찍을 맞고서도 하마를 해야 한다고 말하며 피투성이가 된 채 서 있는 나졸과 더 이상 나아가지 않고 서버리는 말에 목사는 어리둥절해 한다. 결국 그는 내려서 갈 수밖에 없었고, 목사는 무당에게 내일 아침까지 귀신이 나오도록 굿을 하도록 명을 내리고, 만일 귀신이 나오지 않는다면 목을 치겠다고 다그친다.

목사는 청승맞은 홍얼거림에 내장이 뒤틀려 꼬이는 것 같고, 더구나 구경하는 백성들이 너무나 경건하고 무당과 한가지로 웃고 떠들고 울고 하는 모습에 비위가 상했다. 이제 새벽별이 지고 동편 하늘이 점점 밝아오자 굿을 하는 사람들이나 구경꾼들 모두가 지쳐 있었지만, 갑자기 무당들은 미친 사람들처럼 제상 앞에서 발광을 하듯 춤을 추기 시작한다. 그리고 무당들은 제상 앞에 꼬꾸라져 버렸다. 이에 무당들은 목사의 명에 의하여 결박당하고, 동편 하늘에서 여러 갈래의 빛줄기가 나란히 내비치기 시작하자, 거대한 팽나무가 숲 위에 쓰러졌다. 그러자 마을 사람들도 그 자리에 주저앉았고, 중죄인처럼 끌려가는 무당들을 넋을 잃고 바라보기만 했다. 결국, 목사의 신당 철폐령은 모두 성공을 거두었다. 그러나 이것은 표면적인 성공일 뿐, 실제로 목사는 이를 계기로 여러 가지 화를 입게 된다. 임기 이 년을 마치지 못하고 파직되어 육지로 쫓겨나갔고, 고향에 돌아가 보니 목사의 세 아들이 급질에 걸려 죽어있었으며, 목사가 죽어 묻힌 무덤에는 광정당 신이 뱀으로 환생하여 서려있다는 이야기가 전해진다. 이 이야기는 생기가 없이 하루하루를 살던 대정 고을 사람들에게 생기를 불어넣어 주었으며, 그들은 다시 팽나무 밑둥지에 단을 쌓아 매달 초이레마다 부족한 살림에도 정성껏 제물을 만들어 드나들기 시작한다.

이 이야기도 「김녕사굴 본풀이」와 마찬가지로 위로부터의 일방적인 정책이 민심으로부터의 반발을 낳고 결국 성공하지 못한다는 사실을 말해 주고 있다. 샤머니즘과 같은 민중들의 공동체적 토속 신앙은 그 어떤 외발적外發的 논리와 정책보다 근원적이기 때문에 이에 대한 이해 없이 '새로운 도덕을 심는다'는 이상적 논리는 이루어질 수 없다. 당신을 신봉하는 것은 어리석은 것임을 깨닫고 모두가 성은聖恩을 받고 살고 있다는 믿음을 심어주고자 했던 관리들의 왕도주의적 가치는 철저하게 실패했다. 그것의 표면적인 원인은 관에 대한 민의 불신에 있지만, 본질적인 것은 민중의 공동체적 삶의 원리와 이상인 샤머니즘이 외부적 이념과 정책보다 공고했음에 있다. 이는 동서고금을 막론하고 제도나 정책의 정당성은 위로부터의 일방적인 것에 있지 않고, 그것에 대한 밑으로부터의 폭넓은 합의에 기초해야 한다는 것을 말해주고 있는 것이다.

3. 지배 이념과 금기의 작동원리

아기장수 설화는 수많은 유형의 이야기가 전승되지만, 그 기본적인 줄기는 미천한 혈통의 인물이 괴력과 같은 탁월한 능력으로 기존 질서의 장벽을 넘지 못하고 (금기의 대상이 되어) 비극적인 죽음을 맞게 된다는 이야기이다. 이들은 대체로 영웅의 출현을 기대하는 민중적 염원의 표상으로 이해되는데, 여기서 아기장수는 언제나 당대의 지배 이념의 적대자가 된다.

「용마의 꿈」에서 감귤 징수에 따른 수탈에 저항하던 '강좌수'는 민중의 정신적 지주였다. 그가 비참하게 죽고 나자, 사람들은 그의 둘째아들이 장군이 되어 용마를 타고 내려올 것이고, 사실은 강좌수 역시 날개 돋은 장수였고 그 집터가 왕후지지王侯之地인데, 때를 잘못 만나 죽게 되었다고 말한다. 언제고 못다 이룬 아버지의 꿈을 이루기 위해서 용마를 타고 내려온다는 그의 둘째아들은 아기장수가 민중의 희망과 이상을 담은 영웅임을 보여주고 있다.

「그믐밤의 제의」의 설화도 같은 모티프의 이야기이다. 바다에서 잡은 고기와 따낸 전복의 수탈에 시달리던 용당개 사람들에게 어느날 전복 100근을 바치라는 영이 떨어지자 사람들은 망연자실하게 된다. 그러나 강서방네 집 둘째아들이 전복 100근을 따서 호방에 바치게 되고, 그의 괴력에 놀라 관아에서는 그를 잡아들이게 된다. 바로 그 힘으로 인해서 그는 영웅이 되었지만, 다시 그로 인해 역적이 된다. 당대의 지배체계는 이를 용인하지 못한다. "자기 힘만 믿고 행패를 일삼으므로 위로 성상의 권위를 위태롭게 하였으며, 또한 백성들을 충동질하여……"(「그믐밤의 제의」, 25쪽) 라는 식의 죄목은 아기장수에게 언제나 따라붙는 것이다.

맷돌을 매달고 바다에 던져졌음에도 그가 죽지 않고 헤엄을 치자, 목사는 그의 부모를 결박하여 스스로 죽지 않는다면 대신 부모가 죽게 된다고 협박하고, 그는 결국 사흘을 물 위에서 견디다가 죽게 된다. 그날 자정쯤 바다에서 불기둥 같은 것이 하늘로 솟아올랐는데, 그 자리에 지금까지 없던 여嶼가 생겨났고, 마을 사람들은 뜻을 펴지 못하고 죽은 젊은이를 위로하는 제를 매달 그믐에 드리게 된다.

> 장수의 죽음을 받아들이지 않는 사람들의 뜻이 그 제사 의식 속에 담겨져 있는 것입니다. 사회를 지배하던 계층들은 장수의 출현을 원하지 않았습니다. 오히려 그것을 막기 위하여 금기까지 만들어놓은 거 아닙니까. 그래서 똑똑한 인물이 일반 평민층에서 나오는 것을 두려워했습니다. 그런 인물들은 역적이란 누명을 씌우고 합법적으로 제거하였습니다. 황당무계한 금기를 만들어내어 장수의 죽음을 정당화시켰던 것입니다. 그들이 확보해 놓은 것을 더 굳히는 데 아기 장수 전설은 큰 역할을 발휘했던 것입니다. 그런데 이 용당개 사람들은 그러한 금기를 '장수여(將帥嶼)'에 대한 제사를 통해서 깨뜨려놓은 것이니 보통 일이 아닙니다.
>
> (「그믐밤의 제의」, 29쪽)

'장수여'와 연대적 운명을 가지며 용당개 마을에서 무허가 술집을 하는 여인은 장수여 전설에 대한 자신의 생각을 말하고 있다. 여기서 장수의 죽음은 체제의 안정을 위해서 당대의 지배 권력이 만들어낸 금기 체계에 기원을 두고 있다. '미천한 혈통의 인물→탁월한 능력(괴력)→비참한 죽음'의 아기장수 설화의 전형적 구조에서 비참한 죽음의 계기에는 언제나 금기 원리가 작동하고 있다. 이 금기는 일반 사람들로 하여금 '역적은 반드시 죽어야 한다'는 사실을 철저하게 인정하도록 하기 위해 유포된 허위적 관념false consciousness인 셈이다.

「김녕사굴 본풀이」에서 마을 사람들이 섬기는 큰할머니 신은 왜구의 도적질, 태풍으로 인한 농작물 피해, 괴질로 인한 사망 등의 재앙을 겹쳐

겪고 나서 금기의 대상으로 변모된다. 사람들이 섬기던 큰할머니 신이 오히려 심술궂은 요귀로서 간간이 뱀으로 둔갑하여 사람들을 못살게 군다고 이상한 소문이 돌기 시작한 것이다. 이러한 소문은 신당을 철폐하려는 판관에게 호기를 제공하고 이에 본향당의 매인 심방이 오랏줄에 묶여 향청으로 압송된다. 잡혀온 심방은 큰할머니가 요귀가 아님을 강변하지만, 굿을 하여 요귀를 보여주지 않는다면 백성을 속이고 관가를 우롱한 죄로 죽음을 면치 못할 것이라는 영을 받게 된다. 굿이 시작되자 판관은 이따금 섬뜩함을 느낀다.

> 사실 저 굴 속에서 그 요귀가 나타나 자기와 대결이라도 벌인다면 그래서 자신이 처참하게 굴하지 않을 수 없게 된다면 그때 자신의 처지는 어떻게 될 것인가. 정말 이 섬은 무당이 왕노릇하는 땅이 되어 버릴 수도 있다. 자기의 행동이 너무나 당돌한 것이 아닌가. 판관은 지그시 눈을 감고 제상 앞에 앉아서 중얼중얼 읊어대는 심방의 사설 소리에 자신의 심장이 뒤틀리는 걸 느꼈다.
>
> (「김녕사굴 본풀이」, 94쪽)

이제 판관의 의도는 분명해졌다. 그는 이 섬이 무당이 왕노릇하는 땅이 되지 않게 하기 위하여 소문으로 나돌던 큰할머니 신에 대한 금기의 원칙을 보다 강화하며 요귀를 나오게 하라고 강요하는 것이다. 밤새 굿판을 벌였지만 요귀는 나오지 않고 지금까지 굿을 주도하던 수심방이 제상 앞에 쓰러지고 이어 모든 굿꾼들이 쓰러졌다. 그리고 무당들을 포박하라는 판관의 명령과 함께 동녘 하늘에서는 해가 쩡 소리를 가르며 떠오르고 있었고, 불이 붙은 장작더미가 굴 안으로 내던져 지고, 삽시간에 성스럽고 경외롭게 보존되던 신당은 화염 속에 휩싸인다.

결국, 금기의 원칙은 당대의 지배 이데올로기를 정당화하는 데 기여한다. 신당을 불태운 판관은 "악귀는 이제 처치되었소. 이제 복을 빌기 위하여 제물을 무당에게 바칠 필요도 없게 되었소. 이제부터 성은에 감사하고 부지런히 일하면서 서로 힘써 뭉쳐서 어려운 일을 해 나간다면 여러분은 편안하고 복되게 살 수 있을 거요."(「김녕사굴 본풀이」, 97쪽)라고 선언한다. 그의 의도는 제주섬이 무당이 왕노릇하는 땅이 아니라 성은에 감사하며 사는 땅이 되어야 한다는 왕도정치의 지배 이념을 공고하게 하는 데 있다. 따라서 금기의 원칙은 세계를 지배 이념 속에 가두려는 음험한 현실원칙에 기반을 두고 있는 것이다.

4. 反지배이데올로기와 소설의 자리

「그믐밤의 제의」는 용당개에서 무허가 술집을 하는 여인과 사회운동가인 '나'(서진수)를 중심으로 이야기를 풀어나간다. 술집 여인은 역시 사회운동을 하던 남자친구와 도피하던 중, 남자친구가 산에서 죽자, 범인 은닉의 죄목으로 집행유예를 선고받고 제주로 내려온 사람이다. 여자는 바로 이곳 용당개에서 자살을 기도하지만, '장수여'嶼에서 몰래 제사를 드리고 돌아오는 사람들에게 구조되었다. 이때부터 그녀는 한밤중에 몰래 제사를 드리는 사람들의 이야기를 듣고 그들의 삶과 연대적 운명을 느끼게 된다. 이들은 모두 자의든 타의든 시대로부터 상처를 입은 존재들이다.

'나'는 그녀에게 장수여에 얽힌 전설—해산물의 수탈이라는 관헌의 횡포에 저항하였으나 자신이 지닌 괴력으로 비극적인 죽음을 맞이하게 된, 한 장수의 이이야기—을 듣게 된다. 그리고 그 죽음을 애도하기 위하여 지금도 위험을 무릅쓰고 제사를 지내는 사람들의 심사가 어떠했을 것인가에 대해서 묻는다.

"환상을 쫓아 사는 사람들의 마음 아니겠어요?"

나는 되도록 그녀의 이야기 속으로 끌려가고 싶지 않았다. 사실 이야기를 계속할수록 묘한 생각이 들기도 하였다. 어쩌면 내가 유도 심문을 받는 듯한 강박관념이 서서히 일어났다.

"환상을 간직할 수 없는 사람들만이 사는 세상에서 환상을 좇아 사는 사람들이 어떻게 되는 줄 아십니까?"

"어떻게 되다니요?"

"정신이상자가 아니면, 부도덕한 사람으로 버림받게 되지 않겠어요?"

그럴 수도 있겠다.

"환상을 사람들을 오히려 유약하게 만듭니다. 더 필요한 것은 현실적인 제의가 아니겠어요?"

(「그믐밤의 제의」, 30-31쪽)

환상을 간직할 수 없는 사람들만 사는 세상에서 환상을 좇는 일은 정신병자가 아니면 부도덕한 사람이 되고 만다는 여자의 진술에 대해서 '나'는 환상이 사람을 유약하게 만든다고 말하며 필요한 것은 현실이라고 맞서고 있다. 사회운동에 투신한 '나'는 오늘날은 장수를 필요로 하는 시대가 아니며 장수에 의해서 사회가 개선되는 시대도 아님을 강조한다. 역사의 발전을 맹목적으로 신뢰하는 일차원적인 '나'는 환상을 거부한다. '나'는 지배 이념의 반대에 위치하는 '환상' 속에 사회적 금기를 거부하는 순수한 삶의 의지가 담겨 있음을 깨닫지 못하고 있는 것이다. 또한 '나'는 순수한 삶의 진실과 이에 대한 목숨을 건 제의적 몸짓은 소위 진보와 이념의 가치보다 우위에 있다는 사실에 대해서 무지했던 것이다.

장수여에서 드리는 제사를 궁금해 하던 '나'는 낚싯배의 선주에게 그 제사를 참관할 수 있도록 주선해 줄 것을 부탁하게 되고, 혼자만 참예한다는 조건으로 제관들의 허락을 받게 된다. 제관 이외의 사람들은 범접하지 못한다는 금기에도 불구하고 허락을 한 것이다. 그 제사 의식에서 제물을 진설하고 배례를 하는 것은 여느 제례와 다른 것이 없었으나, 다음의 절차에 '나'는 어리둥절해지고 만다. 그것은 제관들이 모두 옷을

벗고 장수여에 내려가서 여에 얼굴이 닿도록 하는 의식이다. 세 사람의
제관들은 보통 사람들이라면 엄두도 못낼 일을 모두 태연하게 치렀다.
이 의식을 모두 지켜본 '나'는 '세상에서 가장 자신있게 사는 사람의 모
습'(「그믐밤의 제의」, 48쪽)을 확인한다. 그러나 그날 밤 '나'는 형사로
추측되는 낯선 젊은이의 갑작스러운 방문과 함께 압송 당하게 된다.

투옥 생활에서 풀려난 '나'는 다시 그곳을 찾게 되는데, 해산물을 파는
부인네들 사이에서 그녀를 발견한다. 그녀는 '나'를 먼저 알아보고, '나'
가 용당개에 다시 찾아올 줄로 믿고 이렇게 기다리고 있었다고 말한다.

> "제가 그 동안 해녀질을 배웠습니다. 용당개 동네가 철거된 거 보셨지예.
> 이제는 장수여에 제사할 사람도 없습니다. 그래서 제가 아주 도맡았지요."
> 내 잔에 술을 따르면서 말했다. 목소리가 '극극'하니 울음기가 끼어 있었다.
> "이거 제가 잡은 겁니다."
> 내가 소주를 단숨에 들이키고 젓가락으로 안주를 집으려는데, 여자가 접시
> 에 썰어놓은 소라를 가리키며 웃었다.
> "제 꿈이 있습니다. 무엇인 줄 아십니까. 장수여까지 헤엄쳐 가서 제사를
> 지내는 겁니다. 그리고 거기서 전복도 잡고 소라도 잡고, 내 작은 영토를
> 거기에 확보하는 겁니다. 죽은 장수의 입술에 제 입술을 갖다 맞출 때의
> 그 황홀함을 생각하면서 저는 행복하게 살아가는 겁니다."
>
> (「그믐밤의 제의」, 53쪽)

그녀는 이제 개발 바람으로 보상금을 받고 사람들이 떠난 용당개에서
해녀질을 하면서 그곳에서 자신의 작은 영토를 키우고 장수여에 입술을
맞출 황홀함을 꿈꾸며 산다. 말을 마치자 그녀는 손가락을 들어 바다를
가리키며 장수여가 보인다고 소리를 지른다. 바로 그때, '나'는 붉은 황혼
으로 불타는 그녀의 얼굴 속에서 맷돌을 다섯 개나 매달고 죽어간 장수의
얼굴을 발견하게 된다. 이 발견은 사회운동가로서 지극히 현실적인 역사
의 운동에만 매달려 있는 '나'가, 그것보다 더 크고 웅혼한 '환상'의 힘과

목숨을 건 제의의 의미를 불연 듯 깨닫게 되었음을 의미한다.

  이 발견의 자리에 소설이 있다. 문학은 현실적으로 무용하고 그 가치란 극히 간접적인 형태로 드러난다. 극단적인 현실주의자의 눈에는 실질적인 복리의 증진에 기여하지 못하는 문학이란 한낱 공허한 환상으로 보일 수 있다. 그러나 실질적인 효용성 속에는 당대의 지배 이데올로기가 개입된다. 꿈꿀 수 있는 권리로 이해할 수 있는 환상의 힘은 '모두들 현실의 지배 이념을 공고히 하려고 애'(「그믐밤의 제의」, 31쪽)를 쓰는 당대의 지배적 가치를 뛰어넘는다. 아기장수를 기다리는 민중의 염원은 환상이 아니라, 사람들을 유약하게 만드는 환상이 아니라, 적극적으로 장수의 출현을 기다리는 염원을 담고 있기 때문이다. 소설이 현실의 논리를 뛰어넘어 인간과 세계의 실체를 정직하게 인식하게 하는 장르인 것은 바로 환상이 지니는 反지배이데올로기의 특성에 기인한다. 소설은 음험한 현실원칙의 지배를 뚫고 꿈을 통해 현실을 반성하고 동시에 미래를 보여주기 때문이다.

감각과 몸의 사회학
—천운영論—

소설은 본질적으로 인간 탐구에 기여해야 한다. 이것은 인간의 존재론에 대한 근원적인 물음에서 출발한다. 작품에 대한 연구 또한 그러하다. 작가가 형상화한 인간과 세계의 실체를 찾아내고, 이를 통하여 한 작가의 초상을 그려내고, 나아가 한 시대의 문학적 경향을 조망하게 되고, 궁극적으로는 文·史·哲을 포괄하는 인문학 담론 안에 수렴된다.

이러한 문학 연구는 역사학에서 행하는 현실의 추상적 해석과 철학에서 드러나는 관념적 인식론의 한계를 뛰어 넘는다. 그러나 문학 연구의 독자성을 해치는 비평은 문학을 역사의 하위 범주로 인식하거나 문학을 철학적 담론 안으로 끌어들여 관념적 인식론으로 만들어 버리는 행위이다. 비평은 언제나 문학성의 토대 위에서 작가와 당대의 문학성을 해명하는 것이어야 한다. 이는 현란한 비평적 미사여구로 포장될 수 없는 비평가적 책무이다.

이 글은 이러한 필자의 비평안 속에서 작가 천운영이 그려내고 있는 인간과 세계의 본질, 형상화의 방법론, 전략으로서의 여성적 글쓰기에 대하여 탐구하는 데 모아진다.

1. 생의 은유로서의 인물과 공간

천운영이 그려내고 있는 인물은 불구적이고 비생명적인 존재이다. 「바늘」에서 문신사인 여자는 '툭 튀어나온 광대뼈와 곱추를 연상케 할 정도로 둥그렇게 붙은 목과 등의 살덩이, 눈살을 찌푸리게 하는 목소리. 뭉뚝한 발가락……'을 가졌다. 또한 말까지 더듬는 그녀는 문신을 하면서 단 한 번도 성적인 요구를 당하지 않았고, 자신의 외모에 대한 남자들의 말에서 추하다는 추상어를 구체적으로 인식하게 된다.

「숨」에서는 소 골탕과 송치를 먹고, 심지어 모든 병을 육식으로 치료하는 노파가 등장한다. 호랑이와 같은 맹금류의 육식성을 지닌 노파는 손자인 '나'에게 '마귀같은 식충이 노인네'로 인식된다. 이 때 '나'는 할머니에게 먹을 것이나 물어다 주는 '사냥개', '한 마리 가젤', '할머니에 의해서 거세된 수소', '길들여진 고깃덩어리'인 셈이다. 여기서 육식성의 공여자이자 조정자인 할머니는 상궤에서 벗어난 병리적 존재로 형상화된다.

「월경」에서 '나'는 젖가슴이 열세살 몽우리로 남아 있고 키가 150센티미터도 안되며, 열두살에 시작한 생리도 멈춘 존재이다. 유일하게 자라는 것은 머리통뿐이다. 이처럼 '나'는 가분수의 기형적인 신체구조와 여성적 생리 작용까지 중단된 비정상적 육체의 소유자인 것이다. 특히, '은하수'라는 술집에 들어온 여종업원인 '계집'은 '나'와 대비된다. 특히 풍성한 풀들이 자라는 비옥한 대지의 이미지로 제시되는 계집의 성기는, '듬성듬성 제멋대로 뻗은 털들 사이로 보이는 누렇게 질린 두덩과 밋밋하게 뻗은 얇은 틈'으로 이루어진 '나'의 성기와 대비되고, 그녀의 비옥한 성기는 '나'에게 선망envy의 대상이 된다. 이러한 '나'는 '계집'의 비옥한 식물성 이미지와 반대로 '낙석주의 표지판이 있는 국도', '메마른 황토'와 '잘려진 산허리'가 환기하는 것과 같이 황폐함으로 가득 찬 비생산성을 나타낸다.

「등뼈」에서도 비극적인 육체를 가진 인물이 등장하는데, 그녀는 유난히 도드라진 뼈를 가진 사람이다. 마디마디가 처참하게 드러나 육체의 중심에 우뚝 선 등뼈를 가진 여자. 누군가 먹고 난 뼈를 다시 주워들거나 애써 조개의 관자를 뜯어내는 그녀가 남자에게는 '궁핍하고 비천한 동물'로 보이기까지 한다. 그녀는 자신에게 가해지는 남자의 폭력을 묵묵히 견뎌낸다. 그녀는 아무리 모욕을 주고 쫓아내도 아무렇지도 않게 다시 나타나는 '지긋지긋한 날벌레'에 불과한 것이다.

「등뼈」와 반대로 「행복고물상」에서는 남편에게 폭력을 가하는 아내가 등장한다. 그 폭력은 여성으로서의 불모성과 비생산성이 외향투사 projection된 것이다. 그녀는 유산된지도 모르고 보름 동안이나 자궁 속에 죽은 아이를 넣고 다녔다. 그후로 아이가 생기지 않았고 아내의 주기적인 폭력은 그때부터 시작된 것이다. 이러한 아내의 상태는 그녀에게서 풍겨 나오는 '늙은 염소 냄새'에서 알 수 있다. 그리스 신화에 의하면 어린 제우스에게 우유를 먹인 것은 아말테아라는 염소였다. 염소는 일반적으로 모성을 암시한다. 여기서 늙은 염소는 여성으로서 모성의 힘(임신, 출산, 수유 등)을 더 이상 발휘할 수 없는 상태를 의미한다. 이러한 불구적 육체를 가진 아내는 남편에게 주기적인 폭력과 성적인 학대를 가하게 된다.

「포옹」은 두 명의 여인이 등장한다. 이 두 여인의 조우는 모두 명백히 부도덕한 남성에게 상처 받은 인물들의 만남이라는 점에 의미가 있다. 여기서 이들은 모두 근원적인 상처를 아버지에게서 물려받은 인물이다. 결핵균을 물려받아 곱사등이가 되었다고 생각하는 여인의 아버지에게 대한 분노, 소싸움에서 졌다고 태풍이와 자신에게 채찍을 가하고 외양간에 불을 지르고 떠난 아버지에 대한 공포가 그것이다. 이들이 다시 남성에게 일방적으로 버림받거나(곱사등이 여인) 겁탈을 당하는 것(청도가 고향이 여인)은 또 다른 '아버지의 이름'이 가한 폭력인 셈이다. 이들은 결국 제주행 배에 몸을 싣게 되고, 곱사등이 여인은 태워버린 남자의 옷이 들어있는 유골함을 바다에 던지는 행위를 통해서, 청도가 고향인 여인은 청도의 기억과 비열한 남자에게 당한 오욕에서 벗어나는 뱃길에서, 아픔은 상징적으로 극복된다.

「늑대가 왔다」에서 숯을 굽는 가마터의 소녀는 자신이 늑대를 타고 달리는 에스키모라고 생각하며 언제나 북극을 그리워한다. 이러한 소녀의 망상은 어떤 누구에게도 이해를 받지 못하고 심지어 아이들의 집단적인 폭력의 원인이 된다. 이러한 소녀의 과대망상의 병리적 원인은 분명하게 제시되어 있지 않지만, 파탄 난 가정사에서 그 이유를 짐작할 수 있다. 다방 여자와 살림을 차려 집을 나간 아버지로 인해 어머니는 그 홧김에 옷과 이불을 모두 태워버리고 횡성 가마터를 떠난다. 그러나 어머니는 시집 올 때 해 온 이불만은 태워버리지 못하고 다시 그 이불이 그리워져 돌아온다. 이러한 가정사적 질곡에서 매개된 소녀의 과대망상은 타인들과의 소통의 단절과 고립을 가속화시키게 되며 그럴수록 그녀는 늑대소녀라는 환상 속에 자신을 가두게 된다.

이상 언급한 작품에서 알 수 있듯이, 천운영이 그리고 있는 소설 속의 인물들은 거의 예외없이 불구적인 육체와 비정상적인 정신상태의 소유자이다. 이러한 인물들의 병리적 상황은 그들이 발 딛고 살고 있는 현실 공간의 황폐성에 근거한다. 이것은 인간이 환경의 지배를 받게 된다는 소박한 환경 결정론적 사고에 근거한 것이 아니다. 현대 소설에 있어 공간은 인물의 생존과 사유의 기본적인 조건을 규정하는 가장 강력한 조건으로 작용한다. 신화에서 시공간은 존재자의 절대성을 부각시키기 위한 초월적 배경이고, 로망스의 시공간은 영웅의 존재성을 드러내기 주기 위한 부차적인 요소이다. 그러나 현대 소설에서는 존재자의 정체성과 대등한 관계를 맺고 있는 중심 요소로 부각되며 더 나아가 반소설에서 시공간은 인물의 행위와 자의식을 압도하게 된다. 천운영의 소설들은 이러한 현대소설에서 시공간이 갖는 의미를 강하게 부각시킨다. 이것은 단순하게 인물과 공간의 상관관계에 입각한 것이 아니라 인물의 존재 조건, 즉 인간을 억압하는 상황성의 의미이다.

「숨」은 마장동 우시장을 배경으로 하고 있다. 이 공간은 '단백질 타는 노린대, 응고된 피냄새, 웅취雄臭, 젖은 소털 냄새, 비계 썩는 냄새'로 가득 찬 곳이다. '나'는 이 피비린내를 털어내려고 숨을 골아보지만 그 냄새는 더욱 강렬하게 존재를 휘감는다. 이러한 공간에서 '나'는 고기냄새가 아니라 '미연'의 품속에서 향긋한 바람 냄새를 느끼며 식물처럼 자라고 싶어한다. 이러한 식물성에 대한 지향은 우시장이라는 피비린내 나는 육식의 공간으로부터 탈출하고자 하는 욕망이다.

「월경」의 공간은 어떠한가. '나'는 트럭 운전기사와 은행나무집이라는 식당 여자 사이에서 태어났다. 은행나무집은 고속도로변에 자리잡은 식당인데, 트럭 운전기사인 그는 어느 날 그 집을 찾게 된다. 그러다가 붉은 보름달이 낮게 뜬 어느 날 그와 그녀는 허겁지겁 옷을 벗고 관계를 맺게 된다. 여기서 커다란 은행나무와 보름달이라는 풍요의 상징은 금기의 월경越境과 생명의 잉태를 가능하게 한다. 그러나 국도 확장으로 은행나무는 잘려나가고 은행나무집에서 태어난 '나'의 몸도 성장을 멈추게 되어 비정상적인 육체를 갖게 되고, 그녀는 그를 따라 이 집을 떠나야만 했다.

이러한 생산과 풍요의 공간과 반대되는 공간은 '은하수집'이다. 이 집은 백숙과 백반을 파는 식당이었으나 시간이 흐를수록 유리문엔 검정 코팅이 칠해지고 내부에는 칸막이가 생기기 시작하며, 그가 지방으로 트럭을 몰고 갈 때마다 수상한 집으로 변해간다. 급기야 이 공간에서 그녀(母)가 다른 남자와 관계를 맺는 장면이 그(父)에게 목격된다. 그는 그들을 살해하고 집을 떠난다. 따라서 그를 떠나게 한 이 방은 은하수의 종업원인 계집에게도, 나에게도 금기의 공간이 된다. 그러나 이 방은 은하수 계집이 공사장에서 일하는 푸른 모자의 사내와 관계를 맺는 공간이 되고 이것은 다시 '나'에게 목격된다. 결국 '나'는 철길을 건너 그가 있는 곳에 닿고자, 심리적 금지선인 철길을 넘게 된다.

「눈보라콘」에서 부산시 영도구 신선동의 공간은 지명과 대비를 이룬다. 다닥다닥 붙어 있는 옹색한 집들 사이로 아이들의 집요한 악다구니가 이어지고, 그것이 끝나면 사내아이들이 담배를 피우거나 춘화를 돌려보고, 아이들이 사라지면 쥐들이 돌아다니는 빈민가. 도저히 신선이 살았던 곳이라는 이름과는 어울리지 않는 공간인 것이다. 또한 함박눈이 십몇년에 한번쯤 있을까 말까한 공간에서 '나'(표용수)는 항구에서 배의 녹꽃을 사박사박 긁어내는 어머니를 기다린다. 이 때, 어머니가 다루는 쇠는 얼음의 이미지로, 녹꽃은 눈의 이미지로 제시된다. '나'는 옹색하고 메마른 빈민가에서 어머니를 기다리며 눈보라콘을 먹고 하얗게 휘몰아치는 눈보라를 맛보고, 어머니의 녹꽃 긁는 소리를 듣는다. 요컨대, '나'는 이 작품의 주무대인 선선동과 항구 주변의 메마르고 황량한 공간에서 소녀와 눈보라콘이라는 욕망의 대체물을 통해서 결핍을 채우게 된다.

「행복 고물상」은 각종 폐품들이 모여드는 고물상을 배경으로 하고 있다. 아내의 남편에 대한 광기 어린 폭력은 죽은 아이를 한 달 동안이나 뱃속에 넣고 다닌 후, 더 이상 아이를 가질 수 없는 상황이 갖는 비생산성과 더불어 누군가에게 버림받은 잡동사니들이 모여드는 고물상이라고 하는 폐허에 대한 환멸이 작용한 것이다. 이 때 고물상이라고 하는 공간은 아내의 공격성에 상황적 원인으로 작용한다.

고물상이라고 하는 공간은 남편('나')이 가지고 있었던 꿈과 선명하게 대비된다. 횟집 주방장이 되고자 했던 '나'의 꿈은 팔딱거리는 물고기의 생기 있는 이미지가 환기하듯 활력이 넘치는 삶이라면, 현재 '나'의 모습은 낡은 폐품들이 쌓여 있는 고물상이 함의하는 바와 같이, 건조하고 궁벽한 삶을 의미한다. 또 물고기와 횟집의 '물'의 이미지와 고물상의 '건조하고 메마른' 이미지는 서로 대립된다. 따라서 '나'는 딱딱하고 건조한 물건들이 쌓여있는 고물상에서 심한 정신적 기갈을 느끼게 된다.

며칠 동안의 '나'에겐 '두려울 정도로 무사한 날이' 계속되다가, 어느 날 철근을 들고 '나'에게로 달려드는 아내는 노끈 고리에 걸려 넘어지면서 "고물 좀 그만 들여와!"라고 울음을 터뜨린다. 그 후 인공 수정이라는 방법으로 아이를 갖기로 했고, 아내의 기습적인 공격이 사라지게 된다. 이처럼 봄은 이 황폐한 공간에 어느 날 갑자기 찾아든 것이다. 그러나 '나의 몸뚱이는 여전히 아내의 발길질을 꿈꾸고 있었다'라는 진술과 같이 '나'는 아내의 폭력에 길들여져 있었던 것이다.

「늑대가 왔다」에서 소녀는 억센 겨울바람이 불어오는 가마터라는 황량하고 메마른 공간 속을 부유한다. 그녀는 화로 주변에 둘러앉아 고기를 구워먹는 사내들의 잔심부름을 하고 가마 주변을 기웃거리며 사람들에게 말을 걸거나 숯 조각을 주워 모으며 시간을 보낸다. 여기서 소녀는 가마터라는 메마른 소멸의 공간에서 강렬한 야생의 생명력에 대한 동경으로서 북극과 그 곳에 사는 늑대를 동경한다. 그러나 그녀의 늑대 타령은 어느 누구에게도 이해받지 못하며, 오히려 이러한 그녀의 과대망상은 동년배의 친구들의 집단적인 폭력의 원인이 된다. '늑대야, 이제 나 좀 데려가렴.'이라고 말하는 소녀의 말은 그녀가 발 딛고 있는 파탄난 가족 공동체, 가마터라는 소멸의 공간으로부터 탈출하고자 하는 욕망의 발현이라고 할 수 있다.

지금까지 살펴본 바와 같이, 불구적인 육체와 비정상적인 정신 상태의 인물이 서식하는 황폐하고 비생명적인 공간은 작가가 인식한 인간과 세계의 본질을 대변한다. '기괴한 인물이나 삽화는 주어진 현실의 정합성과 정당성에 균열을 내는 위반적 환상을 가능케 한다'(남진우, 「늑대의 후예」)는 언급은 야생적이고 그로테스크함을 조성하고 있는 최근 소설의 경향을 설명할 수 있을지는 모르지만, 현실과의 관계 속에서는 다음과 같은 오해를 낳을 소지를 안고 있다. 천운영의 작품은 현실의 정합성과 정당성에 균열을 내는 위반적 환상이라기보다는 부정적 현실에 대한 정직한 소설적 반영이라고 보아야 한다. 기괴한 인물과 삽화는 작가가 그려내는 환상일 뿐, 현실의 문제가 아니라는 말인가? 천운영이 그려내고 있는 그로테스크 미학은 왜곡된 현실의 단면이지 위반적 환상이 아니다. 비생명적 공간에 기거하는 불구적 존재. 이것은 작가가 인식한 세계인식의 단면이다.

2. 형상화 방법으로서의 몸 —감각과 취향

천운영의 작품이 새로운 것은 형상화 방법의 특이함에 있다. 소설의 아름다움은 그 주제의식에 있지 아니하고 그 형상화 방법으로서의 소설 미학에 있다. 아도르노의 말대로 예술은 제도와 가치의 은폐망 너머에 존재하는 본질을 고통의 언어로서 형상화하는 데 있다. 천운영은 추상적인 인물에 생기를 불어넣는 방법으로 감각과 취향의 방법을 사용한다. 이 형상화 방법은 일찍이 우리 소설사에서 보기 드문 새로운 미학이다. 예컨대, 식성에 있어 단순한 거식이나 폭식은 다른 작가에 의해서도 상징적인 장치로 사용된 바 있지만, 구체적인 세목에 의해서 이루어지는 감각과 취향의 방법론은 매우 유니크하다.

「숨」에서 포식자의 집요함을 보이며 송치를 구해올 것을 요구하는 할머니와 그런 할머니에게 강요당하는 '나'와 가슴에서 풀냄새가 나는 '미연'이라는 세 인물이 상관관계를 맺고 있다. 여기서 초식동물의 목신의 여유를 가진 동보정육기구점의 '미연'은 육식성을 강요하는 할머니와 대비된다. 더구나 할머니에게 육식을 제공하는 '나'는 자신도 모르게 어느덧 육식성의 공격적 기질을 가지게 되었으니, '나'는 할머니에게 사육당하는 거세된 충직한 수소인 셈이다. '나'는 이런 현실에서 벗어나 미연이와 결혼하고 아이를 낳아 목말을 태우고 미연과 함께 숲에 가 나무냄새도 맡고, 미연이 해주는 풋풋한 음식을 먹으며 살고 싶어한다. 이러한 관계는 다음과 같이 도식해 볼 수 있다.

육식성을 강요   식물성에 대한 욕망
할머니 ─────────────▶ 나 ─────────────▶ 미연
(육식성)   (강요된 육식성, 잠재된 육식성)   (식물성)

이러한 도식에서 볼 때, '할머니'는 육식성의 강요자, '나'는 강요되고 길들여진 육식성을 거부하고 식물성으로 나아가는 중간자, '미연'은 식물성의 존재자이다. '나'는 할머니와 미연의 두 극단 지점에서 자신의 존재를 미연에게로 옮겨가고자 한다. 미연에게서 나는 향긋한 바람냄새를 느끼며 식물처럼 자라고 싶은 욕망을 갖게 되는 것이다.

「월경」에서도 존재 간의 관계가 감각에 의해서 매개된다. 그(父)가 떠나고 혼자 남은 '나'는 '은하수'에 여종업원을 들이는데, '나'가 그녀를 받아들이는 것은 계집의 몸에서 나는 '비에 젖은 털냄새' 때문이었다. 후각이라는 감각기관을 통해서 전달된 '두려움에 떠는 날짐승'이라는 계집의 이미지는 몸에 배어있는 교태로도 감출 수 없는 냄새였던 것이다.

또한 '계집'이 공사장의 '푸른 모자 사내'를 좋아하게 된 것은 그녀의 성기 두덩에서 풀냄새가 난다는 사내의 말을 듣고 나서이다. '나'는 어느 날 '계집'이 깊은 잠에 빠져 있는 틈을 타 확인한 봉긋한 계집의 무덤(성기의 두덩)에서 향긋한 풀냄새를 느낀다. 성기의 두덩 안쪽에 고른 털은 윤기가 흐르는 풀의 이미지로 제시되는데, 이 때 계집의 성기는 풍성하고 윤기있는 음모가 드러내듯이 비옥한 대지의 생산적 이미지를 획득한다. 그러나 '나'의 성기는 누렇게 질린 두덩과 밋밋하게 뻗은 얇은 틈으로 이루어져 있고, 낙석주의 표지판이 있는 국도와 같은 황폐한 이미지로 형상화된다. '나'는 '계집'의 '비옥한 대지 위에서 은행나무를 심기도 하고 맨발로 뛰어다니기도 하며 한참을 노닌다.'

'나'는 '그'에게 가고자 한다. '그'를 만나기 위해서는 철길을 건너야 하는데, 이 때 그 위로 지나가는 기차의 이미지에 유의할 필요가 있다.

'나를 깨운 동물의 발걸음 소리가 점점 가까워지고 있다. 경박한 쇠종소리와 기적소리가 들린다. 녹슨 철로 위를 지나가는 기차바퀴의 파열음이 어둠을 찢고 들어온다'라는 진술을 보면, 기차는 동물성, 공격성의 이미지로 나를 엄습해 온다. '그'를 떠나보낸 기억의 금지선으로서의 철도 위를 광포하게 질주하는 거대한 동물의 이미지가 바로 기차인 것이다. 요컨대, 이 작품에서도 인물의 형상화와 관계성은 후각을 자극하는 냄새와 동·식물성의 이미지에 의해서 형상화되고 있다.

「눈보라콘」에서는 부라보콘과 그것을 먹는 상상에서 수반되는 미각 이미지를 통해서 욕망의 문제를 탐구하고 있다. '나'는 소녀가 들고 있는 부라보콘을 바라보며 그것을 빼앗고 싶은 충동을 느낀다. '나'는 자리에 우뚝 서서 그것을 훔쳐먹는 상상을 한다. 부라보콘의 표면은 '소름이 살짝 돋은 발가벗은 여자의 몸'과 같이 인식되고 콘을 벗겨내는 것은 옷을 벗기는 행위에 비유된다. 이 때, 맨살이 드러난 콘은 '나를 빨리 먹어봐.'라고 유혹한다. 이어 콘의 탐스러운 부분에 이빨을 들이대자 '나'를 짓누르던 욕구가 순식간에 방출되는 황홀경을 맛본다. 그러면서 한편 어머니의 젖꼭지를 입에 물고 있는 듯한 편안함을 느낀다. 콘을 먹는 상상을 하면서 결국 '나'는 사정射精에 이르게 된다. 요컨대, 부라보콘은 어머니라는 궁극적인 욕망의 대상에 대한 대리물로서 기능하게 된다. 이처럼 미각을 활용한 욕망의 감각적인 형상화는 동시대 우리 소설에서 볼 수 없었던 감각적인 형상화의 절정을 이룬다.

「행복고물상」에서 '나'(남편)에게 가해지는 아내의 폭력성은 '나'에게 감지되는 '유황냄새'라는 후각적 이미지를 통해서 구체화된다. '아내에게서 유황냄새가 난다. 이제 막 성냥의 옆면을 스쳐지나 부르르 올라오는 달콤하면서도 매운 유황 냄새. 순간 등줄기가 서늘해지고 온몸의 피가 심장을 향해 빠른 속도로 역류하는 것이 느껴졌다.' 여기서 인용된 '유황 냄새'는 언제라도 불을 내뿜을 기습적인 아내의 폭력을 암시한다. 이

때 달콤하면서도 매운 유황냄새는 양가적인 가치를 갖는다. 즉 '나'에게 아내의 폭력이 내면화되었다는 측면에서 아내의 매는 '달콤'하지만, 그것은 언제나 '두려움'을 가져다주기 때문에 '매운' 것이다. 이러한 아내의 폭력성은 유산과 불임이 함의하는 바와 같이 불모성과 비생산성에 기인한다. 이는 전술한 바와 같이, 임신, 출산, 수유 등의 여성적 기능을 수행하지 못하는 늙은 염소의 상징으로 변주된다.

또한 온갖 폐품들은 시체의 이미지로, 이것들이 쌓이는 고물상은 '시련에 찬 미물들의 공동묘지'로 비유된다. 이러한 고물상에 대한 '나'의 강한 거부 의식은 '쌈'을 싫어하는 식성을 통해서 구체적으로 형상화된다. 누군가에게 버림받은 잡동사니들을 분류하는 일만으로도 족한데 먹는 것까지 뒤섞인 음식을 먹을 수는 없는 일이라는 '나'의 진술이 그것이다. 마늘과 청양고추와 쌈장까지 가득 들어 있는 쌈은 '순도가 떨어지는 고철'과 같아서 '플라스틱 손잡이가 달린 알루미늄 봉'이거나 '싸구려 로비 신주'인 것이다. '나'는 온갖 폐품들이 몰려드는 미물들의 공동묘지에 대하여 환멸을 느끼고, 아내 역시 이러한 황폐한 공간으로부터 밀려드는 삶의 질곡을 '나'에게 투사하여 폭력을 가하게 된다.

「명랑」은 시점을 전환시키면서 '할머니'(시어머니), '어머니'(며느리), '딸'(손녀딸)이라는 여성 3대가 보여주는 갈등을 형상화하고 있다. 형상화 방법에 있어서 이 작품은 전술한 작품들과 같이 감각적인 이미지의 활용이 두드러진다. 특히 후각적 이미지는 인물의 특성을 감각적으로 전달하는 주요 인자로 활용되고 있다. 이 작품에서 인물을 형상화하는데 기여하는 신체부위의 특징, 냄새 등의 지표index를 각각 자연적 지표와 인위적 지표로 나누고, 젊음을 드러내거나 늙음을 지연시키는 지표를 (+), 늙음을 드러내거나 젊음을 방해하는 지표를 (-)로 했을 때, 다음과 같이 정리할 수 있다.

자연적 지표 \ 인물	(+)	(-)	인위적 지표 \ 인물	(+)	(-)
할머니	태아, 연어, 풍만한 가슴, 분홍빛 유두, 젖가슴에서 나는 여린 풀냄새, 작고 보드라운 발, 상처 하나 없이 깨끗한 몸	부패의 냄새, 늙은이 냄새, 발효의 냄새, 가오리가 삭으면서 나는 냄새, 늙고 외롭고 쓸쓸해서 고함치는 냄새	할머니	명랑	·
어머니	·	부기가 가시지 않은 얼굴, 상처 투성이의 두툼한 손, 무좀에 너덜너덜해진 발바닥, 갈라질 대로 갈라진 틈으로 때가 깊숙이 앉은 뒤꿈치, 발가락 사이의 무좀과 습진으로 발갛게 된 생채기, 누린내, 비에 젖은 개털냄새, 찬바람에 노출된 가죽잠바 냄새, 사내들의 콧바람에서 묻어나오는 역겨운 냄새	어머니	모기향 냄새 (모기향 냄새의 후각적 자극에 의해서 연상된 사내의 냄새, 남편의 냄새)	·
딸	싱그럽게 풍기는 비누냄새, 달콤하고 경쾌하고 신선한 향기	·	딸	·	담배 냄새

위 표에서 제시된 인물의 인체 특성상의 지표와 후각적 이미지에 의한 지표를 인물간의 관계를 통해서 살펴보자. '할머니'는 '명랑'이라는 가루약을 시도때도 없이 털어 넣는다. 손녀딸의 시각에서 할머니가 먹는 가루약은 다음과 같이 표현된다. '그녀가 먹은 것은 약이 아니라 방부제인지도 모른다. 그녀 몸은 이미 부패가 시작되었고 부패의 냄새를 감추기 위해 끊임없이 방부제를 투여하고 있는 것은 아닐까. 그녀에게서 나는 늙은이 냄새 또한 죽음을 위장하는 방부제 냄새가 분명하다.' 여기서 늙은 노파의 이미지는 '부패의 냄새', '늙은이 냄새'라는 후각적 이미지를

통해서 형상화된다. 약에 취해서 벽에 기댄 채 무릎을 그러안고 있는 할머니의 모습은 양수 속의 태아의 이미지로, 시간을 역류하는 연어의 이미지로 전환된다. '나'에게 인식되는 이러한 할머니의 모습은 '저승도 세월도 침범하지 못하는 그녀의 가슴'에서 다시 한 번 확인된다. 할머니의 단단한 젖가슴 위에 자그마하게 자리잡은 분홍빛 유두는 소녀의 것을 연상시킨다. 여기서 '다 쪼그라드는데 뭐 한다고 젖퉁이만 커지는가 모르겠다.'라는 할머니의 푸념에 배어있는 은근한 자랑스러움은 그녀가 지키고 싶은 젊음에 대한 강한 열망을 반영한다. 또한 할머니의 젖가슴에서 '여린 풀냄새'가 난다는 '나'의 진술은 풀의 후각적 이미지를 통해서 젊음의 지표를 나타내는 감각적 방법이다.

어머니의 시각으로 시점이 전환되면서 할머니는 '가오리가 삭으면서 나는 냄새', '죽었으나 썩지 않기 위해 제 몸을 삭히는 발효의 냄새', '늙고 외롭고 쓸쓸해서 고함치는 냄새'로 형상화된다. 그러나 그렇게 부패하였으되 노인은 시골에서도 흔한 밭일조차 안 해보았을 정도로 '평생 일이라는 것을 모르고' 살아온 여인이다. 고난을 거치지 않고 곧바로 노인이 된 할머니는 아들과 며느리의 냉대를 묵연히 견디며 곱디곱게 늙은 것이다. 이와는 반대로 '나'(어머니)는 '부기가 가시지 않은 얼굴과 상처투성이의 두툼한 손과 무좀에 너덜해진 발바닥'으로 할머니보다 더 늙은 모습이 되어 있다. 여기서 '발'은 두 인물(할머니와 어머니) 사이의 강력한 대비적 요소로 나타난다. 노인네의 작고 보드라운 발은 복록에 있어 평생 일을 모르고 살 상이 들어있지만, '나'의 발가락은 짧고 뭉툭한 데다가 뒤꿈치는 갈라질 대로 갈라져 때가 깊숙이 앉았으며 발가락 사이에는 무좀과 습진으로 발갛게 생채기가 나 있다.

한편, 어머니의 시각에서 딸은 '계집애에게서 싱그럽게 풍기는 비누냄새'가 함의하듯이 젊음의 강력한 향취를 뿜어내는 것으로 형상화된다. 그러나 언제부턴가 계집애에게서 담배냄새가 나기 시작하자, 어머니는 젊다는 것만으로도 얼마나 달콤하고 경쾌하고 신선한 향기를 품는지 모르기 때문이라고 생각한다. 삶에 찌든 강곽한 여자가 되어 있는 어머니도 남편을, 남자를 그리워한다. '나'(어머니)는 텔레비전 위에 올려놓은 모기향에서 일을 마치고 막 돌아온 '남편의 냄새', 매우면서도 비릿한 시멘트 냄새와 땀냄새가 적당히 섞인 '남자의 냄새'를 발견한다. 그러면서 '나'는 사내의 품속을 파고들 듯 모기향을 들이마시는 것이다.

딸의 시각으로 시점이 전환되면서 할머니와 어머니의 이미지는 확연한 대립적 이미지를 구축한다. 아이같이 작은 체구의 할머니는 탄탄했던 생기가 모두 빠져나가고 껍질만 남은 생기없는 살이지만, 긁힌 상처 하나 없이 깨끗한 몸을 가졌다. 반면에 어머니의 육체는 아름다움이라고는 찾아볼 수 없다. 여기서 어머니는 '누린내', '비에 젖은 개털냄새', '찬바람에 노출된 가죽잠바 냄새', '사내들의 콧바람에서 묻어나오는 역겨운 냄새'라는 비여성적 이미지로 제시된다.

이상과 같은 각 인물의 지표상의 특성은 다음과 같은 관계로 의미화될 수 있다. 할머니는 평생을 일이라는 것을 모르고 살아온 노인네로서 '부풀어 있는 가슴'을 은근히 자랑스러워하는 여성으로 젊음(여성성)을 지키려는 욕망을 지닌 존재이고, 어머니는 세파에 찌들어 있는 여성으로서 노인네의 보드라운 발과 딸아이의 싱그러운 젊음을 부러워한다. 딸은 손에 묻은 담배냄새에서 아버지의 부재를 무의식적으로 느끼며, 식당일을 하며 힘겹게 가정을 꾸러나가는 어머니에게 이유 없이 투정을 부리기도 한다. 이러한 모녀간의 화해는 찜질방에서 어머니의 발을 잡아당겨 주무르고 뒤꿈치를 두들기는 장면에서 이루어진다는 점은 또 한 번의 주의를 요한다. 그것은 인물의 성격화가 후각이나 신체적 특성을 통해서 이루어지는 것처럼 그 갈등이 해소되는 장면도 다시 신체에 의해서 매개된다는 점이다.

이러한 특성은 「등뼈」에서도 그대로 나타난다. 이 작품에서 여자에게 폭력을 행사하는 남자는 그 여자가 떠나자 여자의 유난히 도드라진 뼈와 검은 털과 눈동자를 그리워한다. '툭 튀어나온 광대뼈와 강렬한 눈, 뼛살을 발라먹던 모습까지.' 여기서 그리움의 매개 역시 신체를 통해서 이루어진다. 허리의 통증을 앓고 있는 남자는 욕탕 속에서 여자에 대한 환상에 빠져드는데, 그 환상 속에서 여자가 남자의 등을 어루만지자 남자는 통증이 사라지게 된다. '여자가 그 등뼈에 숨어 남자의 등을 하염없이 쓰다듬고 있었다.'는 마지막 문장은 역시 인체를 매개로 한 갈등의 해소이며 포용성의 표현으로 이해된다.

이러한 천운영 소설의 미학을 황종연은 탈승화desublimation의 리얼리즘이라고 명명하였다. 대상의 사소하고 구차스러운 부분을 가차없이 까발려서 그 대상의 개체성, 특수성, 선정성의 상태를 묘사하는 것. 세밀하고 남김없는 묘사란 포르노그라피의 수칙이며 이러한 탈승화된 묘사는 은폐와 노출, 생략과 과정에 의한 심미적 질서화를 거부함을 통해서 얻어지는 것이라고 설명한다.

그러나 세목을 구체적으로 나열하는 퇴폐적 묘사를 근거로 천운영의 소설이 탈승화의 경향을 나타낸다고 말하기는 어렵다. 범박하게 말해서 탈승화는 자본주의 사회의 문화 논리가 (프로이트 이론에서 말하는) 승화 sublimation의 계기를 가로막아, 일체의 문화적 초월성이 제거된 일차원적인 특성을 나타내는 것을 말한다. 천운영의 소설은 노골적으로 세목을 노출하는 통속 작품도 아닐 뿐더러, 문화적 일차원성을 드러내는 것은 더더욱 아니다. 작가는 대상을 감각적으로 묘사하되 '사소함의 사소하지 않음'을 밝혀내는 작가적 시선을 견지하고 있다. 또한 몸을 매개로 한 감각과 취향을 통해서 대상의 감각적 실체를 미학적으로 구조화하고 있다. 세목의 적나라한 노출이 포르노그라피의 수칙이라면, 천운영의 소설과 같이 감각적 트리비얼리즘에 입각한 미학적 포르노는 없을 것이다.

3. 경계로 구분된 현실의 질서와 경계 해체의 전략

천운영이 질서화한 세계의 모습은 이분법적 체계로 질서화되어 있다. 이러한 세계는 식물성-동물성, 가학자-피학자, 존재-부재, 생-사, 진-위 간의 이항대립 체계를 의미한다. 일부 평자들은 이러한 대립쌍을 서사구조의 도식성으로 비판하기도 하지만, 이러한 질서가 작가가 인식한 현실 인식의 단면이라고 한다면 그 비판은 오히려 작가의 세계관을 대변하는 주요한 의미자질이 된다. 다양성이 거세된 이분법적 세계. 이는 서구 형이상학이 가져온 이성중심적 사유 체계이기도 하고, 양자택일을 강요하는 경화된 세계의 현실이기도 한다.

먼저, 식물성과 동물성의 대립을 살펴보기로 한다. 「숨」에서 육식성의 집요함을 보이는 '할머니'는 동보정육기구점의 '미연'이 지니는 초식 동물의 목신의 여유와 대비된다. 이 육식성과 초식성 사이에 존재하는 '나'는 할머니에 의해서 길들여진 한 마리의 거세된 수소로서 할머니에게 육식을 제공해야 하는 존재이며, 이러한 억압이 가중될수록 '나'는 '미연'의 가슴에서 나는 풀냄새와 숲의 향기를 간절하게 원하게 된다. 여기서 육식성은 공격성과 포식성을, 식물성은 평화와 안식, 비옥함을 함의한다. 결국, '나'는 강요된 육식성에서 목신의 여유를 지니고 있는 '미연'의 식물성을 지향하는 것이다.

천운영의 소설에서 식물성의 이미지는 대체로 비옥함과 풍요의 상징으로 기능하고, 선망envy의 대상이 된다. 「월경」에서 '은하수 계집'의 봉곳하게 솟은 무덤(불두덩)은 향긋한 풀냄새가 나고 풀들이 자라는 비옥한 대지에 비유된다. 여기서 그녀의 성기는 황무지 같은 성기를 가진 '나'의 부러움의 대상이 된다. 한편, '나'가 '은행나무 집'에서 '보름날' 잉태되었다는 점은 식물성 풍요와 여성적 기운의 극점에서 이루어진 것임을 보여준다. 「행복고물상」에서 '아내'는 득달같이 달려들어 '나'의 어깨에 이빨을 들이대는 맹수의 이미지로 제시되어 동물적 공격성을 환기한다. 「명랑」에서 '저승도 침범하지 못하는 '할머니'의 가슴은 여린 풀냄새가 나는 식물성의 이미지로 형상화된다. 반대로 '어머니'는 '누린내', '비에 젖은 개털 냄새', '가죽 잠바 냄새'가 함의하는 바와 같이 동물성의 이미지로 제시된다.

천운영의 소설에서 가학자와 피학자의 관계는 남성과 여성에 각각 대응되지 않는다. 단순한 페미니즘의 논법으로는 이해할 수 없는 그녀의 소설은 이 지점에서 예외적이다. 「숨」에서 육식성의 공여자는 여성인 할머니이고, 남성인 '나'는 그녀에게 길들여진 한 마리 가젤에 불과하다. 「행복고물상」에서도 아내의 폭력에 시달리는 남편이 그려지고 이러한 폭력에 무방비 상태로 당해야만 하는 힘없는 남성상이 그려진다. 예외적으로 「등뼈」에서만 가학자로서의 남성과 피학자로서의 여성의 관계가 이루어진다. 육체의 중심에 우뚝 선 등뼈를 가지고 있는 비극적 육체의 소유자인 '여자'는 '남자'에게 맹목적인 사랑을 주지만, '남자'에게 그녀는 지긋지긋한 날벌레에 불과하다. 여기서 남성은 가해자의 모습으로 여성은 피학자의 모습으로 나타나고, '여자'가 남자의 등의 통증을 사라지게 하는 환상을 통해서 모성성이 남성성을 포용하는 모습으로 형상화된다.

요컨대, 천운영의 소설에서 여성은 나약한 피학자의 모습으로 규정되지 않는다. 그들은 남성의 몸에 문신을 새기거나(「바늘」), 소골을 손질하거나(「숨」) 곰장어의 껍질을 벗기고(「당신의 바다」), 철근을 들고 달려들 만큼(「행복고물상」) 강력한 힘과 권력의 소유자이다. 이것은 단순하게 전통적인 남성과 여성의 관계가 전도되었다는 것보다는 억눌린 여성적 본능의 표출로 이해될 필요가 있다. 가학과 피학의 관계는 단순하게 남성성과 여성성이라는 관계로 도식될 수 없고 남성과 남성, 여성과 여성, 그리고 남성과 여성 사이 어디서도 발생할 수 있는 보편적인 지배 구조의 문제이기 때문이다.

그렇다면 폭력을 넘어선 풍요와 안식은 어디에서 오는 것일까? 이것이 분명 양자택일의 문제인 것인가? 문제는 세계가 이러한 해답을 양자택일의 문제로 끌고 가고 있다는 데 있다. 천운영은 이에 대한 해답이 '선택'에 있지 아니하고, 이러한 선택이 사라지거나 해체된 지점에 열려 있음을 말하고 있다.

「눈보라콘」은 이러한 질문에 하나의 대답을 던져준다. 이 작품의 세계도 진眞과 위僞의 이분법으로 구조화되어 있다. 이 작품에서 '부라보콘'과 '눈보라콘'의 관계가 바로 그것이다. 일반적인 이분법 체계 안에서는 좌항(진)은 우월함을 갖고 우항(위)은 열등함을 갖게 되며, 좌항이 우항을 지배하고, 이는 하나의 고정불변의 패러다임을 형성하여 또 다른 억압을 낳게 한다. 여기서 천운영은 이러한 이항대립의 사슬을 끊는다. '눈보라콘'은 비록 가짜지만, 진짜인 '부라보콘'을 향한 열망이 있고, '소녀'가 먹고 있던 것은 '부라보콘'이 아니라 '눈보라콘'이었다는 사실에서, '가짜 휘발유'에 제일 많이 들어있는 것은 '잔짜 휘발유'라는 진술에서 '가짜의 진정성'은 빛을 발한다. 또한 이는 욕망의 궁극적인 대상(A)은 결국 얻을 수 없고 욕망의 미끼object-petit-a를 통해서 미끄러짐으로써 그 과정만이 존재할 뿐이라는 삶에 대한 메타포를 전달한다.

한편, 「명랑」에서는 '존재와 부재'의 관계가 해체됨으로 인해서 인생의 유한성을 극복하고 영속성을 획득하는 인식론적 과정이 펼쳐진다. 이 작품은 '할머니-어머니-딸'이라는 여성 삼대의 삶 속에서 벌어지는 갈등이 서사를 진행하게 하는 원동력으로 작용한다. 만병통치약이나 되는 것처럼 할머니가 즐겨먹는 '명랑'이라는 흰 가루약은 홍수로 무너진 집터에서 매몰되어 죽은 할머니의 시신에서 나온 '뼈'와 호응한다. 납골당에 뼈를 집어넣기 전에 그녀의 뼛가루를 조금 덜어 작은 상자 안에 담아두고 '손녀'는 그녀를 위해 명랑(뼛가루)을 먹고, 그럴 때마다 그녀는 손녀의 몸 속에서 숨쉬고 잠자는 것이다. 결국, 할머니는 부재하지만 언제나 내 속에 존재하는 것이다. 이러한 인식론적 지평은 생과 사, 존재와 부재, 색色과 공空의 관계를 허물며, 삶의 영속성을 획득하게 한다. 이러한 경계 허물기는 「월경」에서처럼 금지선인 철도를 넘는 것과 같은 월경越境을 통해서 가능하다. 이처럼 틈을 비집고 들어가 경계를 지우고, 뛰어넘고, 해체하는 글쓰기가 바로 천운영의 여성적 글쓰기의 전략이라 할 수 있다.

4. 전위적인 몸 혹은 여성적 글쓰기(écriture feminine)

이성의 논리에 있어서 정신은 우월과 고양의 대상인 반면, 육체는 열등과 금기의 대상으로 인식되어 왔다. 그러나 천운영이 추구하는 감각과 취향의 소설 미학은 세계와 소통하는 감각의 최전선인 육체를 매개로 하여 이루어진다는 점에서 정신과 이성의 논리에 반한다. 몸으로 먹고 냄새 맡고 느끼고 생각하고 소통하는 천운영의 서사문법은 여성적 글쓰기의 양상에서 어떠한 의미를 지니는가?

뤼스 이리가라이Luce Irigaray에 따르면, 상징계의 언어적 질서는 근본적으로 남성적이고 가부장적이다. 따라서 여성은 언어라는 남성적 도구를 전용하여 발언하고 소통할 수밖에 없는 아이러니에 빠지게 된다. 그렇다면 이른바, 여성적 글쓰기는 (라깡이 말하는) 언어를 통한 남근적 상징계의 지배질서를 위반하거나 전복하기 위한 글쓰기이다. 상징적 기호에 의한 약속 체계인 언어가 이성이라는 남근중심주의적 이데올로기에 의해서 규정된다면, 천운영이 추구하는 몸을 매개로 한 감각과 취향의 소설 미학은 남성적 언어에 균열을 내는, 오히려 남성적 언어의 결핍을 환기하는 역할을 수행한다. 이것은 프로이트가 말하는 여성의 결핍lack이나 음경 선망penis envy과 정반대되는 것이라 할 수 있다. 이성의 논리로서는 파악할 수 없는 감각의 문제를 생생하게 형상화해 내는 몸의 담론은 이성의 논리로 무장한 상징계적 언어 질서의 틈을 파고드는 여성적 글쓰기의 전위적 양상이라 할 수 있다. 즉 여성이 남성의 무기인 언어를 전용해, 그 언어를 남성적 지배 이데올로기에서 해방시키고 감각의 영역으로 끌어들여 남성적 언어의 상징계적 지배질서의 전복을 꾀하는 것이다.

　지금까지 살펴본 바와 같이, 천운영은 메마르고 황폐한 공간에 서식하는 불구적이고 비생명적인 존재를 통하여 세계의 부정성과 비극적 인간 존재의 왜곡과 소외를 보여주었다. 이러한 세계 인식은 철저하게 식성과 후각 그리고 인체 특성이라는 몸의 언어로써 형상화된다. 작가는 감각의 언어를 통해서 황폐한 세계의 심연을 가로지르는 육화된 언어를 구사한다. 이러한 여성적 글쓰기는 이성의 논리가 갈라놓은 틈을 겨냥해서 파고드는 감각의 서사 전략인 것이다. 가학과 피학, 광기와 불구성의 먹고 먹히는 악순환이 새겨져 있는 전위적인 몸은 천운영이라는 문신사가 새겨놓은 지옥도地獄圖이다.

(『현대문학』, 2004년 3월호)

초극에 대한 세 가지 시선

—차창룡 · 허만하 · 황동규의 근작 시집에 대하여—

1. 동양적 해체 시학
—차창룡, 『나무 물고기』(문학과지성사, 2002)

차창룡의 『나무 물고기』는 세계와 인간의 존재성에 대하여 철학적으로 탐구하는 작품이 큰 비중을 차지하고 있다. 이것은 사회적 사실에 천착했던 시의 경향이 양적으로 축소된 것에 비례한다. '변'便의 상징을 통하여 사회적 현실을 풍자하거나(『해가 지지 않는 쟁기질』, 1994) 도심에 사는 '(비)둘기'의 알레고리를 통하여 현대인의 소외된 일상에 접근한 것(『미리 이별을 노래하다』, 1997)이 그의 사회적 시학이라면, 그의 이번 시집은 이성의 논리로 구분된 '이항 대립'의 관계를 무화無化시키는 해체의 시학에 그 본질이 있다. 구체적으로 말하면, 그의 시에서는 '聖-俗', '주체-대상', '존재-무', '生-死', '생성-소멸', '현상-본질'이 서로 다른 것이 아니라 결국 하나임을 말하고 있다.

> 선운사 하늘에서 구름이 참선하다
> 아랫도리를 내리고 오줌을 싼다 똥도 싼다
> 세상이 온통 진눈깨비다 이토록 질퍽한
> 羽化登仙을 보겠나 대웅보전 맞배지붕이
> 날개를 접으니 검지손가락으로 맞배지붕을
> 흉내 내던 부처님이 툭 튀어나온다
> 구름이 얼른 아랫도리를 감추니
> 부처님은 또 좋은 구경 놓친다

볼 것 다 본 햇살이 구름의 아랫도릴 추켜주니
그제야 목탁 소리가 세상을 구경나와
똘감나무에서 붉은 감홍시로 익어간다

—「禪雲山 禪雲寺」부분

위 시에서 구름은 참선을 하다가 분뇨를 배설하고 있다. 이는 진눈깨비가 내리는 것에 대한 우의적 표현으로 이해할 수 있는데, 참선이라는 종교적 행위는 분뇨 배설이라는 극단적인 이미지와 만나면서 聖과 俗의 고정관념을 해체하고 있다. 또한 '구름'과 '부처님'의 관계도 역전되어 있다. 구름은 배설행위를 하고 부처님은 그 구경을 놓쳐버리는 어수룩한 모습으로 묘사되고 있다. 이러한 부처님의 모습은 '몸매도 돌보지 않고' 오백 년이나 앉아 있는 '금동보살좌상'의 이미지와 연결되면서 성스러운 종교적 이미지는 지극히 평범한 인간의 모습으로 나타난다. 이렇게 이성에 의해서 양분된 대립적 이미지가 서로 넘나드는 시적 상상력은 고정화된 사고의 틀 속에 갇힌 일상인들에게 인식론적 충격을 안겨준다.

한편, 이러한 그의 상상력은 「트리베니 가트에서 누는 똥」에서도 동일하게 나타난다. 이 시에서 화자는 인도의 갠지스 강변의 화장터를 배경으로 새벽에 그곳에 나와 엉덩이를 내놓고 똥을 누고 있는 모습 속에서 똥은 꽃처럼 향기롭고 꽃은 똥처럼 향기롭다고 노래한다. 이렇게 '온 생애를 다하여 온몸으로 싼 꽃'(똥)은 신과 벌레들과 더불어 모든 존재의 입 속으로 들어가 새로운 생명을 잉태하게 된다. 이처럼 聖과 俗의 이미지가 극단적으로 결합하는 양상은 삶을 커다란 순환적 질서 속에서 파악하는 불교적 상상력과 연관을 갖는다.

길 안에서 아이가 팽이를 돌린다. 팽이가 돌다보면 팽이는 팽이가 아니다. 팽이 대신 팽이가 돈다. 팽이 대신 도는 팽이는 팽이가 아니다. 팽이 대신 도는 팽이 대신 팽이가 돈다. 팽이 대신 도는 팽이 대신 도는 팽이는 팽이가 아니다. 팽이 대신 도는 팽이 대신 도는 팽이 대신 팽이가 된 아이가 돈다. 아이는 팽이가 되자마자 팽이가 아니다. 팽이 대신 도는 팽이 대신 도는 팽이 대신 팽이가 된 아이 대신 팽이가 된 내가 돈다. 나도 팽이가 되자마자 팽이가 아니다. 나 대신 아이 대신 팽이 대신 팽이가 된 지구가 돈다. 지구 또한 팽이가 되자마자 팽이가 아니다. 팽이가 된 지구가 돌자 팽이는 멈춘다. 팽이는 멈추어서 돈다. 돈다. 아무리 돌아도……팽이는 팽이가 아니다……지구는 지구가 아니다.

　　　　　　　　　─「길 위에서, 길 안에서, 길 밖에서, 길 아래에서」부분

　위 시에서 '주체-대상', '원인-결과', '현상-본질', '존재-부재'의 경계가 완전하게 해체되어 있는 양상을 발견할 수 있다. 이 시에서 '팽이'는 '도는 팽이'와 '팽이를 돌리는 아이'와 이를 '바라보는 나'와 '팽이가 된 지구'와의 관계가 완전하게 해체되어 있다. 여기서 '팽이 대신 팽이가 돈다'는 말은 '팽이' 그 자체와 '도는 팽이'의 분리를 의미한다. 이러한 존재와 부재는 언어가 가지는 양가적 기능에 그 근거를 둔다. '도는 팽이'가 팽이가 되는 순간, 그 대상의 본래적 의미는 탈각된다. 또한 주체의 의지가 대상에 개입되었을 때, '도는 팽이'(대상)와 '팽이를 돌리는 아이'(주체)의 경계는 사라지게 되며, 운동의 결과가 원인을 이끄는 역전 현상이 발생한다. 계속해서 이를 '바라보는 나'가 팽이가 될 때, 팽이는 팽이가 아니고, 더 나아가 팽이 대신 '지구'가 돌 때, 팽이는 팽이가 아니다. '팽이가 된 지구'가 돌자 팽이는 운동을 멈추고, 팽이는 멈추어서 돌고, 아무리 돌고 돌아도 팽이는 팽이가 아니고 지구는 지구가 아닌 자가당착적인 상황이 발생한다. 여기서 도는 행위는 멈춰져 있는 것과 같은 것이 되고, 존재의 의미는 결국 무화無化되고 만다. 결국 존재는 있으면서 없으며 동시에 없으면서 있는 것이다.

　이러한 시인의 사유는 존재냐 부재냐의 이분법적 관계가 아니라 그런 관계의 해체에 목적이 있다. 이러한 측면에서 그의 시는 색즉시공 공즉시

색色即是空 空即是色이라는 불교적 사상에 닿아 있다. 이러한 공사상空思想을 존재론에 결부시킬 경우, 만물은 둘이 아니고不二, 서로 다르지 않다不異는 불이사상과 통하게 된다. 이러한 동양적 사유에 입각한 이분법적 사고의 해체는 그의 시 세계의 근저에 자리잡고 있는 사상적 기조가 된다. 또한 이러한 그의 해체 작업은 이성 중심주의의 해체를 근간으로 하는 후기 구조주의 철학과 그 맥락을 같이 한다.

숯을 만드는 공정을 불교의 '다비식'에 비유하고 있는 「숯공장 탐방기」에서는 '생성-소멸'의 이분법적 사고가 해체되고 있다.

> 잿무덤 속에는 사리가 들어 있습니다. 사제들이 사리를 조심스럽게 모아 관에 넣으면 장례식은 끝이 납니다. 그 사리가 바로 숯입니다. 숯이 됨으로써 나무의 생은 끝났지만, 숯이라는 새로운 생애가 시작되는 순간입니다. 뜨거운 가마는 나무의 무덤이자 숯의 자궁인 셈이지요. 숯은 세상의 온갖 더러운 기운을 흡착하면서 공기를 정화시키고, 음식물의 맛을 신선하게 유지해주고, 아기의 탄생을 알려주러 달려갑니다. 숯에 불을 붙이면 또 한 번의 장례식이 벌어집니다.
>
> ─「숯공장 탐방기」부분

이 시는 '토막살해된 나무'가 숯으로 다시 태어나는 모습을 표현하고 있다. 따라서 나무를 숯으로 새로 태어나게 하는 뜨거운 가마는 나무의 '무덤'이 아니라 새로운 생명을 잉태하는 '자궁'이 된다. 결국 존재의 소멸은 새로운 생성을 위한 예비적 단계인 셈이다. 이러한 관점에서 이 시집의 표제작인 「나무 물고기」도 이해될 수 있다. 목어木魚는 나무도 물고기도 아닌 중간적 존재이다. '물고기는 죽은 후 나무의 몸을 입어/영원히 물고기가 되고/나무는 죽은 후 물고기의 몸을 입어/여의주 입에 물고'에서 나타나는 바와 같이 '물고기'와 '나무'는 개체적으로 소멸했지만, 상생相生에 의하여 목어로 다시 태어나게 되는 것이다. 이러한 '생성-

소멸'의 해체는 인간의 '生-死'를 순환적 관계로 파악하기 때문에 가능한 것이다. 따라서 「죽지 않는 나무」에서 '새 가지는 헌 가지를 부러뜨리고 헌 가지는 새 가지를 먹어버리고, 그리하여 나무는 수없이 죽음으로써 살아 있는 것이니'라고 노래하는 것이다.

이러한 그의 불교적 사상은 우주의 질서를 커다란 윤회의 틀 속에서 파악하는 것에 그치지 않고 이타성利他性의 차원으로 고양된다. 「숯공장 탐방기」에서 개체의 소멸을 통해서 태어난 '숯'은 세상의 더러운 기운을 빨아들여 정화시키고, 음식물을 신선하게 해주며, 새 생명을 위하여 금줄에 매달리기도 한다. 이러한 그의 시에 나타나는 이타성은 우주 만물에 대한 세밀한 관찰과 따뜻한 응시로 이어진다. 「목탁 19 -굴」에서 '굴'을 '늪과 호수 속에 달빛이 들어앉은 조그마한 우주'로 인식하는 것에서 알 수 있듯이, 시인은 작고 미미한 존재에 대해서도 경외의 눈길을 보내고 있다. 이렇게 다른 개체에 대한 자비와 희생을 함의하는 이타성은 차창룡의 시 세계에서 윤리적인 측면을 구성하고 더 나아가 그의 사회적 시선을 이끄는 동력으로 작용한다. 그의 초기 시에서 강하게 표출된 사회 풍자적 요소는 이번의 시집에서도 제2부의 몇몇 작품들 속에서 직접적으로 확인할 수 있다. 가령, 어느 노숙자를 죽음과 그의 죽음을 방관한 냉혹한 현실을 반어적으로 노래한 「그것은 단지 꿈에 불과했다」, 자연의 터전을 잃고 지하철 역사에 둥지를 튼 비둘기의 모습을 반어적으로 표현하고 있는 「창동역 비둘기」, 스포츠 축제의 이면에 존재하는 제3세계 어린이의 노동착취를 고발하는 「피버노바는 우주로 날아간다」와 같은 작품들은 차창룡 시에서 확인할 수 있는 사회적 메시지이다. 하지만, 그의 이번 시집은 우리의 인식을 지배하고 있는 서구 형이상학의 이분법적 틀을 불교적 사유로서 해체하는 데 있으며, 이러한 차창룡 시의 내적인 운동은 이성의 논리로 무장한 현실에 대한 문학적 응전이라고 할 수 있다.

2. 수직성의 운동역학
—허만하, 『물은 목마름 쪽으로 흐른다』(솔, 2002)

허만하의 『물은 목마름 쪽으로 흐른다』는 그의 첫 시집 『海藻』(1969)와 그 후 30년 만에 간행한 『비는 수직으로 서서 죽는다』(1999)에 이은 세 번째 시집이다. 『海藻』에서 혼돈된 세계에 대한 응전으로 결정結晶된 광물성 이미지들이 『비는 수직으로 서서 죽는다』(이하 『비는……』)에서 존재의 추락을 버티는 하향 수직성의 이미지로 이어지고, 『물은 목마름 쪽으로 흐른다』에서는 수직성의 세계가 상승과 하강의 긴장 속에서 보다 역동적인 이미지로 구축되어 있다. 여기서 수직성의 이미지는 그의 시세계를 구조화할 수 있는 분석의 단초를 제공한다.

> 억센 바위를 깨고 자라는 여린 근모에서 썰렁한 하늘에 갈색의 안개같이 서리어 있는 잔가지 끝까지 중력과 싸우는 싱싱한 힘처럼 거꾸로 흐르는 물소리의 설레임.

> 물은 낮은 쪽으로 흐르는 비굴이 아니다. 물은 언제나 목마름 쪽으로 흐른다. 거꾸로 서서 흐르는 물은 가혹한 의지意志만으로 한 그루 오리나무처럼 비탈에 서 있다
> —「육십령재에서 눈을 만나다」 부분

이 시는 겨울나무의 강한 생명력을 '물관 속을 흐르는 은빛 물소리'의 수직적 이미지를 통해서 역동적으로 형상화하고 있다. 나무의 물관 속을 흐르는 물은 중력의 하향 수직성의 힘을 이겨내고 거꾸로 흐른다. 이때, 물은 강한 생명의 의지로써 목마름 쪽으로만 흐르게 된다. 이러한 이미지는 그의 시에서 다양하게 변주된다. 「떨어지기 위하여 높이를 가진다」에서 화자는 '떨어지고 있는 수천의 가을 잎새'에서 '파란 하늘의 높이를 찾아 올라가고 있는 맑은 물의 한정 없는 가벼움'이라는 상향 수직성의

이미지를 발견하고 있다. 결국 떨어지는 하강의 운동은 '높이'라는 '의지'에 의해서 가능한 것이다. 「물에 대해서」는 물의 순환이라는 과학적 인식을 전제로 물에 대한 현상학적 탐구를 시도하고 있는데, 물의 운동 역학은 '벼랑을 차고 오르는' 해일과 '구만리장천을 망설임 없이 밀고 온 물'이라는 상향 수직성의 이미지로 나타난다. 따라서 그의 시에서 존재의 추락을 버티는 강한 상승의 에너지는 '생의 의지'의 표상이고, 이는 존재를 억누르는 하향적 힘과의 대결의 국면에서 획득된다.

그의 시에서 수직성의 이미지는 이성적 사유에 의해서 획득되는 것이 아니다. 만일 존재의 비상을 위한 에너지가 이성에 의해서 얻어진 것이라면, 그의 시는 이미 시가 아니다. 시는 시인의 감수성을 매개로 하여 '화약처럼 터지는 언어'(「사하라에서 띄우는 최후의 엽서」)이기 때문이다. 따라서 그의 시에서 의지의 표상으로서의 수직성은 삶에 대한 따뜻한 응시와 감성의 세계에 기반한다.

> 높이는 전망이 아니다. 흙을 담은 스티로폼 폐품 상자에 꼬챙이를 꽂고 나팔꽃 꽃씨를 심는 아름다운 마음씨가 힘처럼 빛나는 곳이다.
>
> 아침노을을 가장 먼저 느끼는 눈부신 정신의 높이를 어둡다고만 할 수 없다.
>
> ――「높이는 전망이 아니다」부분

이 시는 높은 지대에 위치하는 도시의 빈민촌을 배경으로 하고 있다. 이 공간은 '연탄 냄새가 빠지지 않는 변두리'이고 '어두운 얼굴이 왕래하는 언제나 그늘이 먼저 고이는 마을'이지만, 스티로폼 상자에 흙을 담아 꼬챙이를 꽂고 나팔꽃 꽃씨를 뿌리는 아름다운 마음씨가 힘처럼 빛나는 곳으로 묘사되고 있다. 따라서 높이는 단순한 전망이 아니라 '눈부신 정신의 높이'라는 아름다운 생의 의지가 잉태되는 공간이다. 이러한 생의 의지는 삶에 대한 시인의 따뜻한 응시에서 비롯된다. 또한, 「가을 싸리는 연기를 내지 않는다」에서 '전망은 높이가 아니다/높이는 본능처럼 가을을 먼저 느끼는 감성이다'라고 노래함으로써 높이(수직성)는 이성적 사유에 의해서 얻어지는 의지가 아니라 '감성'에 의해서 본능적으로 획득되는 것임을 분명히 하고 있다.

더욱이 시인이란 '집단의 이념을 결별하고 스스로 외로운 길을 선택한'(「슬픔이 의지가 되는 때」) 단독자單獨者이기 때문에 그 의지는 더욱 빛을 발한다. 이러한 시인의 자세는 '나의 풍경에 이데올로기는 없다'(「사하라에서 띄우는 최후의 엽서」, 『비는……』)라는 시구의 의미와 연관된다. 여기서 시인이 지향하는 시관詩觀은 이데올로기라는 집단의 이념과 대립되는 위치에 있다는 사실을 발견할 수 있다. 이것은 '예술이 기존의 사회 규범에 따르거나 사회적으로 유용한 것을 추구하지 않고 독자적인 것으로서 자체 내에 결정체를 이룬다'(T. W. Adorno)는 예술의 미적 자율성을 의미한다.

　낯선 지형이 풍경이 될 때까지 날개를 젓는 새. 길이 없는 곳에서 길을 여는 날개를 위하여 하늘은 있다. 하늘은 해 맑은 가을의 깊이를 위하여 있다. 빈 하늘에 걸려 있는 눈부신 옥양목 한 필. 길이 없는 땅 끝에서 물줄기는 수직으로 선다. 냉혹한 낙차를 부들부들 떨며 떨어지는 물소리. 일거에 몸을 던지는 결단의 수위를 아슬아슬 한 뼘 더 높이 날아오르는 시 한 줄의 외로운 높이.
　　　　　　—「길이 끝난 곳에서 길은 시작한다 -정방폭포에서」전문

　위 시는 상승과 하강의 이미지가 역동적으로 구조화되어 있다. '하늘'은 길이 없는 곳에 길을 여는 '날개'를 위하여 존재하고, 해맑은 가을의 '깊이'를 위하여 있다. 즉 '하늘'은 추상적 보편성을 지니는 즉자태가 아니라 '날개'와 '높이'라는 의지의 개입에 의해서 존재하는 대자태가

된다. 이렇게 허만하에게 있어 세계는 의지의 표상으로 되살아난다. 그렇기 때문에 옥양목 한 필로 걸려 있는 정방폭포가 '냉혹한 낙차를 부들부들 떨며' 떨어지는 물소리에서도 '외로운 높이'로 비상하는 시 한 줄을 꿈꾸는 것이다. 이렇게 시인은 떨어지는 물질의 움직임에 순응하지 않고 시 한 줄의 힘으로 외롭게 비상한다. 이것은 예술의 내적인 작동 원리가 현실의 원리와 대립된다는 사실을 알려준다. 따라서 시인은 말글의 벼랑에 서 있는 '수직적 인간'(「인제길」)으로서 지상의 중력을 거부하게 되는데, 그것은 문학의 미적 자율성과 현상에 대한 초월성에 의해서 얻어지는 것이다.

3. 부단한 떠남의 시학
— 황동규, 『우연에 기댈 때도 있었다』(문학과지성사, 2003)

1958년 『현대문학』으로 등단한 이래, 지금까지 45년에 이르는 그의 시적 이력을 몇 가지 경향으로 요약한다는 것은 애초부터 무리가 따르는 일이지만, 그의 시 세계에 대한 통시적 접근의 편의를 위해서 중요 경향을 구분해 보면 다음과 같다. '청춘의 낭만적 우울'(『어떤 개인 날』, 『悲歌』), '현실 비판을 위한 사회적 알레고리'(『태평가』, 『바퀴를 보면 굴리고 싶어진다』), '일상으로부터의 부단한 탈출과 죽음의 문제'(『악어를 조심하라고?』, 『몰운대행』, 『미시령 큰바람』, 『풍장』), '절대 자유에의 추구'(『외계인』, 『버클리풍의 사랑 노래』)가 그것이다. 그러나 이러한 몇 가지 시적 경향은 변화의 시간적 속성을 갖지만, 각 시집의 시편마다 이러한 경향이 중첩되어 나타나기도 한다. 그의 근간 시집 『우연에 기댈 때도 있었다』(이하 『우연에……』)도 이러한 경향이 폭넓게 수용되고 있다.

이번 시집에 수록된 시편들의 특징은 여행의 모티프를 활용하여 일상

적 삶의 논리가 지배하는 현실로부터 부단한 탈출을 시도하고 있다는
데 있다. 그의 시의 이러한 경향은 새로운 것이라기보다 그의 꾸준한
시작 활동의 연장선상에 있다. 그 시적 경향은 '극서정시'의 양식을 통해
서 제시되는 여행기라는 점에 특징이 있다. 『우연에……』에서 이러한
측면을 강하게 나타내는 작품은 장시長詩로 씌어진 「풀이 무성한 좁은
길에서」이다. 이 시에서 시적 화자는 만보萬步 걷기도, 산책도, 명상도,
추억 엮기도 아닌, 오랫동안 벼르던 '혼자 그냥 걷기!'를 감행한다. 이때
걷기는 '무목적적 걷기', 자유로운 걷기', '여유로운 걷기', '방랑하는 걷
기'이다. 이러한 일체의 선행적 의미로부터 자유로운 걷기는 오랜만에
'냄새나는 집'을 벗어나게 한다. 그렇게 가다보면, 길은 화자에게 계속
가라고 속삭인다.

> 길이 속삭인다
> 계속 가요,
> 길은 가고 있어요.
> 보이는 길은 가는 길이 멈춘 자리일 뿐
> 가는 것 안 보이게 길은 가고 있어요.
>   —「풀이 무성한 좁은 길에서」부분

이때, 가는 것은 화자가 가는 것이 아니라 길이 간다. 이렇게 주객이
전도된 상태로 화자는 계속 '흙의 혼'만을 밟으며 몽환적인 발걸음을
옮긴다. 그리고 가는 길은 가는 것이 안 보이게 영원한 진행태로 이어진
다. 이러한 측면에서 '길'은 인생에 대한 강한 메타포를 함의하고 있다.
이윽고 화자는 등성이에 오르다 산수유 열매로 보이는 빨간 열매를 보게
되고 그것을 꿰어서 걸고 싶은 소유의 욕망을 느끼게 된다. 이렇게 보석
(산수유 열매)을 탐하다 화자는 실족을 하게 되고, '사람의 삶 한 토막이
길 위에 눕는다'고 진술함으로써 속화된 삶에 대한 비유적 의미를 강하게

환기시키다.

　'길'이 '여로'로서의 삶의 과정을 의미한다면, '걷기'의 과정에서 화자가 삶과 죽음의 문제를 생각하는 것은 극히 자연스러운 일이다. 여기서 화자는 '영원히 젊은 삶이라는 헛꿈이 사라지면/달리 늙음과 죽음이란 없다.'고 말하여 삶에 대한 집착은 버려야 할 것이고 또 그러할 때 자유로울 수 있음을 깨닫는다. 화자는 샘이 잦아들고 있는 밭귀에서 발을 멈추고 '흐르지 못하는 물'의 모습을 '누군가 가다 말고 주저앉는 모습'이라고 생각한다. 가지 못하면 자지러들기에 화자는 길 위에서 한시도 멈추지 말 것을 충고한다.

> 그냥 길이 아닌
> 가는 길이 되라.
> 어눌하게나마 홀로움을 즐길 수 있다면,
> 길이란 낡음도 늙음도 낙담(落膽)도 없는 곳.
> 스스로 길이 되어 굽이를 돌면
> 지척에서 싱그런 임제의 할이 들릴 것이다.
> ─「풀이 무성한 좁은 길에서」부분

　여기서 그냥 길이 아닌 '가는 길'이 되라는 진언은 욕망이 삶을 지배하지 않고 스스로 길(삶)이 되어야 한다는 의미이다. 여기서 시인은 스스로 길이 되어 가는 삶에 대한 순응과 합일의 경지를 보여주고 있는 것이다. 그 길 위에서 화자는 삶의 숙명적 고독에 맞서 싸우는 것이 아니라 그런 운명에 순응함으로써 '홀로움'(황동규의 개인조어idiolect)을 즐길 수만 있다면, 인생에 노쇠老衰와 낙담落膽이란 사라질 것임을 노래하고 있다.

　길을 가다가 화자는 무너진 사당 앞을 지나 도토리를 먹는 다람쥐와 나무 둥치 구멍에 숨어 있는 올빼미를 만나 그들에게 인사를 한다. 그러자 다람쥐와 올빼미는 화자에게 다시 인사를 하게 되고, 화자는 그들

역시 삶 속을 '탱탱히' 가고 있는 자들임을 깨닫는다. 이렇듯 삶의 길 위에서 나누는 '인사'란 인간과 자연, 인간과 인간, 나와 외물外物이 모두 조응된 조화로운 삶의 모습을 함의하고 있다.

그러나 길이 다시 집들 속으로 흘러 들어가면, 양돈장과 버려둔 밭과 메마른 검은 시내가 나타나고, 서로 인사하지 않는 사람들을 만나게 된다. 화자는 이렇게 일상으로 복귀한다. 다시 귀환한 화자는 다리를 건너다 한 사나이에게 무심결에 인사를 하게 된다. 탈속의 공간인 숲에서 만물이 서로 조응하는 조화로운 세계를 경험했던 화자는 분명 달라진 것이다. 그것은 '모르면서 서로 주고받는 삶의 빛'으로서 '없는 빛도 탕감받는' 인간 사이의 '한 줄기 빛!'인 것이다. 그러면 동굴 속과 같이 어두운 일상은 밝아지고 '한 손엔 횃불을 또 한 손엔 붓을 든 사람'인 시인의 노래 소리가 들려오는 것이다. 따라서 그의 시에서 '여행'은 일상의 탈출이라는 순간적이고 한시적인 의미가 아니라, 어둡고 괴로운 일상을 환하게 되비추는 깨달음과 각성의 의미를 지니고 있다.

이 작품 외에도 일상적인 시 · 공간으로부터의 부단한 탈출은 「밤바다」, 「우포늪」, 「탁족」, 「다시 마르는 이파리」등의 작품에서 다양하게 변주된다. 그의 시에서 여행은 '세상일이 온통 지우고 싶은 파일(file)일 때'(「밤바다」), '우포에 와서 빈 시간 하나를 만나는'(「우포늪」) 행위이다. 여기서 '빈 시간'이란 문명사회가 만들어 놓은 제도로서의 시간이 아니라 자연 그대로의 시간을 의미한다. 따라서 '우포'로 지칭되는 공간은 '송전탑 송선선들이 사라진 곳'이고 '이동 전화도 이동하지 않는 곳'이다. 이렇게 현실과 대척점에 놓이는 탈속적 공간으로서의 여행지는 문명과 문명사회의 일상을 각성시켜 주는 제의적 공간이다.

　　흔들어도 안 터지는 휴대폰
　　주머니에 쑤셔 넣고 걷다 보면

면허증 신분증 카드 수첩 명함 휴대폰
그리고 잊어버린 교통범칙금 고지서까지
지겹게 지니고 다닌다는 생각!

시냇가에 앉아 구두와 양말을 벗고 바지를 걷는다.
팔과 종아리에 이틀내 모기들이 수놓은
생물과 생물이 느닷없이 만나 생긴
화끈한 문신(文身)들!
인간의 손이 쳐서
채 완성 못 본 문신도
그대로 새겨 있다.

요만한 자국도 없이
인간이 제풀로 맺고 푼 것이 어디 있는가?

—「탁족」부분

위 시에서 화자는 '휴대폰 안 터지는' 적적한 곳인 '부석사 뒤편 오전梧田 약수 골짜기'를 찾아 왔다. 일상을 탈출해 왔으나 '문명의 흔적'—면허증, 신분증, 카드, 수첩, 명함, 휴대폰, 교통범칙금 고지서—은 지겹게 달라붙는다. 이것과 대비되는 것은 탁족을 할 때 모기들이 수놓은 '화끈한 문신(文身)들'이다. 이는 어떠한 매개체도 없이 생물과 생물이 만나서 새긴 '자연적 흔적'이다. 따라서 이 시는 문명적 흔적과 자연적 흔적의 대비를 통해서 문명의 이기를 통하지 않고서는 아무 것도 스스로 맺고 풀 수 없는 문명인의 한계를 날카롭게 지적하고 있다.

한편, 「다시 마르는 이파리」에서 화자는 '참새도 쑥부쟁이도 하루살이도 그냥 살고 있는 곳', '왕지네도 계속 기고', '부나비도 날고 있는' 탈속적 공간에서 '외로움의 진면목'을 살고 싶다고 노래한다. 또한 '온몸으로 바람 쏘여' 새로 다시 한번 마르는 이파리가 되고자 한다. 이 시에서 탈속적 공간과 '바람'의 이미지는 「풍장」의 시 세계와 유사하다. 「풍장 1」에서 무인도는 구두와 양말을 벗기고 손목시계도 부서져, 인간을 구속하는 일체의 모든 것으로부터 자유로운 공간이다. 이러한 공간에서 '바람 이불처럼 덮고/화장도 해탈도 없이' 자연 속으로 다시 돌아갈 것을 노래하고 있다. 이렇게 죽음이라는 인생의 유한성에 대한 공포를 시인은 담담하게 수용하며 초극하고 있다. 죽음의 공포마저도 길들이는 시인의 정신세계는 삶에 대한 무한한 여유와 관조로 이어진다.

> 마음 비우고가 아니라
> 그냥 마음 없이 살고 싶다
> 저물녘, 마음속 흐르던 강물들 서로 얽혀
> 온 길 갈 길 잃고 헤맬 때
> 어떤 강물은 마음 답답해 둔치에 기어올랐다가
> 할 수 없이 흘러내린다.
> 그 흘러내린 자리를
> 마음 사라진 자리로 삼고 싶다
> 내림 줄 쳐진 시간 본 적이 있는가?
>
> —「쨍한 사랑노래」부분

위 시에서 화자는 마음의 집착에서 벗어나 마음 없이 살고 싶다고 말한다. 이때, 마음 없음이라는 무아無我의 경지는 '나를 소유하지 않는' 마음에 자세를 말한다. 따라서 화자는 마음이 답답해 둔치에 기어올랐다가 흘러내리는 강물을 바라보며, 기어오르는 욕망이 아니라 흘러내린 자리, 마음이 사라진 자리로 살고 싶어한다. 나에게서 욕망을 제거하는 것이 아니라 스스로를 억압하는 욕망의 밑자리인 마음을 근원적으로 소유하지 않아야 한다는 것이다.

시인 황동규는 '길'을 노래한다. 그 길은 '일상-탈속', '현실-환상', '문명-자연', '삶-죽음'이 순환적인 고리로 이어진다. 일상의 욕망과 일체의 제도로부터 벗어난 탈속과 환상의 지평은 문명이 아닌 자연의 공간이며 그러한 공간은 '풍장'이 거느리고 있는 공간이기도 하다. 그러나 이것은 다시 되돌아오는 길이기도 하다. 일상의 제도와 이성적 분별이 사라진 탈속적 깨달음은 우리의 부박한 현실을 되비추는 거울이 되기 때문이다.

(『시로 여는 세상』, 2003년 여름)

제2부

사회변동과 문학

디지털 사회의 풍경
— 윤대녕의『사슴벌레 여자』論—

1. 디지털이라는 이름의 제도

윤대녕의『사슴벌레 여자』에서 나타나는 인물들의 행위와 존재 방식은, 디지털 사회라는 우리 시대의 풍경을 세밀하게 보여주고 있다. 그 풍경 속에는 어느 날 갑자기 '해리성 기억 상실증'에 걸려 자신의 기억을 잃어버리고, 다른 사람의 기억으로 살아가야 하는 인물이 등장한다. 그는 'M'이라는 어느 특수한 조직의 사람에게 기억을 이식 받은 뒤, 타인의 기억과 자신의 기억 사이에서 방황하며, 끝내 원래의 자신으로 돌아오지 못하고 만다. 이러한 인물은 그간 그의 소설의 인물들이 '유동하는 안개의 흐름을 거슬러 나선 운동을 하며 정신적 원적지를 향해 접근해 들어가는'(남진우,「존재의 시원으로의 회기」) 것과는 완전히 상반되며 매우 이례적이라고 할 수 있다. 그것은 그만큼 디지털 사회의 풍경이 절망적이라는 것의 반증이 아닐까? 그의 소설은 디지털 사회의 풍경 속에서 모천母川으로 회귀하지 못하는 슬픈 은어銀魚의 운명과 만난 것이다.

요컨대, 이 글은『사슴벌레 여자』에 나타나는 디지털 사회의 '풍경'의 기원을 밝히는데 모아진다. 가라타니 고진柄谷行人에 따르면 '풍경'(제도)이 일단 성립되면 그 기원은 은폐된다. 왜냐하면, '현실'이 풍경 그 자체이며 결국 우리의 '자의식'이 되기 때문이다. 따라서 '풍경'의 기원을 살피기 위해서는 '풍경'의 내부에 머무르지 않는 시선이 필요하다. 이러한 인식론적인 노력에 의해서 우리 삶을 규율하는 '풍경'의 모습이 그 실체를 드러낼 것이다.

따라서 여기서 드러나는 '풍경'은 우리 삶을 규율하는 디지털 사회의 제도성을 의미한다. 0과 1의 이진법으로 정보를 처리하는 디지털 테크놀로지는 단순한 기술적인 측면에 국한되는 것이 아니라, 우리의 삶을 근원적으로 변화시키고 있다. 이것은 곧 디지털 사회에서 나타나는 정체성의 위기이다. 이 작품은 '기억 이식'이라는 모티프를 통해서 정체성 상실과 그 방황의 이력을 보여주고 있다. 바로 이것에 우리 시대 '풍경'의 비밀을 캐낼 수 있는 열쇠가 있는 것이다.

2. 도시적 일상과 문화적 코드

『사슴벌레 여자』에서 인물들이 살아가는 서울, 그들이 방황하는 시청, 종로와 안국동 일대, 동대문, 남산 등의 거리는 그들의 먹거리와 문화적 소비 패턴과 함께 매우 세밀하게 그려진다. 이들의 네러티브한 도시 산책은 편의점, 도심의 포장마차, 일본 주점, 카페, 극장, 모텔, 미술관 등을 전전하며 이루어지는데, 이러한 공간 속에서 즐기는 다양한 문화적 향유는 인물들의 독특한 개성을 느끼기에 충분하다. 그들은 자신들만의 개성 있는 먹거리를 비롯해서 재즈, 영화, 일본 애니메이션, 고전적인 그림들에 이르기까지 도시적 일상에 산포하는 문화적 산물들을 즐긴다.

> i) 처음 그녀와 함께 간 곳은 동대문에 있는 두산타워와 밀리오레 빌딩이었다. 일요일 새벽인데도 그곳은 옷을 사러 온 사람들로 북새통을 이루고 있었다. 가격이 저렴하고 종류가 무척 다양했다. (중략) 두산타워에서 나와 그는 서하숙과 함께 프레야타운에 있는 극장에서 일본 애니메이션 영화 「인랑」을 보았다. 그것은 아주 재미있는 영화였는데 그는 언젠가 이와 비슷한 영화를 본적이 있다는 느낌을 받고 있었다.
>
> (43쪽, 강조-인용자)

ii) 그녀에게도 분명 좋아하거나 하고 싶은 일이 있었다. 백화점에 가서 옷과 냉장고 구경하기. 할인매장에서 마음 내키는 대로 쇼핑하기. 여름이든 겨울이든 속옷을 삶아서 하얗게 빨기. 욕탕 문을 열어놓고 마일스 데이비스의 「So What?」이나 「Bye Bye Blackbird」를 들으며 샤워하기.

(94쪽, 강조-인용자)

iii) 일요일에 그는 서하숙과 덕수궁 현대미술관에서 열리고 있는 오르세 미술전에 다녀왔다. 서하숙이 밀레의 「이삭줍기」와 모네의 그림을 보고 싶어했던 것이다. 하지만 그는 그 유명한 진품들 앞에서 아무런 감동도 받지 못하고 있었다. 미술 교과서에 나온 것과 크기가 좀 다를 뿐이었다.

(140쪽, 강조-인용자)

그들은 i)에서와 같이 동대문 의류상가를 쇼핑하고, 일본 애니메이션을 보고, ii)의 '서하숙'처럼 백화점에 가서 옷과 냉장고를 구경하고, 마일스 데이비스의 재즈를 듣거나, iii)의 경우처럼 오르세 미술전을 관람하기도 한다. 그들은 도시의 이곳저곳을 특별한 문화적 이유도 없이 돌아다니며 보고 듣고 마시고 즐기는 것이다. 이러한 경향을 두고 '낯설게 그러나 빠르게 확산되는 90년대적 문화공간 속의 삶에 하나의 형식을 부여했다'(이남호, 「은어는 없다」)고 하여 그의 소설 속에 제시되는 문화적 기호들이 단순한 피상적인 멋부리기가 아니라는 점을 강조한 견해가 있는가 하면, 그의 소설에 등장하는 인물들의 과도한 예술 취미가 '플롯과의 관계에서 필연적인 디테일로 작용한 것인지 때로 분명치 않은 경우가 있다'(성민엽, 「삶의 비의와 소설」)고 하여 절제가 필요하다는 비판을 받기도 하였다.

그러나 여기서 문제삼고자 하는 것은 이들의 라이프 스타일이 가지는 의미이다. 그것은 이들이 일정한 문화적 정체성을 가지고 있지 않으며 매우 피상적인 감각 그 자체만을 즐긴다는 점이다. 이러한 이들의 피상적이고 잡식적인 문화적 향유는 이들의 고통을 위무하고 현실을 잊게 하는 마취제로서 기능하지만, '즐김' 그 이상의 의미를 가지지 못한다. 그것은 대상에 대하여 '좋다', '나쁘다', 혹은 '재미있다', '재미없다' 등의 감각적 판단 이외에 일체의 판단이 개입하지 않기 때문이다. 이 때, 문화적 기호 들은 일종의 이미지, 분위기로서만 존재한다. 이들은 '언어적 사유 과정' 을 생략한 채, 대상의 이미지를 감각적으로 느끼며 취사선택을 할 뿐이 다.

이러한 미적 감응력의 퇴행은 디지털 사회의 문화적 현상과 밀접히 연관된다. 디지털 사회의 문화 상품들은 그 이미지의 현란함과 속도감으 로 대중의 오감을 만족시킨다. 그러나 디지털 사회의 문화 상품은 과도한 이미지의 효과 때문에 감상자의 창조적인 의미작용의 여지를 오히려 협 소하게 하는 결과를 가져오게 된다. 이러한 역설로 인해, 이들은 소비도 시의 잡다한 문화적 산물들을 호흡하지만 자신도 모르게 미적 감수성의 단순화와 피상화를 경험하게 되는 것이다.

또한 시뮬라시옹simulation에 의하여 사실과 재현, 원본과 모방의 간극 이 사라진 시뮬라크르simulacre의 시대에서 이들이 '밀레'와 '모네'의 그 림을 보고 감동을 받을 수 없는 것은 당연한 지도 모른다. 인간의 정신 세계까지 컴퓨터의 작동원리가 침투한 상황에서 기호와 정보의 무한한 가치증식은 진정한 의미를 무화시키고, 사실과 재현의 구분을 무너뜨리 기 때문이다. 따라서 이들은 '미술 교과서에 나온 것보다 큰 그림'을 보고 있는 것에 불과한 것이다.

결국, 디지털 소비사회의 풍경은 '기의'없이 '기표'만을 호흡하는 '탈언 어화'된 문화적 주체를 생산하기에 이르렀다. 이들의 과도한 문화적 욕구 와 멋스러운 향유는 공백적 기표들의 유희일 뿐이며, 이것은 디지털 문화 의 비약적인 성장과 잠재력에도 불구하고 그것이 가져온 이면의 짙은 어둠임에는 분명하다.

3. 기억 이식, 그 변신의 알레고리

『사슴벌레 여자』에 나타나는 '기억 이식'은 인간의 기억(정체성)마저도 거래되고 교환되는 모습을 보여준다. '이성호'와 '서하숙'은 모두 '해리성 기억상실증'에 걸려 기억을 이식받은 존재들이다. 그것은 '쉽게 말해 주민등록증이나 신용카드나 백화점 카드를 잃어버리고 나서 재발급 받는 것과 다를 게 없는 일'(60쪽)인 것이다. 원래의 '이성호'는 '다크 엔젤'이라는 '사이버 무인 호텔'에서 'M'에 의하여 기억을 이식받은 뒤 '이명구'라는 다른 사람의 기억으로 살아야만 하는 존재가 된다. 그는 자기가 아닌 다른 존재의 기억을 이식받은 후 심각한 정체성의 혼란을 나타낸다.

> 다만 흐릿한 영상들이 눈앞에 가끔 돌출적으로 나타났다 사라지곤 했다. 그것은 편집을 하고 남은 영화 필름처럼 서로 연관성이 없이 뒤섞여 있었다. 불쑥 낯선 거리가 떠오르는가 하면 역시 낯선 사람들이 어두운 술집에 앉아서 떠들고 있는 장면이 눈에 비치기도 했다. 그리고 끊임없이 야채 튀김이 먹고 싶었고 칼스버그 맥주와 독한 담배가 피우고 싶어졌다. 그런 변화를 미세하게 감지하며 그는 이명구의 기억에 자신의 의식을 끼워맞추기 위해 애쓰고 있었다.
>
> (81쪽)

'편집을 하고 남은 영화 필름'과 같은 의식 속에서도 그는 '이명구'의 의식을 재구하기 위해서 고된 노력을 다한다. 이러한 혼란상 속에서 그는 결국 '이명구'의 약혼자 '차수정'을 만나게 된다. 뇌종양과 마약 중독으로 죽음을 맞게 된 '이명구'는 자신의 기억을 타인에게 이식시켜 '차수정'과의 존재성을 유지하고자 했으나, '이명구'의 기억으로 찾아온 '이성호'는 차갑게 식어가는 '차수정'의 존재 소멸OFF을 막지 못한다.

한편, '서하숙'의 경우, 가정 내의 소외에서 일차적인 원인을 찾을 수 있다. 아버지는 '사이보그의 돌격대원'처럼 그녀에게 폭력을 가했고, '어머니는 아버지를 말리기는커녕 거실에 앉아 과일이나 커피를 마시며 텔레비전 드라마를 볼 정도로' 그녀에게 무관심했던 것이다. 이러한 과정에서 자기 자신을 그야말로 '철지난 신문'처럼 쓸모없는 존재라고 생각했고, 그럴 수록 '몸과 마음이 식어가는 것'을 느꼈다고 말한다. 재수를 시작하면서 그녀는 '내가 누굴까하는 의문'에 사로잡혀 집으로 향하던 버스에서 중간에 내려 버리고 만다. 그리고 그녀는 '해리성 기억상실증'을 경험한다. 그 후 그녀의 삶은 파행적으로 치닫게 된다. 전자 오락실, 당구장, 극장, 비디오방 등을 전전하며 잠을 재워주는 주유소나 심지어 단란주점 등에서 일을 하며 돈을 벌어야 했다는 그녀의 진술이 이를 뒷받침한다. 오랜 시간이 지난 후 '이성호'(이명훈)는 잠든 그녀의 등에 뚜렷이 찍혀 있는 사슴벌레 문신을 발견하게 된다. 그것은 다름 아닌 기억 이식의 징표였던 것이다. 이러한 그녀는 전자 기기나 디지털 미디어에 대하여 강한 집착과 애정을 나타낸다. 이것은 그녀가 가정에서 철저한 무관심 속에 방치되고 있을 때부터 나타난 현상이다. 아무도 대화를 나눌 사람이 없게 되자, 그녀는 거실 한 구석에 놓여 있는 컴퓨터에 맹목적으로 집착을 하기 시작했고 얼마 지나지 않아 다른 어떤 아이들보다 컴퓨터를 잘하는 아이가 됐다고 진술한다. 그러던 그녀는 시간이 지날수록 이러한 매체 그 자체에 자신의 전존재를 의탁하게 된다.

> "전 말이죠. 컴퓨터가 너무 좋아요. 또 냉장고와 휴대폰과 신용카드도 마찬가지구요. 그것들이 없으면 전 하루도 살아갈 수 없어요. 밤에 냉장고 돌아가는 소리를 듣고 있으면 얼마나 안심이 되는지 몰라요. 커다란 남자가 옆에서 코를 골며 자고 있는 것 같아요."
>
> (105쪽)

여기서 '서하숙'이 사물에 대하여 애착을 보이는 것은 '사회 시스템에서 소외되고 분리된 개인의 결핍감을 표현한다'(백지연, 「사이보그의 문신」)라고 파악될 수도 있겠지만, 필자의 견해는 다르다. 중요한 것은 '서하숙'이 어떠한 '풍경' 속에 존재하는가 하는 점이다. 서하숙은 디지털화된 '풍경'속에 존재하며, 기억을 이식받은 사이보그이다. 이런 그녀가 전자 기기나 디지털 미디어에 강한 집착을 보이는 것은 디지털화된 현실의 풍경이 내면화된 것으로 파악해야 한다. 그도 그럴 것이 '서하숙'의 경우는 '이성호'와 같은 심각한 정체성의 혼란이 나타나지 않는다는 사실이 이를 반증한다. 요컨대, '서하숙'의 기억이식과 디지털 미디어에 대한 강한 집착과 애정은 아버지의 폭력과 어머니의 철저한 무관심으로 나타나는 아날로그적 폭력으로부터의 탈주라고 파악된다. 그러한 그녀는 의식적이든 무의식적이든 디지털화된 풍경에 철저하게 동화하는 방식으로 그 탈주의 노선을 택한 것이다.

그런데 우리의 관심사는 이들이 왜 기억을 이식받은 '사이보그'가 되었는가 하는 점이다. 이것은 프란츠 카프카의 『변신』에서 그 유사성을 발견할 수 있을 것 같다. 『변신』에서 '그레고르'는 성실한 외판원으로서 살아가던 사람이었지만, 어느 날 갑자기 '벌레'로 변하고 만다. '벌레'로 변했다는 것은 사회의 시스템 안에서 추방된 것임을 말해 준다. 즉, 가족 구성원으로도, 사회 구성원으로도 되돌아갈 수 없는 흉측한 존재인 것이다. 그렇다면 그가 추방당한 원인을 어디서 찾아야 할 것인가? 그것은 인간을 철저한 기능적 존재로 만들어 버린 자본주의의 메커니즘에 원인이 있다.

'이성호'의 경우는 'H대학 경제학과를 졸업하고 이 년 전 공채 시험을 통과해 비교적 좋은 성적으로 입사한 회사원이었다.' 하지만, 그가 해리성 기억상실증으로 기억을 이식 받고 '나' 아닌 '타인'으로, '사이보그'가 되었다는 사실은 카프카의 『변신』과 같은 알레고리allegory로 받아들일 수 있을 것이다. 카프카가 '벌레'로의 변신에서 근대인의 소외와 절망을 보여주었다면, 윤대녕은 '기억 이식'을 통한 '사이보그적 존재'를 통해서 근대의 막다른 골목을 보여준 것이 된다.

디지털 사회는 그 동안 상부구조로서 존재했던 지식이 비트bit라는 컴퓨터 언어로 바뀌고, 이것은 정보의 양과 질로 환산되어 가상 재화의 형태로 교환되는 사회이다. 이에 따라 상부구조의 영역(지식이나 문화)에서조차 기계화(컴퓨터, TV, 비디오)가 이루어지고 교환가치와 사물화의 논리가 상상력과 정신의 영역에까지 침투하게 되는 것이다. 이러한 디지털 사회의 풍경은 '기억 이식'에 의해 사이보그로 변신하는 모티프에 의하여 제시되는데, 이는 디지털 사회에서 나타나는 자기 정체성의 상실과 깊은 관련을 갖게 된다.

4. 디지털 권력의 탄생

기억 이식의 징표로서의 이들의 몸에 나타나는 '사슴벌레 문신'은 디지털 사회의 '바코드'이다. 기억이 이식된 자들은 모두 이와 같은 바코드에 의해서 '관리'되는 것이다. 이러한 의미에서 '해리성 기억상실'이란 컴퓨터의 파일이 지워지거나 깨진 것에 불과한 것이며, 기억(데이터)을 입력 받는 즉시, 수뢰인은 거대한 디지털 사회의 수인囚人이 되는 것이다.

> "기억을 이식받은 사람은 스물네 시간이 지나면 몸에 사슴벌레 문신이 생깁니다. 물론 기억 이식 프로그램에 내장돼 있는 거죠. 저희 회사를 통해 기억을 이식받은 사람들을 저희는 일정하게 관리 감독할 의무가 있기 때문에 동일한 형태의 바코드를 입력시켜 놓는 겁니다. 관리란 말에 거부감을 느끼신다면 그 문신은 일종의 보험 증서 같은 거라고 해두죠. 만약 수뢰인이 이번처럼 사고를 일으키는 경우 저희로서도 문제가 매우 복잡해지기 때문에 관리할 수 있는 시스템이 필요하다는 겁니다."   (180쪽)

여기서 '사슴벌레 문신'은 관리 시스템의 제어에 통제되는 수인번호와 같은 것이다. 결국 이들을 관리 감독할 '의무'란 이들의 삶을 통제할 수 있는 '권리'로 전도된다. 이러한 관리 감독의 권리에서 우리는 디지털 사회의 '권력'이 발생하는 메커니즘을 목도하게 된다. 이들에 대한 관리의 시스템은 수많은 'M'에 의해서 수행되는데, 이러한 감시는 '서하숙'과 '이성호'를 끊임없이 쫓아다니는 '밤비둘기'의 알레고리로 나타난다.

> "일 년쯤 됐나요. 밤마다 집에 들어올 때면 어김없이 백상기념관이나 육교 위에 앉아 있곤 해요. 언제나 늘 한 마리니까 같은 비둘기일 거예요. 언제부턴가 저는 집으로 돌아올 때면 육교 위와 공중전화 부스 앞에 먹이를 갖다 놓곤 했죠. 하지만, 그 비둘기는 먹이 때문에 그곳에 머물고 있는 게 아니었어요. 제가 갖다 놓은 먹이를 한 번도 먹은 적이 없으니까요. 그런데 그 비둘기는 왜 제가 육교를 건너올 때마다 하루도 빼놓지 않고 저를 눈여겨보고 있는 걸까요?"
>
> (44-45쪽)

'서하숙'의 경우, 늘 언제나 자신의 귀가를 지켜주던 비둘기에 대하여 강한 존재감을 느낀다. '눈이나 비가 내리는 날도 전화 한 통 걸 데가 없는' 그녀는 그동안 비둘기에게 많이 의지하며 살아온 것 같다고 술회하며 자신이 비둘기에게 뭔가 특별한 존재가 아닐까(45쪽) 생각한다. 이러한 그녀의 경향은 감시의 시선이 내면화된 것으로 이해할 수 있다. 아니, 그녀는 오히려 이러한 비둘기가 없으면 심한 상실감을 느낄 정도로, 자신의 존재를 비둘기라는 감시관에게 의탁하고 있는 것이다. 이것은 다시, 그녀가 전자 기기나 디지털 미디어에 대하여 강한 집착과 애정을 나타내는 것과 통하게 된다. 결국 그녀의 경우는 디지털화된 풍경을 철저하게 내면화하여 자동 인형적 동조automaton conformity라는 소외의 양상을 드러낸다.

그러나 '이성호'의 경우는 '서하숙'이 '비둘기'에게서 갖는 존재감과는 다른 양상을 보인다. '이명구'의 기억으로 사는 '이성호'에게 '비둘기'는 순간적이고 섬뜩한 감시의 시선으로 나타난다.

ⅰ) "비둘기 한 마리가 차창 앞으로 푸드덕거리며 날아갔다. 마치 꿈결처럼.

(117쪽)

ⅱ) M은 공원 안에 있는 듯했다. 사위를 살펴보고 나서 그는 재빠른 동작으로 공원 안으로 숨어 들어갔다. 비를 피해 몰려든 한떼의 비둘기들이 팔각정 안에서 몸을 사린 채 구구거리며 그를 쏘아보고 있었다.

(174쪽)

ⅲ) 나는 안국동 로터리에 살고 있는 비둘기를 떠올리며 잠시 이런 생각에 잠겨 있었다. 그들은 사람들과 함께 이 거대한 도시에 빌붙어 살면서 잊을 만하면 어디선가 나타나 감시관의 시선으로 우리를 지켜보고 있다. 하루가 다르게 사이보그처럼 무뚝뚝하게 변해 가고 있는 사람들의 모습을. 그래, 암만해도 그런 것 같다.

(221쪽)

'이성호'를 끈질기게 따라다니는 비둘기는 ⅰ)과 같이 차창 앞으로 푸드덕거리며 날아가는 순간적이고 섬뜩한 이미지로 나타나거나 ⅱ)와 같이 비를 피해 팔각정 안으로 몰려들어 몸을 사린 채 구구거리며 그를 쏘아보는 차가운 집단적 시선으로 나타난다. 이러한 비둘기의 이미지는 ⅲ)에서 분명해지는데, '하루가 다르게 사이보그처럼 무뚝뚝하게 변해 가고 있는 사람들의 모습을' 지켜보는 것 같다는 '이성호'의 생각이 그것이다. 그러나 여기서 사이보그를 지켜보는 비둘기의 시선에 동정과 연민이 숨어있다고 생각하면 그것은 그릇된 해석의 결과를 낳는다. 어디까지나 비둘기의 시선은 차갑고, 섬뜩한 감시의 시선으로, 혹은 냉혹한 방관자의 시선으로 나타난다. 따라서 이러한 '비둘기'의 이미지는 텍스트 속에서 간헐적이고 돌출적으로 제시되면서 이들을 향한 '감시관의 시선'으로 기능하고 있는 것이다.

이러한 밤비둘기가 날아다니며, 수많은 'M'들이 서성이는 디지털 사회의 '풍경'은 어떠한 구조를 하고 있을까? 이러한 질문의 해답은 '풍경'을 '풍경'으로 보지 않으려는 인식론적 노력을 통해서 찾을 수 있다. 『사슴벌레 여자』에서 다음과 같은 부분은 풍경의 기원을 밝히는 중요한 근거가 된다.

> "…당신들처럼 따분한 복장을 한 그 수많은 M들은 도대체 무얼 하는 존재들입니까?"
> "수많은 M들이라뇨?"
> (중략)
> "저는 실무 요원에 불과합니다. 아까 수뢰인께서 얘기했듯이 수많은 M들 중 하나 말입니다. 브레인들은 저도 본 적이 없습니다. 지금은 모든 사업이 그런 식으로 돼가고 있죠."
>
> (182-183쪽)

여기서 기억을 이식받은 수뢰인은 사이보그가 되어 수많은 M들로 하여금 감시되고, M들은 보이지 않는 '브레인'의 명령에 따라 움직이는 구조가 드러난다. 즉 '브레인→M→수뢰인'의 구조란 디지털 사회에서 권력이 행사되는 하나의 메커니즘이다. 여기서 권력이 행사되는 방식은 아날로그적인 억압 기제와 물리적인 폭력이 동원되는 것이 아니다. 디지털 사회의 권력은 정보를 전유하고 있는 소수가 불특정 다수를 조정하는 양상을 드러내고 그 권력의 행사 방식은 더욱더 미시적이며, 그것은 우리의 정체성을 근원적으로 손상시킨다.

"저희는 점조직 형태의 여러 계열사를 가지고 있습니다. 조만간 획기적인 통신망 사업에 진출할 예정이고 정보를 장악해 독점 사업을 하나씩 차례로 늘려나갈 계획입니다. 거기에 앞으로 사슴벌레 문신을 가진 존재들이 필요하게 될지도 모르죠. 그렇다면 그들은 우리가 입력시킨 프로그램에 의해서 사이보그처럼 움직일 테니까요. 그러나 아직은 아닙니다. 정확히 말하면 실험 단계라고 할 수 있죠."

실험 단계. 그는 자신이 두려워지기 시작했다. M의 배후에 정체를 알 수 없는 거대한 조직이 도사리고 있는 듯했다.

(183-184쪽)

기억을 이식 받고 자신의 정체성에 대하여 혼란에 빠져버린 '이성호'는 'M'에게 에프터서비스(?)를 받기 위해 찾아갔으나 자신이 흰쥐와 같이 아직 완전하지 못한 실험의 대상이 되었다는 데 두려워하며, 'M'의 존재 배후에 알 수 없는 '거대한 조직'의 낌새를 느끼는 것이다. 이것이 바로 눈에 보이지 않는 디지털 사회의 거대한 시스템인 것이다. 이러한 체계 안에서 이들은 존재성을 박탈당한 채 기억을 입력받고 다시 지우고, 기억을 사고 팔고, 끝내 조종당하는 사이보그가 되는 것이다. 그리고 사용 시효가 끝난 사이보그들은 고장난 컴퓨터처럼 폐기처분될 것이다.

5. 디지털 사회, 그 풍경의 발견

윤대녕은 이와 같은 현대사회의 풍경이 나타내는 규율과 제도성에 대하여 일관된 입장을 취해왔다. "우리를 제도하는 힘이란 무엇일까. 아니, 우리의 삶을 감시하는 눈이란 무엇일까. 우리의 모든 자유와 행복이 어떤 조직적이고 거대한 힘에 의해 통제되고 있다는 박무현의 깨달음은 어디에서부터 비롯된 것일까"(「눈과 화살」, 『은어낚시통신』, 283쪽)라는 진술은 이를 뒷받침해 준다. 이러한 미시적 권력에 대한 깨달음은

'너와 내가 나누어 가지고 있는 것 같으면서도 사실은 서로를 억압하고 지배하는 권력의 효과를 나는 거부한다'는 단호한 부정의 결의와 통한다. 따라서 그의 소설이 자본주의 문화논리와 문화자본 앞에서 철저히 구속되어 있다(장정일, 『장정일의 독서일기』)는 일부의 비판적 견해는 제도성에 대한 공포와 그에 대한 거부의 몸짓을 취하는 인물들에 의해서 설득력을 잃는다.

> 내가 이렇듯 누군가에 의해서 관리되고 재단되고 그들의 방식에 따라 재생산되며 살고 있다니, 감시되고 있다니! 그리하여 각 공공 기업체, 동사무소, 구청, 은행, 신문지국, 심지어는 전화번호부에까지 올라 기록되고 통제되고 분류되고 컴퓨터에 입력돼 키보드의 자판 하나만 누르면 호출돼 명령을 받아야 하다니! 두려워라. 내 사진첩 속 빛나는 신생(新生)의 기억들은 어디로 유배됐는지.
>
> (「눈과 화살」, 『은어낚시통신』, 276쪽)

이러한 데이터 형식으로 통제되고 관리되는 시스템 속에서 '박무현'은 유배된 '내 사진첩 속에 빛나는 신생의 기억'을 간절히 그리워한다. 여기서 우리는 디지털 사회의 주체 형성이라는 중요한 문제와 부딪히게 된다. 디지털 사회에서 주체의 형성은 데이터 형식으로 집적된 개인의 정보와 그것을 운용하는 익명적 존재에 의해서 호명interpellation을 받는 방식을 취한다. 이러한 방식은 알튀세르가 예시한 경찰관의 호명과 같은 아날로 그적인 방식이 아니라, 정보의 관리와 운용과 관련되는 디지털적인 방식을 취하고 있다는데 그 차이점이 있다.

이러한 디지털 사회의 '풍경'의 기원은 어디에 있는가? 『사슴벌레 여자』는 그것이 미시화된 권력의 메커니즘으로 나타나고 있음을 알려주고 있다. 이 풍경 속에서 자신의 고유한 기억을 잃고 타인의 기억으로 살아가는 사이보그들은 아무리 섬세한 문화적 감수성을 바탕으로 소비사회의 라이프 스타일을 즐긴다고 하더라도 그것은 텅빈 기표의 유희일 뿐이다. 또한 디지털 사회의 시스템을 내면화한 '서하숙'이나, 타인의 기억 속에서 자기 동일성을 잃어버리고 방황하는 '이성호'는 모두 미시적인 디지털 권력의 손아귀에서 빠져나올 수 없다. 그렇다면, 우리는 어떻게 '新生의 기억'을 되찾을 수 있을까? 불행하게도 윤대녕은 이에 대해서 아무런 대답을 하지 않는다. 그것은 그들이 다시 자신의 기억(정체성)을 회복할 수 있는 일체의 가능성의 통로를 막아 버렸기 때문이다. 따라서 익명적 존재에 의해 끊임없이 관리되고 통제되며, '나도 그 누구도 아닌 제3의 존재'로 살아가야 하는 이들의 모습은 디지털 시대의 비극적 풍경인 것이다.

(『현대문학』, 2002년 6월호)

다매체 시대, 소설은 어떻게 살아있는가?

—소설의 장르적 정체성

1. 다매체 시대의 문화적 환경

본 연구는 장르 간의 혼합 현상과 매체 간의 교류가 활발하게 진행되는 다매체 시대의 문화적 환경 속에서 소설의 변모 양상과 장르적 정체성을 고찰하는 데 목적이 있다. 다매체 시대에 있어 소설의 운명을 진단한 견해를 종합해 보면 크게 세 가지로 요약된다. 첫째, 매체적인 특성에 기인해서 서적의 형태로 유통되는 전통적인 소설 텍스트가 영화를 필두로 하는 각종 영상매체와 멀티미디어 환경에 의해서 위축된다는 견해이다. 따라서 마샬 맥루한Marshal Mcluhan과 같이 구텐베르크식의 활자 문명의 종언을 고하는 새로운 영상 문화의 탄생을 예언하고 있는 것이다.[1] 둘째, 이러한 매체적 열세를 극복하고 영상 문화와 대결하기 위해서 전통적인 소설이 지니고 있는 '문자적 상상력에 토대를 둔 반추, 여백, 느림'[2] 이 소설의 살길이라고 보고 전통적인 문학성으로의 복귀를 강조하는 경우가 있다. 셋째, 움베르토 에코Umberto Eco가 말한 것처럼 컴퓨터 기술에 의한 문화적 환경이 전통적인 텍스트와 공존해 갈 것[3]이며 상호 보충적

---

1) Marshal Mcluhan, 박정규 옮김, 『미디어의 이해』—인간의 확장, 커뮤니케이션북스, 1997.
2) 신수정·김미현·이광호·이성욱·황종연, 특집 좌담 「다시 문학이란 무엇인가」, 『문학동네』, 문학동네, 2000, 봄, 403쪽.
3) 에코는 전통적인 텍스트는 권위 있는 텍스트에 바탕을 둔 클래식 음악에 해당한다면, 누구나 한 줄 즉흥적으로 써넣을 수 있는 열린 텍스트인 하이퍼 텍스트는 재즈 음악에 해당한다고 말하면서, 재즈의 즉흥 연주가 클래식 악보 위주의 연주를 대체하지 않는 것처럼, 하이퍼 텍스트와 전통적인 텍스트는 역시 서로 공존해 갈 것으로 판단하고 있다.(Umberto Eco, 「디지털 매체, 책 말살하지 못한다」, 『시사저널』, 1996, 12, 4.)

이라는 견해가 있다.

　이러한 견해는 양자택일할 수 있는 문제가 아니다. 오히려 우리는 이 모든 가능성이 혼재되어 있는 상황에 직면해 있다. 그렇다면, 이러한 시대 상황을 앞에 두고 전통적인 소설 텍스트가 어떻게 변모해 가는가 하는 점은 우리 시대 소설의 모습을 확인하는 데 중요한 화두가 되지 않을 수 없다. 여기서 그 변모의 양상은 소설이 본질적으로 지니고 있는 장르적 특성을 기반으로 한다. 이는 소설이 소설 내의 하위 장르의 통합뿐만 아니라, 다양한 문학 장르와 협력하여 새로운 장르를 창출하는 데서, 의도하는 문학성을 충실하게 형상화할 수 있다[4]는 '통합 장르적 성격'[5]을 의미한다. 특히, 다매체 시대의 소설은 문학 인접 장르와 타예술 장르뿐만 아니라 영상이나 컴퓨터 기술에 의해서 나타나는 뉴미디어의 매체적 특성도 자기 안에 용해하여 한 몸을 이룬다. 이러한 통합 장르·통합 매체로서의 소설의 특성은, 단순하게 위기로 예단되는 소설의 운명과 대비되는 소설의 자기 갱신력이라 할 수 있다.

　오늘날 소설의 위기는 마치 동식물을 가리지 않고 자신의 몸 속에 받아들이는 잡식성 동물과 같은 소설의 장르적 정체성에서 그 돌파구를 찾아야 한다. 문학 규범의 경계와 경계를 넘나드는, 탈경계의 탈주로부터 소설은 역설적인 신생의 에너지를 얻어 소설 안에서 언어적 갱신력을 탄력적으로 추구한다.[6] 소설은 선행적인 규범을 파괴하며 스스로 변모해 나간다. 영상과 컴퓨터 기술, 나아가 여타 대중문화의 발호가 소설의 위기를 가져온 것이 사실이지만 소설 장르의 활로 역시 통합 장르로서의 소설의 특성에서 찾아야 한다.

　다매체 시대 소설은 자신이 지니고 있는 '문화적 간텍스트성'[7]에 기반

---

4) 현길언, 『한국 현대소설론』, 태학사, 2002, 315-316쪽.
5) 위의 책, 317쪽.
6) 우찬제, 「디지털 복제 시대의 문학」, 『타자의 목소리』, 문학동네, 1996, 216쪽.
7) 박덕규, 「붕괴 또는 확산」—대중문화 속의 소설의 운명, 『소설과 사상』, 고려원, 1993,

한다. 이러한 간텍스트성은 다매체 시대의 소설에 새롭게 제기된 성격이라기보다는 소설이 본질적으로 가지고 있는 통합 장르적 특성이다. 본 연구는 이러한 소설의 장르적 정체성을 토대로, 다양한 장르와 매체 환경에 집중적으로 노출되기 시작한 80년대로부터 현재에 이르기까지 한국 현대소설에 나타나는 타장르 및 비활자 매체의 수용 양상을 분석하고, 이를 통하여 다매체 시대에 소설이 존재하는 모습을 구체적으로 규명하고자 한다. 그 존재 양상은 인접 장르와 비활자 매체들과 교섭하는 방식, 교섭을 통해서 나타나는 텍스트의 특성, 이러한 특성의 문학적·문화적 의미를 총체적으로 파악함으로써 도출될 수 있다.

2. 소설과 매체 환경과의 관계

장르와 매체 간의 교섭 양상은 '문학에서 문화'로의 방향이 아니라 '문화에서 문학'으로의 방향에서 바라볼 필요가 있다. 이 말은 자칫 문화적 복고주의로 오해될 소지를 안고 있다. 그도 그럴 것이, 최근에 유행하고 있는 문화 연구cultural studies는 문학이 차지하고 있던 문화적 헤게모니를 비판하고, 그동안 평가절하되었던 대중문화를 포함한 문화적 제현상을 탐구하는 발산적인 방향으로 연구 활동을 진행하고 있기 때문이기도 하다.[8]

필자도 문학을 위시한 고급문화를 대중문화와 이분법적 경계선을 긋는 것에는 동의하지 않지만, 그 연구의 방향성에 대해서는 문제제기가 필요하다고 본다. 특히 장르 교섭을 이야기할 때, 문학에서 여타의 장르

겨울, 258쪽.

8) 이에 안토니 이스트호프(Antony Easthope)는 문학에 특권적 지위를 보존하고 그 외의 것을 정전 밖으로 몰아내고자 하는 경향을 일종의 문화적 과두정치로 이해한다. (Anthony Easthope, *Literary into cultural studies*, London : TJ Press, 1991, 4-5쪽.)

와 매체로 옮아가는 양상에 연구의 방향성이 모아졌기 때문에 문학이 인접 장르나 비활자 매체의 특성을 받아들이는 데 대한 연구는 상대적으로 미흡했다. 즉 서사물로서의 공통분모를 가지고 있는 영화, 연극, 애니메이션 등과의 교섭에 관한 연구에 있어 그 관심은 소설 텍스트라기보다는 이와 연접되는 타장르에 대한 연구로 나아가 결국 전통적인 소설 장르의 변모와 인접 장르와의 영향 수수관계가 명확하게 밝혀지지 않은 것이다. 따라서 전통적인 소설이 타장르나 비활자 매체의 특성을 수용하고 변모해 가는 양상에 대한 연구는 반드시 요구된다.

이러한 관점에서 선행 연구를 몇 가지 경향으로 나누어 살펴보기로 한다. 소설 장르가 맞게 된 새로운 환경은 문예지의 기획 특집이나 학회의 연구발표대회를 통하여 선도적으로 논의되었는데, (1)영상 매체 환경, (2)컴퓨터·사이버 테크놀로지 환경, (3)대중문화와 소비 사회 환경이 소설에 미치는 영향, (4)다매체의 문화적 환경이 문학 교육에 미치는 영향에 대하여 연구되어왔다.9)

영상 매체 환경이 소설에 미치는 영향에 있어서는, 우선 영화를 모티프의 차원에서 끌어들이는 경우와 기법적으로 수용하는 경우로 나누어 생각해 볼 수 있다. 모티프의 차원에서 수용되는 경우는 작품에서 인물의 현실 인식이나 성격화에 핵심적으로 기능하기도 하고, 장식적이거나 부차적인 디테일로 수용되기도 한다. 소설이 기법적으로 영상 문법을 차용하는 것은 소설 텍스트와 영화 텍스트 사이에 가장 빈번하게 일어났던 것 중에 하나이다. Camera eye, Time·Space montage, Cut, Cut-back, Close-up, Long shot, Medium shot, Insert 등의 영화적 기법은 현대 소설의 기본 문법이 될 정도로, 영화와 소설은 긴밀하게 교섭하였다. 또한 최근 소설에서

---

9) 선행 연구 검토에서 자세히 논의되겠지만, 문예지에서는 『소설과 사상』1993년 겨울호에서 1994년 가을호까지 기획된 「특집 : 우리 소설의 새로운 환경 Ⅰ~Ⅳ」가 가장 대표적이며, 학회지의 경우는 『현대소설연구』제11호, 한국현대소설학회, 1999, 12에서 복합매체 환경이 소설에 미치는 영향에 대해서 논의된 바 있다.

영화는 단순한 기법뿐만 아니라 이들이 현실을 인식하는 창窓으로 작용하고 있으며, 영상적 이미지에 의존하는 소설적 스타일을 보여주기도 한다.

컴퓨터·사이버 테크놀로지 환경이 소설에 미치는 영향에 대한 연구는, 대체적으로 기존의 전통적인 소설 텍스트가 하이퍼텍스트나 멀티미디어 환경으로 옮아가는 현상에 치중되었다. 이와 같이 탈언어화된 복합미디어 장르를 과연 문학의 범주에 포함시킬 것인가 아니면 전혀 다른 새로운 예술의 형태로 보아야 할 것인가를 두고 논란을 있어왔다. 디지털 서사를 옹호하는 입장에서는 쌍방향성interactive이나 비선형성non-linearity등의 특성을 강조하면서 전통적인 텍스트와의 차별성을 부각시키려 하였다. 그러나 이러한 매체적 속성이 다시 전통적인 문학 텍스트 안에 수용되는 양상 또한 간과되어서는 안 된다. 이러한 방향성은 전통적인 문학 텍스트가 가지는 인문적·심미적 리얼리티에 입각하여 하이퍼·사이버 리얼리티를 수용하는 양상을 밝힌다는 점10)에서 의미가 있다.

대중문화와 소비 사회 환경이 소설 속에 수용되는 양상은 다음과 같은 측면에서 연구되었다. 그 수용되는 방식은 인물을 성격화하는 과정에서 부차적으로 사용되기도 하고, 작품 속에서 핵심적인 모티프로 작용하여 텍스트의 중추를 구성하는 경우도 있다. 한편, 대중문화와 소비 사회의 특성을 수용하는 양상을 놓고, 논자에 따라서 당대의 문화적 스타일에 대한 소설적 반영이라는 긍정론과 대중문화에 대한 모상적 수용과 무비판성을 우려하는 부정론으로 크게 대립되는 양상을 보였다.

마지막으로 다매체 환경이 문학 교육에 미치는 영향을 언급한 논의들을 보면 다음과 같다. 먼저 영상 세대의 미적 감수성을 고려하여 영상 매체나 사이버 환경을 언어 및 문학 교육에 적극적으로 도입하고, 이러한

---

10) 여기서 하이퍼·사이버 리얼리티와 인문적·심미적 리얼리티라는 용어는 (우찬제, 「디지털 복제 시대의 문학」, 『타자의 목소리』, 문학동네, 1996, 228쪽.)에서 빌려온 것임.

새로운 영역을 문학의 담론 안에 수용하는 자세가 필요하다는 견해가 있다. 그러나 영상 세대의 지적·언어적 감응력의 퇴행을 우려하는 입장에서는 전통적인 문학 텍스트의 가치와 독서 체험의 중요성을 강조하기도 한다. 문제는 이러한 평행선을 달리는 논쟁이 아니라, 보다 복잡해가는 미디어 환경 속에서 나타나는 복수 문식성many literacies[11])의 문화 텍스트에 대한 올바른 접근과 해석일 것이다. 물론, 멀티미디어 환경 속에서 문자 중심의 사고와 문학 교육은 구시대적일 수 있다. 그렇다고 전통적인 문학 텍스트가 폐기되는 것도 아니다. 이를 위해서 멀티미디어 환경에 맞는 문학 교육도 중요하지만, 이러한 것을 문학 텍스트 속에 수용하고 접목시켜 가는 양상도 간과되어서는 안 될 것이다.

이러한 관점은 타장르나 매체로 옮아가는 원심적 방향이 아니라 소설이 외부적 요소를 받아들이는 구심적 방향에 서 있다. 장르 및 매체 교섭에 대한 연구가, 소설이 영화나 애니메이션 등의 영상물로 전환되는 과정이라든가, 혹은 디지털 매체에 의해서 변형되는 양상에 대한 연구에 치중한 나머지, 소설이 타장르나 매체를 수용하면서 나타나는 변모 양상은 상대적으로 연구가 부족한 실정에 있다.

따라서 소설이 타장르나 비활자 매체의 특성을 수용하는 방식과 그러한 외적 요소를 자신의 몸속에 용해시킴으로써 나타나는 소설 미학적 특성에 주목해야 한다. 장르론에 입각하여 볼 때 소설은 엉성하기 이를 데 없고, 또한 그 장르 성격상의 엄정성을 유지하지 못하며 소설을 반예술Halbkunst이라고 부르는 것도 이러한 까닭이다.[12] 소설이 본질적으로 장르적 엄정성을 유지하지 못한다는 것은 무엇을 의미하는가. 그것은 소설이 이질적인 언어를 무제한적으로 수용하기 때문에 발생하는 것이

---

11) David Trend, *Nationalities, Pedagogies and media, cultual studies* Vol 7, 1993, 39쪽.
12) 김윤식, 「소설이론과 창작방법 논의」—소설의 장르적 성격, 『한국학보』제5집, 일지사, 1979, 147쪽.

다. 예컨대, 소설 속에 시가 인용되었다고 한다면, 그 시는 소설 언어로 바꾸어지면서 본래 '시로서의 서정성'을 버리고 소설적 형상화에 기여하는 서사적 언어로 변모한다.[13] 따라서 소설은 끊임없이 언어적 전복성과 실험성을 가지기 마련이며 이러한 변화는 타문학 장르에 비해서 급진적으로 나타날 수밖에 없다. 이것은 소설의 통합 장르적 속성에 기인하는 것이며 이러한 특성은 다매체 시대에 소설이 살아갈 수 있는 원동력으로 작용한다.

이렇게 소설이 타장르나 비활자 매체의 특성을 수용하는 데 있어, 그 기반은 언제나 소설의 문맥 안에서 용해된다는 사실은 중요한 시사점을 준다. 예컨대, 소설 속에 영상 매체의 문법이 도입되었다고 한다면, 그것은 소설이 영상 매체가 가지는 몰입, 순간적 반응, 속도를 모방하는 것이 아니다. 소설이 영상을 수용하는 방식은 자신이 본질적으로 지니고 있는 비판적 거리distance, 사유의 틈, 느림을 기반으로 한다. 즉, 소설에 타장르나 비활자 매체가 수용된다고 할지라도 자신의 본질에 맞게 대상의 형질을 바꾼다는 말이 된다. 이것이 디지털 사회에서 소설이 살아가는 방식이 아니겠는가?

3. 소설이 인접 장르와 매체를 수용하는 양상

다매체 시대, 소설이 타장르나 비활자 매체의 특성을 수용하는 방식과 그 내용[14]은 다음과 같은 양상으로 나타난다. 첫째, 타장르나 비활자 매

---

13) 현길언, 앞의 책, 254쪽.
14) 이에 관해서는 다음과 같은 선행 연구에서 부분적으로 논의된 바 있다.
　　김만수, 「소설과 영화 사이」, 특집 : 우리 소설의 새로운 환경(III)—소설과 영화·드라마, 『소설과 사상』, 고려원, 1994, 여름.
　　박덕규, 「붕괴 또는 확산」—대중문화 속의 소설의 운명, 특집 : 우리 소설의 새로운 환경(I)—탈이데올로기와 대중문화, 『소설과 사상』, 고려원, 1993, 겨울.

체를 모티프의 차원에서 수용하는 경우가 있다. 이것이 단순하게 소설의 분위기를 살리기 위해서 사용되는 경우도 있으나 작품의 핵심적인 모티프로 차용되어 작품 속에서 필수불가결한 요소로 기능하는 경우도 있다. 둘째, 타장르나 비활자 매체에서 스타일이나 기법을 차용하는 것을 들 수 있다. 예컨대, 소설이 희곡의 문법을 수용한다거나 시의 언술 방식을 택한다거나 영상언어의 문법을 차용하는 경우를 말한다. 이러한 경우는 보고서, 컴퓨터 운용 방식, 방송 대본, 심지어 멀티미디어 게임의 서사 문법을 차용하는 예도 있다. 마지막으로, 위에서 언급한 두 가지 양상이 혼재되어 나타나는 경우가 있을 수 있다. 이상의 경우는 소설이 인접 장르와 비활자 매체의 특성을 수용하는 수렴적 측면에서 나타나는 예이다.[15]

수용의 내용은 위에서 예시한 네 가지 범주들이 서로 넘나들면서 다양한 양상을 나타낸다. (1)문학 하위 장르(시, 희곡(연극), 에세이(일기, 자서전), 동화, 비평, 설화, 판소리 등)를 소설 속에 도입하는 경우는 가장

송현호, 「영상매체의 발전과 소설의 변화」, 『현대소설연구』제11호, 한국현대소설학회, 1999. 12.

신수정, 「탈주의 변증법」—90년대 소설의 이율배반, 『90년대 문학 어떻게 볼 것인가』, 민음사, 1999.

전영태, 「우리 소설의 탈이데올로기적 징후와 전망」, 특집 : 우리 소설의 새로운 환경(Ⅰ)—탈이데올로기와 대중문화, 『소설과 사상』, 고려원, 1993, 겨울.

정정호, 「현대소설의 장르 해체/통합/확산 현상」, 제5회 연구발표대회/공동주제 : 현대소설의 위기를 진단한다, 『현대소설연구』3집, 한국현대소설학회, 1995.

최혜실, 「디지털 서사의 미학」, 최혜실 엮음, 『디지털 시대의 문화예술』, 문학과지성사, 1999.

황국명, 「다매체 환경과 소설의 운명」, 『현대소설연구』제11호, 한국현대소설학회, 1999. 12.

15) 반대로 타매체로 확장하는 발산적인 경우도 있다. 책은 아니지만 문자에 의한 글쓰기로서의 사이버문학, 음성·이미지·동영상과 비선조적으로 연결되거나 가상현실을 구현하는 하이퍼텍스트 등의 탈언어화된 복합 미디어 장르로 확대하는 경우가 있을 수 있다.(황국명, 「다매체 환경과 소설의 운명」, 『현대소설연구』제11호, 한국현대소설학회, 1999, 12, 13쪽.) 또한 영화, 드라마, 에니메이션 등의 영상매체로의 전환 역시 매우 빈번하게 일어나는 예이다.

일반적으로 나타나는 매체 교섭의 양상이다. 이는 김수경(『즈유종』), 최병현(『냉귀지』) 등에 의해서 실험된 바가 있으나 80년대적 정치적 함의가 짙게 배어 있는 작품이다. 특히 조세희는 『침묵의 뿌리』에서 사진, 에세이, 일기, 보고서 등의 다양한 사서 매체를 소설 속에 도입하여 통합 장르의 가능성[16]을 보여주었는데, 기법적으로는 유연한 문학의식의 반영[17]이라고 할 수 있지만, 빈부의 모순과 갈등을 형상화하기 위한 것으로 수렴되는 경직성을 보인다. 이처럼 80년대 작가에게서 드러나는 소설 양식의 실험은 정치·사회적 의식의 표출이나 저항의 양식으로 활용된 측면이 강하다. 이러한 서사 문법의 해체가 전통적인 서사 규율로부터의 탈주를 의미한다고 한다면, 성석제(「어린 도둑과 40마리의 염소」, 「조동관 약전」, 「해방」, 「고수」, 「유랑」)에게서 나타나는 장르 패러디화는 동화와 같이 내러티브의 친연성을 통해서 전통적인 서사성의 회복을 꾀하고 있다. 그러나 근대의 이념을 이끌어 왔던 소설의 무게감은 그에게 이르면 여지없이 무너지고 만다. 작가는 단순한 이야기꾼일 뿐, 계몽가나 이념의 전달자가 아니라는 사실을 작가는 분명하게 인식하고 있는 것이다. 진지하게 세계를 응시하는 시선 대신 우스꽝스러운 인물을 해학적으로 전달하는 그의 작가적 시선은 세계에 대한 야유를 함의하고 있으며, 그에게서 근대 소설이 지니고 있던 거대한 중량감이 허물어졌음을 확인하게 된다.

(2)다양한 예술 하위 장르가 소설 속에 도입되는 경우는 영상 매체와 대중문화로부터 직접적으로 영향을 받고 성장한 젊은 작가들에 의해서 보다 집중적으로 나타난다. 특히, 다매체 시대의 문화적 징후와 문화 소비 형태가 하나의 흐름을 형성하기 시작한 90년대 소설에서는 다양한 예술 장르가 당대의 문화적 코드를 형상화하기 위한 상징적 기표로 수용된다. 윤대녕(「January 9, 1993 미아리 통신」, 「은어낚시통신」, 『옛날 영화

---

16) 현길언, 앞의 책, 327쪽.
17) 김병익, 『전망을 위한 성찰』, 문학과지성사, 1987, 310쪽.

를 보러갔다』, 「피아노와 백합의 사막」, 「수사슴 기념물과 놀다」, 『사슴벌레 여자』), 하재봉(『블루스 하우스』, 『콜렉트 콜』), 장정일(『아담이 눈뜰 때』, 『너희가 재즈를 믿느냐?』), 김영하(『나는 나를 파괴할 권리가 있다』), 구효서(「카사블랑카여 다시 한 번」), 조성기(「피아노, 어둡고 투명한」), 김경욱(「변기 위의 돌고래」), 김연수(『7번 국도』), 백민석(『16 믿거나 말거나 박물지』—음악인 협동조합 1·2·3·4, 『내가 사랑한 캔디』) 등은 고급문화와 대중문화의 영역을 넘나들며 시, 영화, 음악, 회화, 조각, 사진, 건축, 비디오 아트 등의 다양한 예술 장르를 소설의 모티프로 차용한다.

문제는 이들 작품 속의 인물들이 후기 산업사회의 일상에 산포하는 대중문화를 느끼고 이를 바탕으로 서로 소통하고 관계하는 방식의 문제이다. 이들의 미적 감응력이 감각적이고 피상적인 것에 머문다는 것은 인물의 문제이지, 작가의 미의식일 수 없다. 그러나 많은 논자들은 작품 속에 형상화된 허구적 인물의 문화적 수준을 작가의 그것과 동일시하는 오류를 범한다. 가령, 디지털 사회에 살고 있는 인간의 자기 정체성의 혼란과 소외를 그린 윤대녕의 『사슴벌레 여자』의 경우, 인물들의 문화에 대한 미적 판단은 '좋다', '나쁘다', 혹은 '재미있다', '재미없다' 등의 감각적 판단 이외에 일체의 판단이 개입되지 않는다.[18] 이렇게 문화를 피상적으로 받아들이는 미학적 퇴행은 인물의 몫이지 작가의 미의식은 아니다. 결국, 이 작품에서 제시되는 문화적 코드는 탈언어화된 문화 소비자라는 디지털 사회의 인물을 형상화하기 위하여 사용된 것일 뿐이다.

한편, 윤대녕의 「은어낚시통신」에서 인물의 내면의식과 상호 관계도 음악, 사진, 미술 등에 의해서 매개된다. '빌리 홀리데이'의 음악, '커티스'의 호피인디언 사진, '아르누프 라이너'의 보디 페인팅, 은어낚시모임의 '헌법'에서 소개되고 있는 현대 예술 등이 그것이다. 문제는 이러한

---

18) 김정남, 「디지털 사회의 풍경」, 『현대문학』, 현대 문학사, 2002, 6, 221쪽

대중문화에서 차용된 모티프가 소설의 문맥에서 수용되는 양상이다. 먼저 '빌리 홀리데이'의 음악은 허무의식과 상실감에 갇혀 있는 주인공의 내면 세계를 비유적으로 환기한다. "알콜과 약물 중독의 늪에서 헤어나지 못한 채 1958년 마흔 네 살의 나이로 자신이 늘 읊조리던 슬픈 노래처럼 죽어 간" 빌리 홀리데이에게 '나'는 강한 동일시를 느끼며, 그 음악은 비밀 지하 모임인 '은어낚시모임'의 여인과 '나'를 매개하게 된다. 한편, 은어낚시모임에서 보내온 엽서에 인쇄되어 있는 '커티스'의 호피인디언 사진은 외계동물 같은 복장을 하고 서서 황혼녘의 들판을 내려다보고 있는 인디언의 뒷모습을 찍은 것이다. 이 사진에서 인디언은 난쟁이처럼 왜소한 체구에 특이한 머리 장식과 복장으로 사라져 가는 종족의 쓸쓸함을 나타낸다. 이는 문명의 박해로 소멸되어가는 존재의 쓸쓸함을 드러내는데, 이는 현대의 물질문명이 파괴한 원초적 순수성을 의미한다고 할 수 있다. 또한 '아르누프 라이너'의 보디 페인팅과 '은어낚시모임'의 '헌법'에서 제시되고 있는 현대 예술들과 탈규범적인 행동 양식, 지명 및 인명들은 모두 비인간적인 현대 문명의 억압성을 넘어서 "삶의 자유의지와 생명 의식을 표현"하려는 의도를 담고 있다. 이것은 다시 시원을 향해 거슬러 올라가는 '은어'의 상징과 호응된다.

이상에서 살펴본 바와 같이, 대중문화는 소설의 언어로 수용되면서 텍스트의 문맥 안에서 변형된다. 이것은 단지 비문자 매체에 의존하는 '모상적 상상력'이라기보다는 현대의 다양한 인접 예술 장르를 받아들이며 소설적 언어로 변형시키고 있다고 말할 수 있다. 또한 이들 소설의 인물들은 영화, 사진, 음악, 미술, 행위 예술 등의 현대 대중문화에 대한 폭넓은 관심과 세련된 취향을 가지는데, 이는 후기 자본주의 사회의 일상성에서 발견되는 도시적 감수성의 단면이다.

(3)비예술 장르(보고서, 계약서, 검안서, 관찰 기록 등)를 소설 속에 도입하는 경우는 80년대 경제적 모순을 형상화하기 위한 노력의 일환으로

조세희(「난장이가 쏘아올린 작은 공」, 「은강 노동 가족의 생계비」)에 의해서 실험된 바 있다. 이를 넘어서 보다 전위적인 형태로 실험을 보여준 구효서는 「확성기가 있었고 저격병이 있었다」, 「아이 엠 어 소피스트」, 「죽은 시인의 사회」, 「테러, 테러리스트, 테러리즘」, 「아래 문건을 기각함」에서 기호적 인칭을 도입하거나 파격적인 문체와 구성으로 기존의 소설 문법을 해체하고자 하였는데, 이는 소설의 창작과 소통에 대한 장르론적 질문의 형태로 제기되는 것이다. 「확성기가 있었고 저격병이 있었다」는 군대의 '저격사고 보고서'와 기타 첨부서류로, 「아이 엠 어 소피스트」는 컴퓨터 화면과 '등급 분류 문건'으로 이루어져 있고 「죽은 시인의 사회」에서는 '학생행동 관찰기록(사례연구)'이 「테러, 테러리스트, 테러리즘」에서는 '연구저작물 배타적 사용권설정계약서'가, 「아래 문건을 기각함」에서는 '사체 검안서'가 소설의 형식으로 수용되었다. 이런 점을 두고 작가 스스로도 "이런 소설을 써도 되는 건가."(『확성기가 있었고 저격병이 있었다』의 '작가의 말')라고 말한다. 문제의 핵심은 이런 것도 소설이 될 수 있다는 데 있다. 문학이 언어를 매개로 한 창작과 유통과 소비 구조 안에서 이루어지는 하나의 '제도'라고 했을 때, 그 제도 안에서 인정되는 것은 예술이고 그렇지 않으면 비예술이 된다. 문제는 이러한 문학의 제도가 가지는 허구성을 드러내기 위하여 이러한 글쓰기가 의미를 지닌다. 또한 여기서 전통적인 소설의 형상화 방법인 '말하기'와 '보여주기'는 의미가 상실된다. 보고서, 사례연구, 관찰기록, 검안서 등은 '보여주기'인가 '말하기'인가? 요컨대, 구효서는 문학이라는 제도와 소설이라는 장르의 내적 규범의 자명성을 부정한 것이라 할 수 있다. 그러나 이러한 소설 장르에 대한 자기 부정은 결국 소설이라는 장르의 개방성으로 이해될 수 있다. 이는 내파외합內破外合에 의하여 끊임없이 변화해 가는 소설의 장르적 특성에 기인한다.

　(4)과학 기술 매체를 소설의 형식으로 받아들이는 작품들은 다음의 작품

에서 나타난다. 김도현(『로그인』), 류성식(「아주, 사소한 류씨 이야기」) 등은 첨단 과학 기술을 작품 속에 재현하고 있고, 구효서(「공습경보 〈우리 드마으에〉」, 박현욱(『새는』), 송경아(「바리—길 위에서」) , 김설(『게임오버』)은 각각 라디오 방송, 카세트 테이프, 컴퓨터 운영 시스템, 멀티미디어 게임을 소설 형상화의 기본 문법으로 활용하고 있다. 여기서 핵심적인 문제는 이들이 수용한 매체적 특성이 결국 이들이 인식한 세계의 질서라는 점에 있다. 『게임오버』에서 반복적으로 사용되는 'GAME OVER'는 소설을 전자 오락 게임으로 이끌며 그 게임의 법칙 안에서는 무수한 우연이 반복된다. 이러한 소설 속 인물이 처한 운명은 '돈과 조직과 마약'으로 상징되는 진정성이 상실된 세계의 냉혹한 실상인 것이다. 「바리—길 위에서」는 인물들의 삶을 컴퓨터 운영 시스템에 빗대어 표현함으로써 시스템의 폐쇄성 안에서 소멸되어 가는 개인의 정체성에 대한 문제를 제기하고 있다. 이들은 데이터의 작동 원리 안에서 통제되고 관리되는 후기 자본주의 사회의 '풍경'이라는 데 공통점이 있다.

한편, 『새는』에서 '카세트테이프'는 소설의 서사전개에 있어 표준적 계기성normal sequence에 대립되는 시간변조Anachrony의 역할을 떠맡고 있다. 즉 이 작품은 되감기rewind를 통하여 소급제시analepsis를 수행하는데, 1973년에서 1978년에 이르는 송창식과 산울림의 노래와 함께 당시 인물들의 고뇌를 보여주고 있다. 즉 이 트랙track들은 모두 성장과정에서 겪어야만 했던 열병들의 기록인 셈이다. 따라서 이 작품은 성장소설의 형식을 소급제시를 통한 시간변조에 의해서 형상화하고 있다. 이러한 전과정—70년대의 젊은이들의 세태 풍속과 그 속에서 빚어지는 성장기의 방황—은 정지stop와 파워 오프power-off로 끝이 난다. 요컨대, 이 작품은 정보사회의 첨단 과학 기술 매체를 활용하여 난숙기에 접어든 정보화 사회의 문제를 제기한 다른 작품들과는 달리, 지난 연대의 문화적 트렌드와 젊은이들의 고뇌를 전달하기 위한 목적에 의해서 제기된 것이다.

이렇게 소설이 타장르와 비활자 매체를 수용하는 경향을 총체적으로 고찰하는 것은 소설의 위기, 더 나아가 문학의 위기를 말하는 이 시대에, 소설이 통합 장르로서의 자신의 정체성을 이 시대에도 발휘하며 스스로 갱신력을 확보하고 있다는 증좌이기도 하다. 그러나 인접 장르 수용에 있어 이미지 모사의 영상미학이 소설 고유의 영역에 침투됨으로써 소설의 정체성이 위협받고 있다[19]는 비판적 견해가 있다. 이것은 기호, 모상, 시니피앙이 범람하는 소비사회의 특징을 반영한 것으로, 가벼움의 철학 혹은 철학 없는 테크닉 숭배로 나타난다[20]고 본다. 그러나 우리는 그 역의 가능성에 대해서 생각해 보아야 한다. 전통적인 소설 문법에서 벗어나서 다양한 장르와 비활자 매체를 자신의 몸 속에 용해시키는 것은 소설의 본질적 속성과 관련된다. 소설은 끊임없이 변화해 가는 미완성의 장르이며 소설이 타장르와 비활자 매체를 수용해도 자신의 기본 형질을 잃지 않는다. 예컨대, 활자 매체로서의 소설이 속도와 몰입의 특성을 갖는 영상물을 받아들여도 문학이 본질적으로 지니고 있는 느림과 지속성을 바탕으로 수용하기 때문이다.

4. 다매체 시대 소설의 운명

본고의 기본적인 취지는 문학연구에서 문화 연구cultural studies로 급격하게 발산하는 연구 동향에 대한 비판에서 시작되었다. 그것은 문학 연구와 문화 연구는 상호 보충적인 관계를 맺어져야 함에도 불구하고, 기존의 문학 텍스트와 연구 방법을 폐기하고, 문화 연구라는 발산적 방향으로만 질주한다는 점에서 그러하다. 소설이 인접 텍스트에 발휘하는 수렴성은 소설 텍스트가 자신을 지탱하는 힘과 관련되고, 이러한 측면은 복합적인

---

19) 황국명, 앞의 책, 5쪽.
20) 위의 책, 16쪽.

텍스트를 구성하는 소설 속에서 구체적으로 드러난다. 파시스트적인 가속도로 질주하는 고도의 기술 정보 사회에서 각종 멀티미디어가 광휘를 뿜어내고 있을 때, 문학은 이에 대한 제동력으로 작용해야 한다. 이것이 문학이 인접 장르나 매체와 벌이는 '속도의 정치학'이다.

소설의 위기설은 80년대부터 제기되었던 문제이다. 현장 비평가들은 흔히 그 시대를 '시의 시대'로 부르면서 상대적으로 소설의 위축 현상을 제기했다. 그러나 이러한 소설의 위기가 침체로 이어진 것은 90년대 들어와서이다. 이는 근대정신을 이끌며 인간적 진실과 사회적 정의에 가장 유연한 담론 형식으로 받아들여졌던 소설의 지위가 약화되었다는 것을 의미한다.[21] 그러나 매체적 환경의 변화에 의해 커뮤니케이션의 방식이 달라졌다는 점은 소설의 위기에 대한 보다 강력한 원인을 제공한다. 흔히 종이책의 형태로 소통되는 전통적인 소설의 커뮤니케이션의 방식이, 보다 강력한 멀티미디어 환경 속에서 열세를 나타내게 되었다.[22] 또한 대중소비문화의 급격한 발달과 상업주의는 고급소설에 대한 관심을 급격하게 줄어들게 하였으며 고급문학이 상업주의에 대한 길항력을 잃게 됨에 따라서 대중문화와의 시장 경쟁에서 이긴다는 것은 거의 불가능하다[23]는 사실도 소설의 위기의 원인이 된다.

이러한 문화적 환경 속에서 소설의 운명에 대한 진단은 소설이 관계

---

21) 이남호, 「'소설 위기설'의 뜻과 그 배경」, 제5회 연구발표대회/공동주제 : 현대소설의 위기를 진단한다. 『현대소설연구』3집, 한국현대소설학회, 1995, 7-8쪽.
  이남호는 이러한 현상을 포스트모더니즘 이론가들이 제시하는 포스트모더니즘 시대의 성격과 관련시킨다. 즉 (1) 역사의 소멸, (2) 재현의 불가능성, (3) 의미사슬의 와해, (4) 비판적 거리의 소멸에서 소설의 위기에 대한 원인을 찾을 수 있다고 보았다.
22) 또한 전통적인 서적의 형태도 달라지고 있다. 최근의 출판형태는 과거의 종이책의 형태에서 벗어나 비종이책non-paper book 전자출판의 형태의 전위적 조짐을 드러낸다. 즉 시디-롬, 메모리 카드, 전자수첩과 같은 디스크 책Disk Book Publishing : DBP이나 컴퓨터 단말기를 통해서 데이터베이스의 문자를 읽는 화면책Screen Book Publishing : SBP의 형태가 그것이다. (김병익, 「컴퓨터는 문학을 어떻게 변화시킬 것인가」, 『동서문학』, 동서문학사, 1994, 여름, 259-260쪽.)
23) 이남호, 앞의 책, 12-13쪽.

맺고 있는 인접 장르와 비활자 매체와의 상호 관계 속에서 파악되어야 할 필요가 있다. 장르 및 매체 경쟁에서 소설이 주변부화하고 있다면, 역으로 그 내부에서는 나름의 갱신력을 확보하고자 노력하고 있는 징후들을 발견할 수 있다. 그것은 소설이 나름대로 경쟁 체제에 있는 다른 장르와 매체를 수용하면서 자신이 가지고 있는 형질에 맞게 그것을 변용시키고 마침내 소설의 언어 속에 수용하는 과정을 통해서 확인할 수 있다. 다매체와 소비 사회의 환경에서 소설의 위기를 극복할 수 있는 것은 영상 매체나 인접 매체로 확산되거나 소비 대중과 손을 잡는 것을 통해서 얻어질 수 있는 것이 아니다. 문학은 인문학적 담론의 중심에서 도구적 이성의 횡포와 맞서 싸울 수 있어야 한다. 사회과학이나 자연과학이 목적 합리성에 의해, 철학이 관념성으로 인해 인간의 진실을 간과해 버리는 데 반해서 문학은 인간의 실체를 해명[24]할 뿐 사회적 주문을 배반한다.

　이러한 관점에서 현대 사회에서 예술의 존재 방식은 어떠해야 하는가 하는 점이 중요한 문제로 부각된다. 문화 산업의 논리는 예술의 자율성을 심대하게 침해하고 문학의 위기는 바로 여기서 시작된다. 문화 산업의 논리 하에서, 근대정신을 이끌어왔던 문학의 정신은 여지없이 훼손되고 결국 자본과 소비대중의 구미에 영합할 수밖에 없는 상황을 맞게 된다. 그러나 소설이 매체 경쟁에서 낙오되고 대중으로부터 외면당하고 있는 현실적 상황을 견디며 신생의 동력을 작동시키는 방식에 주목해야 한다. 소설은 각종 장르와 매체와의 직접적인 경쟁을 피하는 대신, 그것을 자신의 육체 안에서 녹여 소설적 언어로 만드는 장르적 특성을 통해서 생명력을 유지하기 때문이다.

(『현대소설연구』, 2004년 6월)

---

24) 현길언, 앞의 책, 348-351쪽.

문학과 속도의 운동역학
—김영하의 『오빠가 돌아왔다』에 나타난 속도의 문제—

1. 속도와 문화

뉴턴의 운동역학에서 물체의 가속도의 크기(a)는 물체에 가해지는 힘(F)의 크기에 비례하고 물체의 질량(m)에 반비례한다. 흔히 뉴턴의 운동 제2법칙으로 불리는 이것은 F=ma로 정식화할 수 있다. 이와 같은 기초적인 지식은 물리적 세계에만 적용되는 것이 아니라, 문화의 논리, 더 나아가 문명의 논리에도 적용될 수 있다. 물론 이러한 적용은 엄정한 과학적 방법에 의한 것이라기보다는 유추에 의한 것이다.

인류의 역사는 시간과의 투쟁을 통해서 이루어졌다. 보다 빠르게, 보다 많이, 보다 멀리라는 역사적 운동이 오늘날의 정보화 사회를 낳은 것이다. 와트가 증기기관을 만들어 그 이전의 동력—수력·풍력·축력·인력—을 능가하는 동력혁명을 낳은 것이 산업혁명의 시작이었다면, 디지털은 물리적 에너지가 아닌 가상적인 데이터가 빛의 속도로 이동하는 정보혁명을 낳았다. 정보의 처리와 전달과정에서만 존재하는 디지털은 광속성 이외에도 무한반복재현성, 변형의 용이성, 쌍방향성을 지니면서 산업기술의 측면을 넘어서 우리의 일상적 삶과 가치관을 형성하는 원동력으로 작동하고 있다.

더 이상, 정보에 있어 정전Canon으로서의 가치는 무화되고, 그 정보에 대한 권위도 사라지며, 누구나 만지고 조작하고 변형하여 상호 소통할 수 있는 —어찌 보면 가장 민주적이고 수평적인(?)— 사회가 바로 우리가 살고 있는 정보화 사회이다. 이제 정보는 책의 형태로 기록되지 않고 0과 1의 이진법에 의해서 기억된다. 도서관은 보유하고 있는 장서의 수보다는 DB의 형태로 구축되어 있는 데이터의 양이 중요하다. 리오타르가 지적하듯이 지식이 컴퓨터 언어bit로 변환되면서 지식은 '정보의 양'으로 측정된다. 기술이 지식의 성격을 결정적으로 변화시킨 것이다. 가벼워질 대로 가벼워져 이제는 존재의 무게감(m)조차도 무화되는 디지털 사회에서, 현실에 가해지는 힘(F)은 가공할 가속도(a)로 변환된다. 이제 문명의 속도를 따라잡을 수 없을 만큼 광폭한 가속도를 내고 있는 것이 우리 시대이다.

이 문명의 가속도는 시대의 문화를 결정한다. 농경사회, 산업사회, 정보화 사회에는 각각 나름의 철학과 문화적 관습과 제도가 존재한다. 산업사회에서 정당화되었던 과학(지식)의 힘은 불확정성, 미결정성, 불연속성이라는 새로운 과학지식에 의해서 부정된다. 광속으로 질주하고 있는 현대 사회는 현재라는 시간을 잠정적인 미결정 상태로 바꿔버린다. 이 과정에서 불안과 공포는 가중되고, 아드레날린의 분비는 촉진된다. 운전사도 없고 레일도 없이 미친 듯이 달리는 초고속 열차는 시간과 풍경(세계)을 단절시키며, 어떠한 합리적 예측도 빗나간 지점과 지점을 통과한다.

이런 세계에서 느려터지고, 정보의 질과 양에 있어서도 형편없는 책, 그것도 컴퓨터 언어가 아닌 소설책을 읽고 있다는 사실은 낡아빠진 시골 간이역에서 초고속 열차를 기다리는 것처럼 한심한 일일지도 모른다. 또한 고속열차는 자신의 평균속도를 유지하기 위해서 정차역을 줄여야만 한다. 접속에 조금의 무리도 없는 초고속 인터넷, 끊김 없이 제공되는 위성방송, 선명한 디지털 화질의 HD 영상은 초고속 열차의 승객들을 만족스럽게 할 것이다. 시시껄렁한 가십성 내용과 선정적 기사들이 가득한 주간잡지보다 초고속 인터넷으로 제공되는 웹 매거진이 우리의 이목을 붙잡는다.

이것이 우리 시대 문화의 속도이다. 속도에 길들여진 문화소비자들은 '느림'을 잠시도 견디지 못한다. 교통체증으로 꽉 막혀버린 도로와 서버 과부하로 접속이 지연되는 인터넷과 버퍼링이 늦어지는 동영상 등에서 우리는 과도한 스트레스를 받게 된다. 이 스트레스는 과거에는 찾아 볼 수 없었던 새로운 종류의 불안이며 조급증이다. TV를 시청하다가 조금이 라도 지루하면 (지루하다는 것은 속도가 느리다는 것과 관련된다.) 리모 트컨트롤을 눌러 채널을 바꿔버린다. 웹서핑을 하듯이 TV 채널을 서핑하 는 셈이다. 이제 TV 화면은 인터넷의 창과 같다. 끊임없이 돌려대는 TV 채널에서 우리 시대의 속도는 여지없이 감지된다.

2. 서술 속도tempo와 사회적 컨텍스트

소설에 있어 서술 속도tempo는 이야기를 진행해가는 속도를 의미한다. 레메르트E. Lämmert는 '서술되는 시간'erzählte Zeit과 '서술 시간'Erzählzeit 의 개념을 사용하여 서술 속도를 다음과 같이 유형화하였다. 작품 내의 사건이 일어나서 끝날 때까지 걸리는 시간이 '서술되는 시간'이고, 독자 가 작품을 읽을 때 걸리는 시간이 '서술 시간'인데, '서술되는 시간'이 '서술 시간'보다 클 경우를 '축시的縮時的 소설'로, '서술되는 시간'과 '서 술 시간'이 일치하는 경우를 '동시的同時的소설'로, '서술되는 시간'이 '서 술 시간'보다 작을 경우를 '연시的延時的 소설'로 구분하였다.

이를 제라르 즈네트G. Genette가 설명하고 있는 서술 운동의 4가지 형 태와 결부시켜 보면, 보다 분명하게 이해할 수 있다.

> 멈춤 : NT=n, ST=0, 따라서 NT∞>ST
> 장면 : NT=ST
> 요약 : NT<ST

건너뜀 : NT=0, ST=n, 따라서 NT<∞ST

> ST: 스토리 시간
> NT: 서술에서 걸리리라고 추정되는 혹은 관습적
>   인 서술 시간
> ∞>:무한대로 커짐
> <∞:무한대로 작아짐

이에 따르면, 요약과 건너뜀은 축시적이고, 희곡과 같이 제시되는 장면
은 동시적이며, 실제 진행 시간을 정지하고 인물의 의식이나 꿈으로 확대
하여 표현하는 멈춤은 연시적이라고 할 수 있다. 이와 같은 서사의 운동
방식은 바로 서술 속도와 관계된다.

역사적으로 보면, 서술 속도는 자연주의 소설과 의식의 흐름 수법을
사용하는 모더니즘 소설에 이르면서 느려져 왔다. 객관적인 현실을 충실
히 재현한다는 점에서 사실주의와 자연주의는 맥락을 같이 하고 있지만,
서술 속도에 있어 자연주의는 극도의 정밀한 세부묘사를 사용하고 있다
는 점에서 사실주의보다 느리다. 이는 자연과학적 실증주의를 바탕으로
하는 자연주의의 사상적 토대 때문이다. 한편, 모더니즘 소설은 전통적인
예술적 관습인 재현의 원리를 거부하는 다양한 형식 실험(몽타주, 꼴라
주, 연상기법, 의식의 흐름 등)을 통해서 통시성(선형적 시간성)을 공시화
(공간화)하기 때문에 서술 속도가 극단적으로 지연되는 양상을 보인다.
이는 자발적인 것이라기보다는 세기말적 자본주의 사회의 사물화 현상
이 인간 의식을 파편화하고 내적인 균열상태로 내몰았다는 사회적 상황
에 의해서 강제된 성격이 강하다. 이에 모더니스트들은 기독교적인 연속
적 시간관과 반대로 의식과 시간의 복합성과 유동성으로 이교도적인 시
간의식을 드러낸다.

따라서 서사물의 서술 속도는 당대의 역사적 사실과 긴밀하게 조응한

다. 자본주의 사회에 대한 재현과 비판력을 견지하던 리얼리즘이, 독점자본주의라는 자본주의의 팽창 앞에서 더 이상 미적 길항력을 확보하기 어려워진 단계에 이르러 모더니즘이 출현했다는 사실은 중요한 시사점을 준다. 시간의식의 측면에서, 모더니즘은 목적합리성에 입각한 부르주아적 근대성이 함유하고 있는 선형성lineality의 시간관을 거부하고 시간의 유동성과 동시성을 확보하는 방식으로 나아갔던 것이다. 따라서 서술 속도는 사실주의→자연주의→모더니즘을 거치면서 '연시적延時的 시간'으로 변화했다. 전망 확보를 위해서 직선적으로 운동하는 리얼리즘의 서술 방향은, 지연주의에 이르러 극세밀적 관찰과 묘사에 의해 느려지고, 모더니즘에 이르러 서술 속도는 최대한 지연된다. 이 지연의 서술 속도는 그 형식 자체에 저항적 내용을 품고 있다.

3. 서술 속도의 동력학적 문제

김영하의 소설집 『오빠가 돌아왔다』(창비, 2004)는 최근 우리 소설의 동력학적 작동 원리를 극명하게 보여준다. 내가 여기서 '동력학'動力學이라고 하는 것은 시간의 순서, 서술 속도, 방향 등을 포괄하는 서사의 시간적 움직임을 말한다.

표제작인 「오빠가 돌아왔다」의 서사 방식을 살펴보자. 이 작품은 서술자인 10대 소녀의 언어를 통해서 가족관계의 해체를 극단적인 냉소적 어법으로 서술하고 있다. 아버지에게 죽도록 얻어맞고 자랐던 오빠는 16세가 되자 아버지를 때려눕히고 가출을 했다가 4년 만에 '못생긴 여자애 하나를 달고' 집에 들어온다. 이를 본 아버지는 오빠에게 야구방망이를 들고 달려들었고, 오빠는 방망이를 빼앗아 아버지를 사정없이 내려치고, 집안의 권력을 차지한다. 함바집에서 일하는 어머니는 그녀를 데려다 일을 시키기도 하면서, 집을 나간 후 5년 만에 집으로 들어올 결심을 하게 된다. 그러나 이러한 가족의 재결합에도 불구하고 가족 구성원들의 내면적 관계는 이미 정상적인 가정의 그것이 아니다. 딸아이의 교복으로 페티시를 즐기는 아버지, 여동생이 입던 팬티를 훔치는 오빠는 더 이상 '나'(경선)에게 정상적인 존재가 아닌 것이다. 굶주린 성과 이에 대한 묵인은 타락한 사회 모습이 그대로 가족 공동체 안으로 스며들었다는 사실을 보여준다. 이런 가족이 어머니의 계획으로 야유회를 떠난다.

> 그러니까 술주정뱅이에 고발꾼인 아빠와 그 아빠를 작신작신 두들겨패는 택배회사 직원인 아들, 그 아들의 미성년자 동거녀, 오피스텔 건설현장의 함바집 아줌마, 마지막으로 그 아줌마의 전남편이 탐내는 교복의 주인인 중학교 1학년짜리 소녀가 야유회를 간다는 거다.
> "난 안 가."
> 오이를 잘근잘근 씹으며 나는 내 방으로 휙 들어가버렸다. 엄마가 내 뒤를 따라 들어왔다.
>
> (「오빠가 돌아왔다」, 60-61쪽)

이 희극적 야유회는 작가가 기획한 서사의 결말이다. 파탄난 가족들은 오빠가 운전하는 택배회사 봉고차에 올라타고 경춘국도를 달려 남이섬으로 향한다. 그리고 허름한 매운탕집 안으로 들어가 어색한 식사를 한다. 이 자리에서 가족들이 불쌍해서 다시 집으로 들어오겠다는 엄마의 말을 들은 '나'(경선)는 '남자 품이 그리웠던 거'라고 생각한다. 이러한 가족들이 대체 무슨 정겨운 대화를 나누며 밥을 먹을 수 있겠는가? '말문이 막히면 매운탕에 코를 처박는 식'의 식사시간일 따름이다. 식사를 마치고 서울로 돌아오던 길에 그들은 기념사진을 찍는다. 이 장면은 다음과 같은 서술자의 진술로 제시된다.

그렇게 서울로 돌아오던 길에 오빠가 어느 여고 앞에 차를 세웠다. 그러더니 우리 모두 차에서 내려 기념사진을 찍어야 한다고 했다. 어디에서? 오빠는 스티커 사진 부스를 가리켰다. 엄마는 얼굴이 큰데도 맨 앞에서 찍어서 얼굴이 타이어만하게 나왔고 오빠와 여자애는 뒤에서 찍어서 쪼다처럼 나왔다. 나는 좀 예쁘게 나왔는데 여자애는 그게 조명빨 덕이라고 구시렁 거렸다. 바보. 조명은 나한테만 비추나.

그럼 아빠는? 아빠는 그때까지도 술이 안 깨 짐칸에서 내리지도 못했다.

(하략)

(「오빠가 돌아왔다」, 67쪽)

사진부스에서 기념사진을 찍는 가족들의 모습은 이미 예정된 희극적 장면이다. 이것은 이미 어른들의 세계를 모두 알아 버린, 중학 1학년의 어린 소녀의 냉소적인 진술을 통해서 제시되기에 그 효과는 더욱 극대화 된다. 사태에 대한 가치판단 역시 서술자인 어린 딸의 의식 수준 밖으로 나갈 수 없다. 따라서 사태에 대한 진지하고 내밀한 진술은 철저하게 소거되어 있는 셈이다. 위에 제시된 인용문만 보더라도 중학 1학년 여자 아이의 의식 수준과 어법으로 상황을 진술하고 있다.

대화 역시 마찬가지이다. 충분히 지문으로 처리할 수 있는 부분이 장황 하게 대화로 이어지고 있다. "우리 어디로 가는 거야?" "남이섬." "그럼 바다로 가는 거야?" "아니, 강에 있는 섬이야." "좋아?" "나도 안 가봐서 몰라." "근데 오빠, 저 여자애 졸라 칙칙해." "왜?" "몇번 꼬집었더니 막 울어." (64쪽) 이와 같이 상황을 보충해 주는 설명적 지문(대화를 보충하 는 지문, 서사적 지문)이 완전히 제거된 채, 속도감 있게 전개되는 드라마 적 대화법은 그의 소설에 빈번하게 나타난다.

"어디예요?"

"국회."

"의원님은요?"

"싸우나."

"국회엔 여탕이 없다면서요?"

"응."

"그럼 여자 의원은 어디서 해요?"

"집에서 하겠지."

"오늘 어때요?"

"국감기간이잖아. 피감 기관에서 한턱 낸대. 한잔 꺾고 들어가 자야지."

"예술의 길, 정말 멀고도 험하군요."

"도제는 더 힘들어."

"내일도 보자기 날라요?"

"날라야지. 요즘 뭐 해?"

"수영 배워요."

"수영은 뭐 하러?"

"뱃살 빼려구요."

"빼야겠던데."

"저 뱃살 없어요."

"물장구 치겠네?

(하략)

(「너를 사랑하고도」, 106-107쪽)

아무리 국회의원 보좌관인 '그'와 '그녀'(인숙)의 전화통화라 할지라도 이렇게 완전히 대화로만 이루어진 장면제시방법은 드라마의 한 장면을 연상시키기에 충분하다. 물론 이러한 대화는 지문으로 상황을 보충하는 게 오히려 어색할 수 있다. 속도감 있는 대화에 장애물이 될 수 있기 때문이다. 보다 극단적인 예는 「마지막 손님」에서 영화사 미술부에서 일하는 '정수'('영선'의 남편)가 마네킹으로 여고생의 사체를 만들어 놓고 밤늦게 감독의 방문을 받는 대목에서이다. '정수'와 '영선'은 캠퍼스 커플로 만난 부부로 감독은 이들의 신혼집에 합성세제를 사들고 찾아오게 된다. '영선'은 감독에게 "저, 커피 한잔 드릴까요?"라고 말하고, 감독은 "아, 네 좋지요."라는 말로 받는다. 문제는 이러한 대화가 실제로 필요한가에 있다. 인물이 잠자고, 섹스하고, 밥 먹고, 화장실 가는 등의 일상사를 소설 속에 모두 그려낼 필요가 없는 것처럼, 커피를 마실거냐 말거냐는 식의 대화는 삭제되어도 무방하다. 이런 의미에서 그의 소설은 드라마적 대화법의 특성을 나타낸다. 실제로 이러한 필요 이상의 일상적 대화나 장황한 대화의 반복은 그것을 지문으로 끌어들일 여유조차 확보하지 못한 채 숨가쁘게 이어진다.

특히, 그의 소설은 (『오빠가 돌아왔다』에 실린 작품들만 보더라도) 거의 예외 없이 연대기적 시간구조를 취한다. 그의 서사 진행은 시간의 한 자락을 떼어내어 그 사건의 시작과 끝을 제시하는 평면적이고 단선적인 방식이다. 이 말은 반드시 소설의 플롯에서 소급제시analepsis와 사전제시prolepsis를 활용한 '시간변조anachronus'가 이루어져야 한다거나 둘 이상의 이야기가 다층적으로 결합되는 입체적 플롯이어야 한다는 것은 아니다. 하지만 그의 소설이 직선적 시간 구조를 가진다는 것은 인물의 현재 위치와 관련된 어떠한 존재론적 이유도 제시되어 있지 않다는 것을 말해 준다. 그렇기 때문에 사건은 뜬금없이 제시된 서두로부터, 아무런 구성적 역전aufbauende Rückwendung도 없이, 예정된 허무·예정된 아이러니를 향해 단선적으로 나아간다.

나는 그의 소설에 나타나는 소설의 언어, 시간 구조, 서술 속도 등이 영상문법의 영향 하에 있다고 생각한다. 드라마와 같은 일상적 대화, 장황한 대화의 연속, 직선적인 서사의 운동 방향, 조금의 지연도 없는 동시적Zeitdekung인 서술 속도 등이 바로 그 징표이다. 또한 그는 상황에 대한 묘사나 인물에 대한 진술에 있어서 단문형의 속도감 있는 문장을 사용하여 일체의 수사학적 장치들을 배제한다. 소설의 언어미학에 있어 그의 소설은 근대 소설이 개척해 온 언어와 상당히 먼 자리에 위치해 있거나, 극단적으로 말해서 정반대의 자리에 있다.

「너의 의미」는 순진한 신출내기 여성 작가와 성욕의 충족을 위해 여자를 만나는 감독과의 관계를 중심으로 사건이 전개된다. 문예소설을 쓰고 있는 신인작가가 영화산업에 종사하는 감독의 꾐에 빠지게 된다는 것은 문학의 퇴조와 영상문화산업의 발흥라는 문화적 현상에 대한 알레고리로 이해할 수 있다. 감독은 시나리오 창작이라는 미끼에 걸려든 여자를 호텔방으로 데리고 올라가고, 그녀로 하여금 '저 감독님 사랑해요. 미쳐버릴 것 같아요.'(174쪽)라고 말하게 함으로써 이미 예견된 상황적 아이러니로 독자를 인도한다.

> 나는 말했다. 도서관에서. 이것이 중요하다. 도서관에서 당신 소설을 읽었고, 아주 감명깊었고, 그래서 꼭 한번 만나보고 싶었다. 한사람의 팬으로서, 독자로서, 이런 자리를 마련해보고 싶었다. 찬사는 이쯤 하고 적당한 때가 되면 본론으로 들어간다. 당신같이 지적인 여자가 나를 위해, 그리고 한국 영화계를 위해 시나리오를 써준다면 정말 좋겠다. 우리는 멋진 파트너가 될 수 있을 것이다. 당신처럼 통통 튀는 감각의 소유자가 어쩌자고 그 칙칙한 소설 나부랭이를 쓰고 앉아 있는 거냐. 지금은 영상의 시대. 나와 함께 걸작을 만들어 대종상 시상식에 나가는 게 어떠냐. 깐느서 붉은 카펫도 밟고.
>
> (「너의 의미」, 163쪽)

위 인용은 호색한好色漢인 영화감독이 신인작가인 '조윤숙'이라는 여자를 유혹하는 장면으로, 대화로 서술될 문장이 어색하게 분절되어 지문으로 제시되어 있다. 이는 대화의 장면을 축시적Zeitraffung으로 서술하여 '서술되는 시간'에 비해 '서술 시간'이 짧다고 할 수 있지만, 실제로 감독의 진술을 연결하여 만들어낸 지문에 지나지 않는다. 지문은 구어와 거의 일치하는 단문형 문장의 연쇄로 이루어져 있고, 일체의 수사적 장치는 제거되어 있다. 이는 비단 위에 인용된 부분에만 국한된 것이 아니라 그의 소설에 광범위하게 나타난다.

이러한 그의 소설미학은 최근의 소설에서만 발견되는 것이 아니다. 「비상구」는 이러한 그의 소설적 경향에 있어 하나의 극점이다. 고물 액셀 승용차를 몰고 자유로를 달리는 젊은이들의 속도만큼 이 작품의 서술 방식은 '비상구'가 없는 이들의 현실 속을 무서운 가속도로 질주한다. 이 속도의 후면에는 언제나 불안이 도사리고 있다. 흡사 자동차가 속도를 올릴 때, 탑승자가 느끼는 쾌감과 불안이 동반상승하는 것과 같다. 배꼽 밑에 화살 문신이 있는 여자 아이와 여관에 장기투숙하면서, 마트에서 도둑 쇼핑을 즐기고, 여관에서 섹스를 나누고, 여자 아이의 음모를 밀고, 단란주점에 나가고, '삑치기'를 하는 등, 그들의 일탈적인 삶의 양태는 광기 어린 질주에 가깝다. 그 질주와 함께 불안도 증가한다. 그들의 불안 은 달리는 차 안에서 훌렁훌렁 옷을 벗어도, 비상구(여자의 성기)를 아무 리 깨끗이 닦아도, 음모를 모두 밀어버려도 사라지지 않는다.

작가가 이 작품에서 설정한 화자는 '올 겨울만 지나면 스물하나가 되 는' 가출 청년이다. 따라서 작품의 서술 레벨은 화자의 시선과 의식 수준 을 벗어날 수 없다. 이 작품에 질펀하게 깔려있는 낯 뜨거운 비속어와 은어들이 어색하게 느껴지지 않는 이유가 여기에 있다. 그의 소설이 속도 감 있는 단문 위주의 문체로 씌어지는 것은, 기실 서술자의 설정과 깊은 연관이 있다. 서술자를 이렇게 설정한 이상, 사태에 대한 진지한 접근은 애초부터 봉쇄되어 있는 것이다.

"어 , 뻐 오네. 잠깐만."
잠시 전화기를 들고 아무데나 번호를 돌리고는,
"아 형. 저 우현인데요. 예, 예, 곧 갈게요."
다시 당구대로 돌아와 같이 치던 인간들에게 야부리를 깠다.
"야, 나 먼저 간다. 형들이 찾네."
"아, 저 씹새끼, 돈 따먹고 그냥 빠지네."
"아이씨, 일이 그렇게 됐다. 담에 보자."

"퍽큐다."

(「비상구」, 『당신의 나무』, 49쪽)

　위와 같이 젊은 아이들이 내뱉는 천박한 어법들은 나름의 리얼리티를 획득하고 있다. 대화와 지문 모두 그들의 시선과 의식에 맞춰져 있기 때문에 진술의 무게감은 모두 제거된다. 물론 그 젊은이들의 비정상적인 삶에 대해서 독자가 즐거움을 느끼든, 페이소스를 느끼든 모든 것은 독자의 몫이라 할지라도, 서술의 속도감과 가벼움은 그의 소설에서 발견할 수 있는 독특한 미감이다.

　김영하의 소설에 나타난 속도의 미학은 질주 본능에 가깝다. 그의 소설은 그동안 문학이 수행해 왔던 일련의 훼방형식을 통한 인식의 지연, 시간의 멈춤, 사유의 틈 등을 일시에 제거해 버린다. 영상문법에 길들여진 대중은 자신들의 시각을 불편하게 하게 하는 것을 원하지 않는다. 여기서 불편하다는 것은 진지하거나 심각한 것, 난해한 것, 생각해야 하는 것, 정보량이 불충분한 것 등을 말한다. 그들은 의식적이든 무의식적이든 자신의 잠든 의식을 깨우기 보다는 안일한 현실에 안주하기를 원한다. 현대 사회를 지배하고 있는 강위력한 영상문화는 수용자가 텍스트의 빈틈gaps을 메우기 위한 해석학적 가능성을 이미 봉쇄하고 있다.

　그의 소설에서 일체의 해설적 지문이 생략된 채 연속되는 일상적 대화, 직선적·평면적인 서사 방식, 조금의 지연도 없는 동시적인 서술 속도는, 가벼움과 속도에 취한 우리 시대의 문화와 나름의 상동적 관계를 맺고 있다. 따라서 그의 소설은 속도의 동력학적 관계에 있어 현재의 문화적 상황과 유사한 맥락에 놓인다.

4. 소설의 동력학적 위상학

노새에 목에 밧줄을 묶어 스포츠카에 매달아 보자. 이 미친 짓을 실제로 한다고 가정하면, 노새는 차가 속력을 높이기 전까지는 제법 쫓아오다가 버틸 수 없는 한계 속도에 이르면 달리는 스포츠카에 짐짝처럼 매달려 끌려가다가 결국 죽게 될 것이다. 잘 알려진 대로 암말과 수나귀 사이에서 태어난 잡종인 노새는 몸이 튼튼하고 힘이 세어서 무거운 짐을 나를 수는 있어도 결정적으로 생식능력이 없다. 생식에 필요한 유전자의 감수분열이 일어나지 않기 때문이다. 그러나 미래의 유전공학은 노새가 생식능력을 가질 수 있도록 유전자를 변형시킬 수도 있을 것이다.

단문형의 감각적인 문체와 속도감 있는 서사의 진행은 대중적인 호응을 얻을 수 있겠지만, 가독성readability이 높은 텍스트가 곧 좋은 작품이라는 등식은 성립할 수 없다. 소설이 문화의 속도에 마춰되어 갈 때, 멀티미디어의 광휘는 이를 비웃으며 초스피드로 질주한다. 독서의 과정에서 사유의 틈과 여백으로 작용하던 텍스트의 미감이 이제 던적스러운 수사학적 장치에 지나지 않는다고 판단하고 시대의 속도를 따라가는 것은, 노새를 스포츠카에 매달고 질주하는 형국이 아닐까. 그럼 문학은 간 곳이 없고 속도의 처참한 시체만이 남을 뿐이다.

문학의 유전자에 생식이 가능하도록 애니메이션, 영화, 드라마, 테마파크, 각종 디지털 콘텐츠 산업이라는 문화산업의 약물을 투여해 보자. 힘이 좋아 무거운 짐도 잘 나르는 노새는 온 데 간 데 없고, 수많은 변종들이 만들어질 것이다. 문학은 각종 미디어에 밑천을 대주고 그렇게 만들어진 문화상품은 날개 돋친 듯 팔려나갈 것이다. 이 때 만들어지는 수많은 잡종들은 서로가 서로를 변형시키며 그 가속도의 힘으로 질주할 것이다.

소설이 문화의 가속도를 닮아간다는 것은 위험한 일이다. 아무도 이러한 상황에 빨간불을 켜지 않고 있는 것은 더욱 위험하다. 서두에서 제시한 $F=ma$라는 뉴턴의 운동 제2법칙을 다시 이 자리에 불러와 보자. 물체의 가속도의 크기(a)는 물체에 가해지는 힘(F)의 크기에 비례하고 물체의 질량(m)에 반비례한다. 소설이 속도라는 문화적 압력(F)을 견디지 못하고, 앙상한 몸(m)으로 질주할 때, 그 가속도(a)는 스스로를 파멸로 이끌지도 모른다.

근대 이후, 소설은 자신의 질량을 늘려왔다. 역사와 이념과 계몽 의식이 그 무게를 만들어낸 것이다. 이 모든 것이 허물어져버린 지금의 상황에서 문학을 바라보는 것은 체중조절에 실패한 권투선수의 무기력한 경기를 관전하는 것과 비슷하다. 소설이 속도의 경쟁에서 이길 수는 없다. 일체의 수사학적 기법이 제거된 문장, 속도감 있게 읽히는 단문, 직선적·평면적 서사구조, 지문이 소거된 드라마적 대화법, 조금의 사유의 틈도 허락하지 않는 동시적 서술 속도, 사유의 깊이를 허락하지 않는 서술자의 선택 등 김영하의 소설의 모든 기법들은 속도와 가벼움으로 요약할 수 있는 현대의 문화적 현상과 상동적 관계에 있다. 나는 그의 소설을 읽으면서 빨랫줄처럼 뻗어있는 소설의 서사구조와 속도에 불안감을 느낀다. 「비상구」식으로 말하면, 소설이라는 고물 엑셀을 타고 자유로를 질주하는 것이다. 아도르노의 말처럼, 예술은 문화의 감각적 표면구조가 지니는 기만성에 협화음보다는 불협화음으로서 쾌락을 만들어낸다. 이것이 세계의 광포한 속도가 주는 위협에 대항하는 문학의 브레이크 페달이며, 속도의 정치학에서 문학이 차지하고 있는 위상학적 자리이다. 현재 우리 소설에서 풍부한 사유의 깊이와 미학적 상상력으로 만들어진 긴 호흡의 서사가 필요한 이유가 여기에 있다.

(『문학과 경계』, 2005년 가을)

장사꾼의 예술 혹은 딜레탕트
—문화산업시대의 예술론 비판—

> 예술의 세계에서 자신의 능력을 발휘해 보려고 애쓰는 삶의 모습보
> 다 더 초라한 광경이 어디 있겠습니까? 우리들 예술가들은 누구보다
> 도 딜레탕트를 가장 근원적으로 경멸합니다.
> —토마스 만, 「토니오 크뢰거」, 『토니오 크뢰거/트리스탄』, 민음사, 1998, 57쪽.

1. 현대예술과 비평의 문제

토마스 만Thomas mann의 소설, 「토니오 크뢰거」는 예술가와 현실의
갈등 관계에 대하여 말하고 있다. 이는 '토니오 크뢰거'가 '리자베타 이바
노브나'에게 소설가로서의 자신의 정체성을 주장하는 부분에서 세밀하
게 언급된다. 이 대목에서 가장 중요한 것은 예술이 시민으로서의 직업이
아니라 이미 운명적으로 정해진 저주받은 직업이고, 인간적인 빈곤화와
황폐화를 전제로 하고 있다는 사실이다. 예술은 경험적 현실에 대한 부정
이고 이것은 근대의 제도적 일상 속에 존재하는 여타의 직업들과 뚜렷하
게 구분된다.

이러한 맥락에서 그가 가장 경멸한 것은 예술에 대한 미적 감식안과
비판정신이 결여되어 있는 문화적 풍토, 즉 딜레탕티즘이다. 예술이란
생활인이 한번쯤 예술가가 될 수 있으리라는 망상(「토니오 크뢰거」, 57
쪽)에서 얻어지는 것이 아니기 때문이다. 이렇게 예술을 한낱 여기餘技나
도락道樂으로 취급하는 경향은 현재 문화산업의 논리 하에서 문화의 생
산, 유통, 소비의 전과정에 광범위하게 퍼져 있다.

예술의 탈예술화를 지향하는 현대 문화산업은 예술의 개념을 다시 설정해야 할 지경에 이르렀다. 아도르노T. W. Adorno는 문화산업에 의해 어떠한 사물적 성격과도 결합하지 않은 예술의 미메시스적 계기까지 헐값에 팔게 되었다고 지적한다. 예술의 상품적 가치는 과학 기술의 손을 빌어 대중에게 보다 손쉽고 빠르게 전달된다. 여기서 과학 기술에 종속되는 예술의 문제가 발생하는데, 이것이 소위 '문화 콘텐츠'의 개념 이다. 이 용어만큼 현대예술의 위기를 잘 설명해 주는 것도 없다. 콘텐츠 란 매체에 실려 전달되는 내용물의 총칭이다. 대량의 기계 인쇄가 가능 해진 근대 서적 출판의 경우도 책의 내용은 하나의 콘텐츠이지만, 책이 라는 매체가 창작물의 자율적 가치를 억압하지 않는다. 그러나 소위 디지털 콘텐츠나 멀티미디어 콘텐츠의 개념은 매체를 통한 상업적 활용 의 계기를 만들고자 예술을 내용물로 채운다는 의미를 강하게 내포하고 있다. 여기서 예술과 매체의 관계가 전도되고, 예술가는 완전한 상품으 로 만들어지기 이전의 반자재半資材를 공급하는 수공업자에 불과하게 되는 것이다.

그러나 현대예술이 봉착한 이러한 위기 상황에 대해서 큰 두려움을 가지지 않고 있다는 것은 더욱 이상한 일로 여겨진다. 정치권에서도 엄청 난 부가가치를 올릴 수 있는 문화산업을 적극적으로 육성해야 한다고 말하고 있고, 대학에서도 디지털 콘텐츠를 개발하는 학과가 생겨나고 있으며, 여기서 배출된 인력들은 문화 콘텐츠 개발가가 되어 문화산업의 현장에 뛰어들고 있다. 또한 학계에서는 영화, 애니메이션, 대중광고, 대 중음악, 대중미술, TV, 라디오, 대중신문 등 대중문화 전반에 걸쳐 학문적 담론을 만들어 내고 있다. 뿐만 아니라, 근대의 예술 제도로서 가장 확실 한 지위를 보장 받았던 문학이 디지털 매체와 결합하여 복합 미디어 장르 를 형성하는 것을 전방위적으로 옹호하며 문학의 근대적 지위를 무기력 하게 만들고 있다. 이러한 대중예술의 발호는 '즐거운 문화 읽기'와 같은

TV 프로그램의 부드러운 미소와 경박함으로 대중에게 다가간다. 이것이 현대 문화의 옹호자들이 말하는 예술의 대중화이고 민주화이다.

대중예술에 대한 연구가 미학적 감식안과 비판을 전제로 한다고 하자만, 이에 대해 냉혹한 판단을 내릴 수밖에 없는 것이 현실이다. 대중예술에 대한 비평 역시 상업화되어 있기 때문이다. 전통적인 문학 텍스트에 대한 비평이나 연구에서 대중예술에 대한 비평작업으로 확대되는 현상 Literary into cultural studies의 근저에 자리 잡고 있는 대중예술에 대한 미학적 옹호나 학문적 수용은 그 자체로서 파퓰러리즘popularism의 혐의를 지울 수 없는 상황이다. 더불어 또 하나의 역설적인 상황은 텍스트는 대중예술인데, 만들어지는 비평이나 연구물들은 대중이 수용하기 어려운 고급담론이라는 데 있다. 이러한 문제는 창작→비평(연구)→이론에서 다시 창작으로 이어지는 순환 고리를 끊어버리기 때문에, 그 자체로 공허하다. 결국 이러한 대중문화 연구란 엘리트주의의 다른 이름이라고 말할 수 있다.

이렇게 현대문화산업은 예술을 기계적인(혹은 디지털적인) 생산수단에 맡겨버림으로써 그 가치를 변질시키고 있다. 예술가는 한낱 콘텐츠 제공자로서 문화산업의 요구에 강요당하고 있으며, 이렇게 강요된 예술은 그 자체로 딜레탕트하다. 그에 영합하는 비평과 연구 행위도 이에서 멀지 않은 지리에 있다.

2. 훼손된 예술적 가치와 그 복원 가능성

고대 사회에서 시인이란 일종의 샤먼적 기능을 담당했고, 이러한 기능이 탈마법화되면서 중세적 문인은 문사적文士的 지위를 가지며 관료와 같은 정치적 기능을 담당했다. 시인이나 소설가가 예술가이라는 등식이 성립된 것은 근대적 문학제도가 자리를 잡고 나서의 일이다. 그러므로 예술이란 하나의 제도로서 어떤 장르라 할지라도 그 자체로 존재 방식이 아프리오리한 것은 아니다. 여기서 문제 삼고자 하는 것은 근대의 문학 제도 안에서 예술가의 존재방식이 후기산업사회의 문화산업 논리 안에서 또 다른 방식으로 재규정되고 있다는 점이다. 이것은 근대적 예술가로서의 시인, 소설가가 콘텐츠 제공자로 변모되면서 감당해야 하는 사회적 박탈과 압력으로 나타난다.

이러한 현대예술의 제문제에서 예술가가 감당해야 하는 고통을 형상화한 작품이 윤대녕의 「찔레꽃 기념관」(『그가 걸어간다』, 문학동네, 2004)이다. 이 작품의 주스토리 라인에서 남자는 에로 비디오의 시나리오를 각색하는 소설가이고, 여자는 폐업 상태의 방송 드라마 작가이다. 이 둘을 매개하는 것은 같은 오피스텔에 살고 있다는 표면적인 것에 있지 않고, 부스토리 라인에서 제시되는 과거의 일들이다. 남자의 기억 속에서 언제나 시인으로 남아있는 이발사와 평생 시와 더불어 살았던 은둔 시인인 여자의 아버지에 대한 기억이 바로 그것이다. 이 둘은 다시 찔레꽃이라는 상관물에 의해서 다시 결합되는데, 이발사를 추억하는 남자는 유년 시절 시골의 이발소 주위에 무리지어 피어 있던 찔레꽃이고, 시와 함께 은둔했던 아버지를 추억하며 자신의 아버지를 가난한 선비와 동일시하는 여자에게는 선비의 집 둘레에 울타리로 심어져 있던 찔레꽃이다.

소설은, 달걀을 들고 이발소에 가는 것이 자연스러웠던 농경문화권의 이발소에 대한 기억을 먼저 제시한다. 주위에 찔레꽃이 피어있는 이발소에는 당시 박정희 정권의 폭압이라는 시대적 절망을 스스로 견디며 살고 있는 이발사가 있다. 어린 시절의 화자는 '짐승 대신 사람이 우리에 갇히는 시절'(165쪽)을 이해하지 못한다. 장차 뭐가 되고 싶으냐는 이발사의 질문에 대한 '나'의 대답이 이를 보여준다. 당시의 '나'는 확성기처럼 떠들어 대는 라디오의 말을 그대로 믿고, 박정희를 밀가루 대통령으로 우상화하며, 혁명을 일으켜서 사람들을 잘살게 하는 군인이 되고 싶다고 말한다. 이에 놀란 이발사는 나의 귓바퀴 아래를 베게 되고, 이발소 안을 서성거리던 돼지의 아랫배를 거칠게 차 내쫓는다. 그리고 한층 누그러진 음성으로 다음과 같은 말을 나에게 털어놓는다. 물론 이 말 역시 어린 '나'가 이해하지 못했음은 당연하다.

> "나는 시인이 되고 싶었단다. 하지만 시가 아무짝에도 쓸모가 없다는 것을 알고 그만두었다. 총칼 앞에서 시가 얼마나 무기력한지 이 두 눈으로 똑똑히 보았던 것이다. 그래서 나는 시인이 되기를 포기했다. 시는 또 밀가루처럼 사람을 먹여살리지도 못하지. 그것은 그저 어두운 처마 밑에 홀로피어 있는 들꽃 같은 거야."
>
> (167-168쪽)

폭압적 시대 현실 앞에서 시가 무기력하게 느껴졌다는 이발사의 진술은 현실 참여를 강요받던 시대의 문학관으로 이해할 수 있다. 기실, 문학의 사회적 효용은 직접적인 형태를 취하지 않는다는 사실은 널리 알려져 있다. 사회에 대한 자립을 의미하는 예술의 자율성은 사회적 성격을 직접적으로 드러내는 명목론과 대립된다. 예술이 사회와 관계 맺는 방식은 극히 간접적인 형태로 나타나기 때문에 세계에 대한 직접적인 실용성을 강조하지 않는다. 실용성이 강조되었을 경우, 예술은 스스로의 존립 기반을 잃고 하나의 이데올로기로 정식화되기 때문이다. 시가 '어두운 처마 밑에 홀로피어 있는 들꽃'이라고 말하는 이발사의 자조 어린 발언은 오히려 사회와 대립되는 문학의 존재 의미를 환기하고 있다.

'감상에 의지한 채 앞으로 어찌될지 모를 운명에 자신을 맡기고 인생을 표류하고 싶지 않았다'고 말하며 군인이 되고 싶었던 유년 시절의 화자는 10·26사태와 대학 생활을 경험하면서 군인에 대한 자신의 생각이 낭만적인 발상이었음을 알게 된다. 그러나 '들끓는 내면의 총화가 군인이라는 표상'(170쪽)으로 오랫동안 생각해 왔던 화자는 고독과 치열하게 맞서는 순수한 군인이야말로 시인과 다름없다고 생각한다. 예술가는 억압된 것을 집중화함으로써 억압원리에 헛되이 저항하는 대신 구제받을 수 없는 세계의 조건을 내면화한다. 이것은 세계의 억압을 들끓는 내면의 의식으로 수용하고 억압을 표현하는 '고통suffering의 언어'(T. W. Adorno)이다. 고통의 언어는 이러한 조건을 동일시하고 표현함으로써 극복을 이야기할 수 있게 된다. 이것이 예술과 예술가의 존재론적 위치이다.

'나'는 서른두 살에 소설가가 되었으나 그의 삶은 순탄하지 않았다. 대학 동기인 음대 출신의 영민한 여자와 결혼했으나 엄청난 혼란과 우여곡절 끝에 다시 혼자가 되고 말았다. 그리고 그에겐 더 이상 순수한 소설가로서의 삶이 허락되지 않았다.

> 처지가 비슷한 것 같아 나는 쉽사리 사실대로 털어놓았다. 나 같은 사람도 있으니 그만 숨을 죽이라는 뜻으로. 한 달 전부터 나는 이백만원을 미리 받고 영화 시나리오 고쳐 쓰기, 말하자면 덧칠하기 작업을 하고 있었다. 돈과 함께 봉투를 받아와서 뜯어보니 코믹 에로물로 사실 내 전공과는 거리가 멀었다. 하지만 밀린 월세와 공과금 때문에 도로 물릴 수도 없었다. 아무튼 이미 두 번이나 손질을 해서 보냈는데 그때마다 군데군데 빨간 표시가 돼서 돌아왔다. 부위별로 좀더 요란하게 고쳐 쓰라는 말이었다. 그 짓을 하고 있으면 마치 한 마리 돼지를 잡고 있는 심정에 사로잡혀 때로 헛구역질이 나오곤 했다.
>
> (175쪽)

에로 비디오의 시나리오를 각색하는 '나'는 이러한 자신의 처지를 '인간 백정'이라고 자조한다. '황지연'이라는 서른셋의 여자는 꽤 잘나가던 방송 드라마 작가였으나 폐업상태에 있다. 이 둘의 동료의식은 자의든 타의든 간에 문화산업에 종사하는 사람이라는 사실에서 비롯되지만, 근본적인 것은 자신들이 설정한 예술적 가치가 더 이상 세계에서 받아들여지지 않는다는 절망 때문이다. 이러한 예술가의 절망은 파렴치한 장사꾼에게 자신을 팔아야 하는 문화산업의 논리에 기인한다.

문단 작가라고 괜히 문예영화 흉내내지 마. 한달 수입이 얼마나 되는지 모르지만 나 당신들 삶이 어떤지 대충 알아. 기초생계비 챙기기도 힘들지? 공과금 때문에 월말만 되면 다들 죽을상들을 하고 다니더군. 그래도 술담배는 못 끊데? 그러니 아르바이트라고 어설프게 대들지 말고 이참에 맘먹고 키를 돌려봐. 물고기는 미늘에 주둥이가 꿰었을 때 냉큼 건져 올리는 거야. 타이밍이 그만큼 중요하다는 거지. 손목에 힘 빼고 지금까지의 경험을 바탕으로 솜씨를 발휘해보란 말이야. 요즘 영화로 몰려드는 펀드 자금이 얼만지나 알아? 그놈의 시나리오를 찾지 못해 돈을 쓰지 못하고 있다고.

(176쪽, 강조-인용자)

'나'에게 경제적 처지 같은 현실적인 문제를 들먹이며 순수 예술의 가치를 폄하하고 현실적으로 타협하여 기회를 잡아야 한다고 말하는 자가 바로 '영화 기획자'이다. 대학 다닐 때 운동권이었음을 자임하며 스스로 386세대라고 말하는 '영화 기획자'는 '나'에게 고문 기술자와 같은 표정으로, 미친 사람으로 다가온다. 이에 '나'는 그에게 강한 살의를 품을 정도로 분노하게 된다. 이는 작가에게 가해지는 문화적 압력으로 해석할 수 있다. 여기서 말하는 문화적 압력이란 문화산업의 기획자가 가하는 순수 예술가에 대한 압박이다. '문단 작가라고 문예영화 흉내내지 마.'라는 반말투의 훈계는 우리 사회에 만연한 소위 '대박 신드롬'을 반영하고 있다. 상업적 성공이 여타의 다른 가치를 제치고 최고의 이상이자 가치로 신봉되는 것이다. 영화로 몰려드는 펀드에 대한 언급 역시 자금의 운용과 이윤의 창출이라는 상업적 가치만을 의미하는 말이다. 여기서 '영화 기획자'는 문화산업의 작동 방식을 단적으로 보여주고 있다. 소위 '기초예술'이라고 불리는 시, 소설, 희곡 창작 등은 아직 산업적으로 가공되지 않은 반자재로 인식되어 예술 자체의 독립성을 침해하고 있다. 이러한 상황에서 기초예술에 종사하는 예술가들은 문화 콘텐츠의 기초 생산자이고 이로부터 파생되는 문화들은 문화상품의 형태로 생산, 유통, 소비되며, 이러한 상업적 메커니즘은 다시 예술가들을 자본의 논리 속으로 끌어들이며 그들을 압박하게 된다.

> "그만 합시다. 시나 소설이나 어차피 찔레꽃 울타리 안에 있는 건데 요즘 시대에 누가 달걀 들고 이발소에 갑니까? 영화든 텔레비전이든 눈으로 즐기는 게 먼저인 세상인데 그렇다고 소경도 아닌 내가 그게 잘못됐다고 말할 수 있습니까? 문제는 자꾸 돈, 돈, 하고 돈을 끌어대는 겁니다. 문학이 언제 돈하고 사돈 맺은 적 있어요? 만약 그렇다고 해도 누가 사돈집 돈 빌려서 시나 소설을 씁디까? 차라리 남의 돼지를 잡아주고 선짓국이나 얻어먹고 말지. 그러니 함부로 돈을 꿔준다 어쩐다 거렁뱅이 취급하지 말란 얘깁니다. 나만 해도 최근까지 가난하다는 걸 모르고 살았는데 그것도 정보라고 일부 친절한 인사들이 거듭 찾아와 알려주는 바람에 어쩔 수 없이 인정하게 된 사실이다 이 말입니다."
>
> (177-178쪽, 강조-인용자)

'나'의 처지를 안타깝게 여긴 여자는 자신이 돈을 꿔줄 테니 '그 시나리온지 웃기는 포르논지 당장 돌려줘.'라고 말하며 궁색한 작가의 현실을 비판한다. 요즘 시대는 달걀 들고 이발소에 가는 시대가 아니며 시나 소설이 찔레꽃 울타리 안에 있다는 진술은 우리 시대 문화의 현주소를 일깨워 준다. 영화와 텔레비전에 눈을 빼앗긴 비주얼 시대에 문자 매체로서의 시나 소설은 그 자리가 협소화되고 그 위치는 찔레꽃이 피어있는 이발소로 과거의 화석화된 시간대 속에 존재한다.

여자는 옛날 가난한 선비들은 집 둘레에 찔레꽃을 심어 울타리를 삼았고, 찔레꽃이 필 무렵의 보릿고개를 나물이나 피죽으로 견디며 연명했어도 책을 읽고 글을 썼으며 운치와 격조를 잃지 않았다고 말한다. 이렇게

藝를 통해서 禮를 지켜나가는 선비의 모습은 문사文士로서의 결코 포기할 수 없는 최소한의 예술적·도덕적 가치를 의미한다. 이러한 기준을 가지고 있는 그녀에게 현대 대중예술의 미학은 비판의 대상이 된다.

> 그러니 만인을 상대로 하는 텔레비전 드라마라는 것은 오죽하겠어요 무슨 얘기냐면 뼈를 솥에 넣고 몇 번 됐든 계속 우려먹는 거예요 그런데도 사람들은 또 봐요. 뻔히 줄거리를 눈치채고 있으면서도 말예요. 실은 뻔하니까 보는 거겠죠. 시청자들은 조금이라도 자신과 상관없는 얘기라고 생각되면 바로 채널을 돌려버려요. 심기가 불편한 거죠. 화를 내고 있는 거예요 텔레비전이 상품 광고나 하면 되지 왜 쓸데없이 시청자를 자극하냐는 거죠. 타락한 목사한테 안수기도를 받는 것처럼 대개는 적당히 안도감을 가지고 즐기는 것으로 만족하죠.
>
> (185쪽)

이러한 대중예술의 미학을 한 마디로 표현한다면 상투성, 통속성, 인습성이라고 말할 수 있다. 그러나 최근의 대중예술이론은 문학 텍스트가 항구적이며 보편적인 본질을 가진다는 견해를 정면으로 반박하면서 대중문화는 배제하고 특수한 문학 텍스트만을 정전Canon안에 보존했던 이항대립은 지지받을 수 없다고 주장하고 있다. 또한 이들은 대중예술에 대한 가치평가 절하에는 문화에 대한 엘리트주의적 관점이 작동하고 있다고 보고, 이러한 문화적 과두정치 체계를 불식시키고자 한다.

그러나 대중예술의 통속성이라고 하는 미학적 본질을 인정하고, 고급예술과 대중예술의 이분법적 경계를 폐기한다고 할지라도, 대중의 심기를 조금도 불편하게 하지 않고 안도감 속에 순응케 하는 문화 자체를 긍정할 수는 없다. 물론 평균적인 가치와 규범 안에서 작동하는 대중예술의 통속성 때문에 대중들은 그 감상의 대가로 위안을 얻게 되지만, 이러한 문화가 가지는 결핍을 무비판적으로 옹호할 수는 없다. 더구나 이러한 대중예술의 메커니즘이 예술가에게 가하는 폭력이란, 예술을 메뉴팩처링manufacturing화 하도록 강요하고 있다는 데 있다. 따라서 얼빠진 순응적 예술을 대량 생산하게 하는 문화산업의 논리는 자본의 증식을 위해 모든 예술을 도구적으로 활용한다.

한편, 대중문화에 대한 사회학, 미학, 기호학 등의 학술적 접근도 발호하는 대중예술과 관련을 가진다. 여기서 말하는 관련이란 대중문화에 대한 반동일시Counter-Identification와 동일시Identification를 모두 포함한다. 대중영화, 대중음악, 대중광고, 대중만화 등의 대중예술에 대한 접근은, 그 속에 포함되어 있는 심미적·문화적 의미를 비판적 감식안으로 분석하는 행위이든, 그에 편승하여 대중성과 흥행성을 분석하는 행위이든, 자본의 논리에 의해서 가치증식하는 대중예술을 바로 잡는 데 기여한다고 보기 어렵다. 최근 문학 분야 학회의 학술발표대회는 대중문화와 직·간접적으로 관계된 주제를 설정하는 것이 유행처럼 번지고 있다. 소설이 영화로 어떻게 개작되었다든지, 영화적 기법이 소설 속에 어떻게 수용되었다든지, 대중영화의 흥행성 분석이라든지, 「아버지」나 「가시고기」등의 대중소설에 대한 연구라든지, 광고 이미지에 대한 문학적 연구라든지, 각종 대중문화에 대한 기호학적 연구라든지 하는 일련의 문화연구가 그러하다. 거칠게 나열한 이러한 문화연구들은 그 분석의 방법이나 성과가 극히 제한적이다. 예컨대, 소설이 영화로 개작되어 통속성이 어떻게 강화되고, 무엇이 어떻게 창조적으로 변용되었다는 식의 연구는 그 사실의 단순함과 명백성 때문에 큰 의미를 지니지 못한다. 대중영화에 대한 흥행성 분석 같은 것은 그 연구가 학술 연구인지 영화 제작사의 수용자 분석인지 의문스럽게 한다. 대중소설이 갖는 최루성의 미학을 그 속에서 재확인 하는 것은 역시 의미가 없다. 대중광고의 이미지 연구는 문학 연구의 영토 확장으로 긍정할 수 있을지 모르나 대중문화 연구의 외피 속에 문학연구 방법론을 감춘 것에 지나지 않는다. 각종 대중문화에 대한 기호학적 접근 역시 지배담론을 착색하고 있는 대중문화에 대한 세밀한 분석 이상의 의미를 지니지 못하는 경우가 많다.

「찔레꽃 기념관」에서 그녀의 아버지는 등단 시인이었다. 대학에 입학한 후에 우연히 대학 도서관에서 아버지의 시집을 보게 된 그녀는, 자궁암으로 먼저 세상을 떠난 어머니의 무덤으로 달려가 눈물을 흘린다. 그녀의 아버지는 더 이상 시집을 내지 않았을 뿐 계속해서 시를 쓰고 있었다. 집 주위에 찔레꽃을 울타리로 삼고 은둔도 또 하나의 시쓰기라고 생각하며 살았던 것이다. 그녀의 이야기를 들은 '나'는 심한 부끄러움에 사로잡히게 된다. 그녀와 함께 영화진흥공사 앞을 지나고 있던 '나'는 자신이 지금 개작하고 있는 시나리오도 영화로 만들어지면 형식적인 심의를 받게 될 것을 생각하고 소름끼쳐 한다. 이제 그는 에로 비디오 시나리오를 만드는 자신을 정육점에 내걸릴 짐승을 잡는 백정으로 생각하며, 대학 시절 술에 취하면 백난아의 '찔레꽃'을 계속해서 부르고 자신의 감수성과 시대적 현실 사이에서 갈등하던 시절을 가슴 아프게 회억한다. 그리고 다시 유년 시절의 이발사를 떠올린다. 작가로서의 순수성을 지키지 못하고 있다는 사실을 조소하고 있는 '나'의 가슴에는 어린 시절 이발사가 자리하고 있다. '나'는 이발사가 그녀(황지연)를 키워준 은둔의 시인과 동일인인지 아닌지 의문을 갖게 된다. 그녀는 자신의 아버지가 이발사와 동일인이 아님을 수차례 강조하지만, '나'는 아버님을 한번 뵈러 갈 수 있겠냐는 느닷없는 요구를 하게 된다. 다시 그녀는 만일 두 사람이 같은 사람이라 할지라도 누추한 과거를 끄집어낼 필요가 있겠냐며 그대로 놔두는 게 좋을 것 같다고 말한다.

"앞으로 얼마나 더 고된 날들이 계속될지 모르지만 여기서 버티는 데까지 버텨볼 작정이에요. 돈을 벌어 나중에 아버지가 돌아가시고 나면 시골집을 개조해 조그만 기념관을 만들어드리려고 했는데…… 비록 시집은 한 권밖에 내지 않으셨지만 누가 뭐랄 것도 없잖아요?"

"그야 그렇죠."

나는 반사적으로 넙죽 되받았다. 현실적으로는 실현 불가능한 얘기지만
또 그러지 말란 법도 없었다. 만약 그럴 수 없더라도 그녀 자신이 바로
그 기념관이 되리라고 나는 생각했다. 앞으로 그녀가 무엇을 하고 또 어디
에 존재하든 그 둘레에는 찔레꽃이 하얗게 피어 있을 터이었다.

(200쪽)

그녀가 만들고 싶어하는 아버지의 '기념관'은 이 작품에서 중요한 의미
를 지닌다. 시집 한 권 이외에 어떤 가시적인 문학적 업적도 없는 아버지
이지만, 그녀에게는 시인으로서의 자존을 지키며 선비처럼 살다가 사람
으로 기억될 것이기 때문이다. 여기서 '기념관'이란 우리 시대의 순수
예술과 예술가들의 존재 방식을 대변한다. 기념관은 현실에는 더 이상
존재하지 않는 과거의 시간 속의 것들로 이루어진다. 현실에서 문학적
가치는 훼손당하고 상실되었으니, 진정한 문학적 정신이란 그녀의 부친
의 '기념관'과 '나'의 유년시절 이발소에서나 발견할 수 있으며, 이들은
모두 찔레꽃으로 울타리를 삼고 어떠한 시련에도 굴하지 않고 스스로
고고하게 살던 선비라는 점에서 동일하다.

여기서 '찔레꽃'이란 바로 예술이 현실과 관계 맺는 통로이자 그 경계
의 표지이다. 예술과 현실의 관계는 아도르노가 말한 바와 같이 '창문
없는 단자monad'로 맺어져 있다. 예술과 현실은 직접적인 반영의 관계가
아니라 극히 간접적인 형태로 닫혀 있으면서 열려 있는 모순된 관계에
있다. 여기서 찔레꽃이 바로 그 경계를 나타낸다. 찔레꽃이 없으면 예술
과 현실은 한 몸이 되기 때문에 찔레꽃 울타리를 사이에 두고 비판적
거리를 유지한다. 과거의 시간대 속에서만 찾을 수 있는 화석화된 문학적
진실은, 그 찔레꽃 울타리를 의식하는 자들에게는 언제나 현실적으로
살아있다. 냉면 그릇에 은화를 모으며 치열하게 냉혹한 현실을 견디며

살고 있는 그녀 자신이 찔레꽃인 셈이다.

3. 문학, 다시 무엇이 문제인가?

이 글에서 필자는 윤대녕의 「찔레꽃 기념관」의 창窓을 통해서 현대
사회의 문화를 지배하고 있는 문화산업의 논리와 함께 그에 대한 학술적
연구인 문화연구를 동시에 비판적으로 거론하였다. 문화생산과 연구에
있어 딜레탕티즘에 빠져있는 천박한 문화적 상황을 극복할 수 있는 대안
은 무엇일까? 대중과 더욱 긴밀하게 손을 잡는 일일까, 아니면 문학주의
로의 강력한 되구부리기가 필요한 것일까, 문학 연구는 문학이라는 좁은
정전의 울타리를 넘어서 대중문화 분야로 발산해야 할 것일까, 문화산업
의 경쟁력을 키워 문화 선진국으로 가야하는 것일까? 이 난해한 질문에
선뜻 무엇이 옳다고 말할 수 있을까?

이 질문들은 일견 모두 옳을 말일 수 있으나 각각의 관점에 따라서
상충된다. 중요한 것은 포기할 수 없는 문학적 진실이 바로 '찔레꽃
울타리' 속에 존재한다는 사실이다. 혹자는 엘리트주의적이고 봉건주
의적인 예술관이라고 비판할 수 있다. 하지만 자신의 존립 근거를 포기
한다면, 간과 쓸개를 모두 다 내어준 꼴이 된다. 토마스 만에 의하면
예술가는 시민적 직업이 아니다. 예술성은 시민성과 대립한다. 예술은
현실에 대한 부정의 변증법 위에 존재한다. 여기서 단순한 합습이란
있을 수 없다. 아도르노의 말대로 예술은 사회적 저항력으로 생명을
부지하기 때문이다.

이러한 예술의 자율성 개념은 분명 역사적 맥락 속에서 형성되어진
것이지 선험적인 것은 아니다. 그것은 근대문학이 하나의 제도로서 예술
을 내면적으로 지배했기 때문에 얻어진 것이다. 그렇다고 문화산업의
논리 하에서 기계적·산업적 재생산의 수단으로 전락한 예술의 가치를

자명하게 받아들일 수는 더더욱 없다. 전술한 바와 같이, 문화 콘텐츠 개념은 예술 창작자들의 가치를 훼손하고 있다. 이것은 예술을 1차 산업으로 이해하고 있다는 데 문제가 있다. 콘텐츠 개념이 완제품으로 가공되기 이전의 것, 단순한 재료인 것, 미디어에 탑재되기 이전의 것을 함의하고 있기 때문이다. 소설이 영화로 개작될 때, 소설은 영화의 원자재가 아니라 각기 독자적 위치를 점유하고 있다. 안정효의 말처럼 소설이 밀가루라면 영화로 풀을 쑤든 그것은 원작인 소설의 몫이 아니기 때문이다.

문학은 다시금 '찔레꽃 울타리'를 필요로 한다. 그 경계선은 문화의 이분법적 경계선이 아니라 현실에 대한 비판적 감식안과 거리두기를 의미한다. 문학이 교환가치의 지배권 속에서 콘텐츠 개념으로 전락한다는 것은 문학의 사물화를 의미하기 때문이다. 우리 시대의 문학·예술이 '찔레꽃 기념관' 속에 갇혀 있다할 지라도 예술가 스스로가 찔레꽃을 피우고 서 있다면 그 자체로 기념관의 정신은 영속된다. 더 이상, 예술가를 '인간 백정'으로 만들지 않으려면, 반자재를 생산하는 가내 수공업자로 만들지 않으려면, 예술의 1차 산업 종사자로 만들지 않으려면 말이다. 이것이 딜레탕티즘에 빠진 예술을 구원하는 길이다.

(『오늘의 문예비평』, 2005년 가을호)

최근 소설에 나타난 일상의 풍경
—박민규 · 이만교 · 김경욱 · 백민석의 近作에서—

　이 글은 최근 소설에서 형상화된 집 · 노동 · 性 · 미디어 · 표정 등 현대사회의 일상을 구성하는 다양한 양상을 분석함으로써 현대사회를 바라보는 젊은 작가들의 시각을 살펴보는 데 목적이 있다. 90년대를 거치면서 지금의 우리 소설에서 여성의 자의식을 표출하기 위해 단골메뉴로 등장했던 불륜 소재 소설들은 퇴조하였고, 일상생활을 심미화하며 멋들어진 도시적 주인공의 일상을 과잉되게 표현하였던 이른바 댄디즘 소설도 사라졌다. 또한 지난 연대의 노스텔지어를 자극하며 유행처럼 번지던 7 · 80년대 배경의 소설들도 이제 힘이 빠졌다.

　거품경제가 사라지듯이, 이러한 것들이 걷히고 나면 적나라하게 드러나는 것이 바로 일상이다. 음험한 일상 속을 파고드는 최근의 소설은, 문학적 수사의 외피를 쓰고 현실의 첨예한 문제를 왜곡하거나 방기하기보다는, 관념으로 대체될 수 없는 일상의 미시적 문제를 구체적으로 형상화하고 있다. '주체의 위기'를 걱정하는 시대에 현실에 대한 구체적인 시선을 던지는 일군의 젊은 작가들에 의해서 그 대안이 모색되고 있는 것이다. 이는 문학이 수행하는 사회적 주체성(주관성)이다. 이들의 소설은 '근대문학의 종말'을 이야기하는 시대에 여전히 문학적 에크리튀르 écriture가 유효함을 말해 준다. 문학이 사회적 길항력을 상실하고 오락화하여 대중문화의 컨텐츠로 전락하는 것은 문학의 수명을 단축시키는 일이다. 문학을 하나의 컨텐츠 개념으로 인식함으로써 문학은 매체에 종속되며 문학 저작의 특수성은 사라진다. 올바른 문학은 사회와의 불협화음으로 생명을 부지하기 때문이다.

　이러한 의미에서 최근 젊은 작가들이 풍자satire의 기법으로 일상적 삶의 문제를 형상화하고 있다는 점은 매우 시사적이다. 우리가 어디에서 살고 있으며, 살 곳을 얻기 위해 어떻게 버둥거리며, 살기 위해 어떻게 일하며, 누구와 어떻게 만나서 섹스하며, 가상세계와 현실공간은 어떠한 관계로 맺어져 있으며, TV와 같은 미디어는 우리에게 어떠한 영향을 미치고 있으며, 어떠한 표정으로 살고 있으며, 왜 무엇 때문에 일상을 벗어나려 하는가, 라는 우리 시대의 총체적 현실이 그 시선 속에 녹아있다. 이는 지난 연대에 주목했던 민족·국가 내부의 문제가 아니라 세계의 대부분 문명국가의 현실과 '호환'되는 보편적 문제인 것이다. 그럼, 최근 젊은 작가들의 사회적 주관성이 일상의 미시적 영역을 건져 올리는 문학적 글쓰기를 따라가 보기로 한다.

1. 전도된 가치로서의 '집'

　박민규의 「갑을고시원 체류기」(『현대문학』, 2004년 6월호)는 90년대 폐쇄적인 구조의 고시원에 살았던 2년 6개월의 시간을 회고하는 형식을 취하고 있다. 이 작품에서 '나'는 아버지의 사업부도[1]로 인해, 친구집에 얹혀살다가 '귓속의 달팽이관 같은 고시원 끝방'에 들어오게 된다. 이 고시원의 폐쇄적인 구조는 다음과 같이 묘사되고 있다.

---

1) 박민규 소설에서 '아버지'는 대체적으로 부모로서의 따뜻함을 지니고는 있지만, 경제적 무능과 정신적 유약함을 보인다. 이러한 아버지의 무능에서 기인한 가정의 어려움으로 인해 가족은 해체되고 자식들은 어린 나이에도 불구하고 힘겨운 삶의 현장으로 내몰리게 된다. 이는 다음에 논의될 「그렇습니까? 기린입니다」(『창작과비평』, 2004년 가을호)에서 보다 강하게 나타나는데, 이는 논의의 장을 달리하여 깊이 있게 다루기로 한다.

1센티미터 두께의 베니어로 나뉜 칸칸마다 빼곡히 남자나 여자들이 들어차 있다. 그 속에서 다들 소리를 죽여가며 방귀를 뀌고, 잠을 자고, 생각을 하고, 자위를 한다. 살아간다. 생각할수록 그것은 하나의 장관이다. 뭔가 통해 있고, 비릿하고, 술렁이는 느낌이다. 어쩌면 그것은 하나의 세포막이 아닐까? 베니어의 벽에 손을 얹은 채, 나는 그런 생각에 잠기고는 했다. 문은 늘 잠겨 있고, 창문은 없다. 그저 질식을 하지 않는 것이 신기할 따름이다.

고시원은 창문 하나 없이 외부 세계와 철저히 차단되어 있고, 그 내부는 세포막 같은 얇은 베니어로 일정하게 구획되어 있는 구조를 갖고 있다. 얇은 베니어 벽은 사람들 사이를 단절하고, 의자를 책상 위로 올려놓지 않으면 다리조차 펴고 누울 수 없는 협소한 공간 속에 개인들을 유폐시킨다. 그 공간은 '방이라고 하기보다는 관(棺)'이다. 소리조차 크게 낼 수 없는 공간에서 '나'는 점점 소리 없는 인간이 되어가고, 몸은 딱딱해져 마침내 '늘 그 자리에 붙박이인 오래된 가구'처럼 되어 간다. 각자가 구획된 개별적 공간 안에 고립적으로 존재하는 모습은 전형적인 소외의 조건을 환기한다.

시절은 1991년, 더 이상 고시원이 고시 공부의 장소가 아니고 일용직 노무자들이나 유흥업소 종사자들의 여인숙 대용 역할을 하던 때이다. 하지만 그 곳에도 최후의 진짜 고시생 이 있었으니, 사람들은 그를 '김검사'로 불렀다. 바로 그와의 1센티미터 두께의 베니어판을 사이에 둔 동거가 시작된다. 고시원에 사는 대부분의 사람들은 자신의 처지를 부끄럽게 생각하여 가능한 사람들과 마주치지 않고 서로를 피하는 것이 예절로 자리 잡혀 있는데, 유독 그만은 최후의 고시생답게 보는 사람이 민망할 정도의 당당함을 가지고 있다. 그와의 갈등이 이 소설을 이끌어가는 주된 플롯이다.

고시원에 들어온 첫날, 잠이 오지 않았던 '나'는 '워크맨'을 꺼내 전혀

가사를 알아들을 수 없을 만큼의 최저 볼륨으로 쟁쟁거리는 소리를 듣다가 그의 방문을 받게 된다. 조용히 해, 그가 남긴 말과 실내 정숙에 각별히 신경을 써달라는 주인아줌마의 충고에 의해 나는 점점 소리가 나지 않는 인간이 되어 갔다. 방귀 소리도 제대로 내지 못하고 '김 검사'를 의식하며 살던 '나'는, 어느 날 묘령의 여자 앞에서 울고 있는 그를 발견하게 된다. 방에 돌아와서도 슬픈 벌레 같은 그의 울음소리는 멈추지 않았다. 결국, '김 검사'는 거듭된 낙방 끝에 낙향을 하게 되고, '나'의 형은 감전 추락사로 죽고 그도 '갑을고시원'의 공간과 닮아 있는 납골당 속에 안치되었다.

작가의 말대로, 모두가 자신의 밀실 속에서 희로애락을 겪으며 살고 있다. 그로부터 10년이 지나, 그때의 일을 회상하는 '나'는 작은 임대아파트를 마련했지만, 여전히 밀실 속에 살고 있는 느낌이라고 말한다. 한때, 고시원 방에 있던 '나'의 386 DX-II 컴퓨터는 지금은 용도폐기되었지만, 한 때는 '나'의 전재산이었고, 우리는 그와 같은 것을 모으고 지키기 위해서 살고 있는 것이라고 말한다.

박민규가 그리고 있는 90년대 고시원의 풍경은, 사람이 집에 살고 있는 것이 아니라 집이 사람을 담고 있는 전도된 형국을 보여준다. 숨소리도 제대로 낼 수 없었던 공간에서 지냈지만, 회상의 시점에서 10여년 멀어져 있는 지금의 '나'는 과거를 비교적 긍정적으로 추억할 수 있는 여유도 갖게 되었다. 그러나 마치 가구家具와 같이 붙박이로 고단한 삶을 살고 있는 지금의 자신의 모습이 과거의 고시원의 연장선상에 놓여 있다는 사실도 함께 느낀다. 문제는 공간의 크기에 상관이 있는 것이 아니다. 그 어떤 형식의 공간이라도 쉴 수 있는 밀실은 필요하기 때문이다.

박민규는 90년대 고시원 체험기를 통해서, 폐쇄적이고 억압적인 공간으로서의 전도된 집의 의미를 보여주고 있다. 그러나 문제는 공간의 크기와 형식이 아니라 각자의 삶을 가로막고 서 있는 자신의 밀실이다. 그러므로 방은 다시 양가적인 의미를 갖게 된다. 존재를 억압하기도 하지만,

실패하거나 상처받거나 지쳤을 때, 우리가 돌아갈 곳도 모두 크건 작건 자신의 밀실이라는 사실이다.

한편, 이만교의 「쓸쓸한 너의 아파트」(『문학사상』, 2005년 1월호)는 자신의 아파트를 마련하기 위해 세들어 살고 있던 반지하 빌라에서 나와 고시원에서 숙식을 해결하며, 과도한 집에 대한 집착과 그와 관련된 애정 행각을 벌이는 남편('김선우')의 이야기와 아이를 유산하고 남편과 떨어져 친정어머니의 식당에서 일을 도우며 돈을 모으는 아내('혜민')의 이야기를 통해서, 우리 시대 왜곡된 '집'의 의미를 강하게 부각시키고 있다. 남편은 기침소리나 옆방의 책장 넘기는 소리까지 또렷하게 들릴 만큼 갑갑하고 삭막한 고시원에서 살고 있으나, 전세금과 적금을 해약하고 융자까지 얻어 새로 구입한 아파트 가격이 날이 갈수록 올라가는 행운에 만족한다. '선우'는 그 아파트에 세 들어 살고 있는 단란한 가족들을 부러워하지만, 머지않아 이 아파트에 들어와 그들처럼 살게 될 미래를 꿈꾸며 행복해 한다. 더불어 고시원에서 공인중개사 시험까지 준비하며 착실한 생활을 하던 그는, 직장 동료인 '정희'라는 여자와 한강변의 아파트를 구입하게 되는데, 이를 위해 아내가 자신의 적금으로 들고 있던 통장도 해약하고 거금의 융자도 지게 된다. 이를 계기로 아내 모르게 '정희'와의 계약 동거가 시작된다. '선우'는 주말이면 처가에 내려가지만, 나머지 시간들은 마치 신혼부부처럼 '정희'와의 달콤한 시간 속에 빠져든다. 그러나 '정희'의 생활상의 단점들이 눈에 들어오게 되고, 친구들을 재워주기로 했다며 사람들을 불러 술판을 벌이는 그녀를 더 이상 받아들이기 어려운 지경에 빠지게 된다. 더 큰 문제는 새로 구입한 아파트 시세가 주춤하자 '선우'는 융자금을 붓는 일에도 박차하기 시작한 것이다.

그러나 결국, 아내 '혜민'은 모든 사실을 알게 되고, 은행빚을 끄기 위해 자신의 아파트를 내놓은 선우는 전세를 사는 사람들에게 이민을 가게 됐다며, 아파트 구입에 관한 의양까지 타진하게 된다. 문제는 아내의 화를 돌려놓는 일. '선우'는 아내의 거부에도 불구하고 처가에 내려가 아내와의 만남을 시도하지만 실패하고, 일이 끝난 아내가 어느 사내와 호프집에서 이야기를 나누다가 그 사내의 입맞춤을 받으며 노래방 계단을 내려가고 있는 것을 발견하게 된다. 그는 그들을 따라 내려가 그들의 옆방에서 혼자 노래를 부르며 눈물을 흘린다.

지금까지의 상황은 이 작품에서 모두 9개로 분절된 소제목에 잘 나타나 있다.

> 1. 서글펐던 그해 봄 2. 희망찼던 그해 여름 3. 꿈을 꾸던 그해 가을 4. 황홀했던 그해 겨울 5. 웃음이 가득했던 그해 봄 6. 어쩌면 가장 평범했던 그해 여름 7. 위태롭던 그해 가을 8. 절망적인 그해 겨울 9. 서글픈 그해 봄

모두 9개로 구분된 소제목을 보면, 어느 해 봄부터 2년 후의 봄까지 9번의 계절의 순환과 맞물려 있다. 이 작품에서 주인공의 상황적 추이가 상승의 곡선을 그리다가 갑자기 하강하여 시작과 다시 맞물리는 이른바 돈강법Bathos의 형식은 우리 시대의 맹목적인 '집'에 대한 집착과 그 허망함을 보여주기 위한 서사적 형식이다. '집'에 부여된 한 사내의 과도한 집착이 파국을 부른 것이라고 볼 수 있는데, 이 때 '집'은 맹목적 가치의 대상이 되기 때문에 사람과 집의 관계는 전도되고 만다. 살기 위해서 집이 필요한 것이 아니라 집을 마련하기 위해서 사는 형국. 그렇기 때문에 그 목적을 위한 방법의 정당성 따위는 고려의 대상이 되지 않는다. 아내 몰래 진행되었던 '계약동거'가 바로 그것이다. 소설은 예정된 파국으로 독자를 끌고 가면서 우리 시대 전도된 '집'의 가치에 대해서 비판력을 행사하고 있다.

2. 도시적 일상과 노동

박민규의 「그렇습니까? 기린입니다」(『창작과비평』, 2004년 가을호)는 '화성인들은 좋겠다.'는 말로 시작된다. 화성인이 좋은 이유는 '나'가 그해 여름 상고商高의 여름방학 내내 아르바이트로 땀을 흘려야 했기 때문이다. 그 이유는 앞에서도 언급한 바와 같이, 아버지의 경제적 무능에서 기인한다. 아버지는 마흔 다섯에 시간당 삼천오백 원을 받으며 무슨 상사商社에 다니고, 어머니는 상가 건물을 청소하고, 집에는 병든 할머니가 있다. '나'는 오후에는 주유소, 밤에는 편의점에서 일을 하며, 시급時給으로 받은 돈을 통장에 차곡차곡 모으고 있다. 그러던 중 잘 아는 '코치형(兄)'의 소개로 시급 삼천 원을 받고 지하철 푸시맨이 된다. 시간당 삼 천 원은 주유소 시급 천오백 원보다, 편의점 시급 천 원보다 훨씬 많았기 때문이다. '나'는 '화성에 다다른 태양광선의 기분'이 되어 일을 시작한다.2) 그러나 아버지는 어린 나이에 힘겨운 일에 매달리는 '나'에게 '미안하구나.'라는 말 밖에 할 수가 없는 처지이다.

지하철 승강장에서 푸시맨 일을 하게 된 '나'는 매일 아침마다 수많은 사람들의 고통을 목격해야만 했다. 그들은 모두 열차가 들어와도 안전선 뒤로 물러서지 않는다. 그들에게 '신체의 안전선은 이곳이지만, 삶의 안전선은 전철 속'이기 때문이다. 경제적 생존을 위해서 어쩔 수 없이 출근전쟁을 치러야만 하는 이들은 다음과 같이 그로테스크하게 그려진다.

열차라기보다는, 공포스러울 정도의 거대한 동물이 파아, 하아. 플랫폼에

---

2) 이 때, '나'는 '있으나마나 받으나마나, 지구여 안녕.'이라는 말을 하게 되는데, 단순히 익살스럽게 들리는 이 말은 그의 소설에서 중요한 모티프로 작용한다. 더운 여름, 노동 시간에 비해 쥐꼬리만한 시급을 받으며 일하는 '나'에게 지구는 '덥기만 덥고, 짜디짠 지구'로 생각된다. 이 공간에서 벗어나고 싶다는 생각이 들 때마다, 그의 소설의 주인공들은 자신이 살고 있는 지구를 떠나고 싶어 한다. 이른바 탈출 모티프로 생각할 수 있는데, 이는 그의 소설 「몰라 몰라, 개복치라니」(『문학과사회』, 2004년 겨울호)에 잘 나타나 있다. 이는 이 글의 마지막 장에서 세밀히 들여다보고자 한다.

기어와 마치 구토물을 쏟아내듯 옆구리를 찢고 사람들을 토해냈다. 아아, 절로 신음이 새어나왔다. 뭔가 댐 같은 것이 무너지는 광경이었고, 눈과 귀와 코를 통해 머릿속 가득 구토물이 차오르는 느낌이었다. 야! 코치 형이 고함을 질러주지 않았으면, 나는 아마도 놈의 먹이가 되었을 테지. 정신이 들고 보니, 놈의 옆구리가 흥건히 고여 있던 구토물을 다시금 빨아들이고 있었다. 발전(發電)이라도 일어날 기세였다. 힘! 그때 코치 형이 고함을 질렀다. 해서, 엉겁결에— 영차, 영차 무언가 물컹하거나 무언가 딱딱한 것들을 마구마구 밀어넣긴 했지만, 그것이 무엇이었는지는 지금도 기억나지 않는다. 아니, 어찌 내 입으로 그것이 인류(人類)였다고 말할 수 있겠는가.

여기서 '열차'는 공포스러운 '괴물'의 이미지로, 승객들은 그 동물이 옆구리를 찢어 거기서 토해져 나온 '구토물'로 묘사되고 있다. 지하철 탑승 전쟁으로 매일 아침 아비규환을 경험하는 익숙한 도시적 일상은, 그의 낯선 묘사를 통해서 비로소 그 실체를 드러낸다. '코치 형'도 승객을 사람이라고 생각하지 말고 하나의 화물로 생각하라고 말한다. 소외되어 있으나 소외를 인식하지 못하는 '인류'의 분실물들—떨어진 넥타이핀, 단추, 부러진 안경다리—을 수거하며 '나'는 비로소 온몸이 땀에 젖었음을 느낀다. 그래서 다시 '화성인들은 좋겠다'는 말을 읊조리는 것이다.

지하철 숙직실에서 '감독'이 우리(푸시맨)가 국가 경제의 중추이고 교통대란을 막는 네덜란드 소년이며 우리 업계의 신화라고 아무리 설교를 해 보아도, 지금 관두는 것이 억울해서 일을 하는 것은 피라미드를 쌓은 '노예들의 산수'에 불과한 것이다. 또한 상습적인 만원 지하철의 변태들처럼 모두가 상습적으로 전철을 타고, 상습적으로 일하고, 상습적으로 밥을 먹고……, 할 뿐인 것이다. 여기서 상습적이라는 것은 살기 위해 무한히 반복해야 하는 일상적 권태에 다름 아니다.

푸시맨 일을 계속하던 어느 날, 누군가 만원 열차에서 튕겨 나온 것을 보았는데, 그는 바로 '나'의 아버지였다. 지하철을 놓친 아버지는 '승일

아, 이번엔 꼭 타야한다.'는 말을 하고 '나'는 세 번째 열차에 화물처럼 아버지를 집어넣는다. 매일 짐짝처럼 열차를 타고 출근하는 아버지의 이미지는 이 작품에서 모두 네 가지 이미지로 변주된다.

상가 건물을 청소하다 쓰러진 어머니의 손을 잡고 있는 아버지의 표정을 서술자는 '초원의 한복판에서 갑자기 한쪽 다리를 못 쓰게 된 타조처럼' 멍하고 어두운 표정이었다고 말한다. 한쪽 다리를 못 쓰게 된 타조의 불구적 이미지가 그 첫 번째이다. 사라질 어머니의 봉급과, 할머니의 약값, 어머니의 치료비 등 앞으로 해결해야할 문제들이 아버지의 얼굴을 잿빛으로 만든 것이다. 담임의 재량으로 1교시 수업을 빼먹고 푸시맨일을 계속하던 '나'가 전쟁같은 출근을 준비하는 전 인류의 물결 속에서 아버지를 발견했을 때, 아버지의 이미지는 '부유하는 미역줄기'로 제시된다. 정주하지 못하고 물결에 이리저리 떠밀리는 미역줄기는 아버지의 무기력과 나약함을 보여주는 두 번째 이미지이다. 그와 동시에 아버지는 '아침 바람 찬 바람에 울고 가는 저 기러기'의 처량한 이미지로 변주되는데, 이것이 세 번째 이미지이다. 혹한의 겨울, 다시 태양과 가까운 금성인들을 부러워하며 일을 계속하던 중 아버지가 실종된다. 그는 회사에도 가지 않았고, 집에 돌아오지도 않았다. '나'는 아버지의 밀린 월급을 받아내고, 할머니는 '관인 사랑의 집'으로 보내고, 경찰서와 병원을 오간다. 그러던 어느 날, 어머니의 의식은 기적처럼 되돌아왔고, 푸시맨 일을 계속하던 '나'는 이상한 환상을 경험한다. 플랫폼의 지붕 부근에 떠 있는 이상한 얼굴을 발견한 것이다. 양복을 단정하게 입고 플랫폼 이곳저곳을 천천히 거닐고 있는 것은 다름 아닌, '기린'이었다. 그 순간, '나'는 그 기린이 아버지라고 생각을 한다. '나'는 주저앉아 있는 기린에게 여러 가지 집안의 근황을 들려준다. 어느 날 지하철 플랫폼에 '기린'의 모습으로 나타난 아버지는 이제 그만 돌아오라는 아들의 말을 듣고도 자신은 '기린'일 뿐이라고 말한다. 이 결말을 통해서 생각해 보면, 이 기린의 환상은 허망한 아버지의 모습일 뿐이다. 이것이 아버지의 네 번째 이미지이다.

요컨대, '한쪽 다리를 못 쓰게 된 타조', '부유하는 미역줄기', '아침 바람 찬 바람에 울고 가는 저 기러기', 플랫폼을 어슬렁거리는 '기린'으로 제시되는 아버지의 이미지는 각각 불구성·무기력과 나약함·처량함·허망함으로 요약된다. 박민규의 소설에서 다분히 냉소적이고 풍자적인 모습으로 제시되는 도시적 일상은 단순히 사회·경제적 토대의 문제라기보다는 지옥 같은 제도화된 일상을 부유할 수밖에 없는 현대의 생존 조건과 깊은 연관성을 갖고 있다.

3. 性이 교환되는 방식과 사이버 시뮬레이션

「믿거나 말거나 박물지 둘」(『작가세계』, 2003년, 가을호)에서 백민석은 '신데렐라 게임'으로 거래되는 性의 문제와 사이버 시뮬레이션으로 작동되는 가상도시에 대한 이야기를 각각 다루고 있다. 내용상 서로 관련이 없는 두 가지 이야기를 다루고 있는 이 작품은, '신데렐라' 동화를 모델로 하여 은밀하게 거래되는 性과 컴퓨터로 프로그래밍된 가상도시의 사회적 문제가 모두 비실재적인 것에 기초하고 있다는 점에서 상관성을 가지고 있다. 더욱이 그 제목에 있어서도 일종의 기문奇聞으로서의 박물지를 표방하고 있기 때문에, 근대소설의 문법인 서사적 완결성과 현실성으로부터 자유로울 수 있다.

먼저 '신데렐라 게임을 아세요?'에서 '신데렐라 북숍'이라는 책방의 위치와 외관을 먼저 살펴보자. 책방은 증권회사 빌딩과 꽤 알려진 케이블 방송국 빌딩 사이에 리어커 한 대 서있을 만큼의 좁은 공간에 위치하고 있다. 말쑥한 빌딩들 사이에 있는 것도 이상한 일이지만, 진열장 좌우로 시뻘건 통나무 설주가 있고 청동기와의 지붕을 얹은 책방의 외관은 더욱 낯설다. 더욱이 온라인 서점들이 서적 유통 시장을 잡고 있고, 인근에 대형 서점을 두고 있는 상황에서, 영어 회화나 IT관련 서적은 물론, 아이들 참고서나 만화책조차도 없는 서점은 망할 수밖에 없는 아이템이 아닐 수 없다.

책읽기를 외면하는 직장동료들조차 새로 생긴 책방에 대해서 모르는 사람이 없었고, 그 책방의 배후에 '믿거나 말거나 박물지社' 회장님의 황태자가 있다는 사실은 공공연한 비밀이 되어 있었다. 그 서점의 특화상품은 가장 안쪽 책장에 진열되어 있는 『신데렐라』책이다. 이 책들은 평범한 동화책에서부터 수제 가죽표지의 양장본까지, 얇은 것, 성경만큼 두꺼운 것, 단편, 장편, 원본, 수정본, 긴 주석을 단 연구서, 여러 나라에서 들여온 외국 책들로 이루어져 있다. 1년쯤 지나서 여주인과 얼굴이 익게 되었을 때, 그녀는 '나'를 커피 테이블로 초대한다. 이는 하나의 자격이기 때문에 허락없이 그 자리에 앉았다가는 괜한 눈총을 받게 되어 있다. 대학교 때 독서토론회에서 활동했다는 주인 여자는 대학가에 있던 사회과학 서점을 따라서 이 서점을 차리게 되었노라고 말한다. 그러자 '나'는 그녀가 황태자의 엑스 걸프랜드라는 생각이 싹 지워져 버린다. 그러나 그 책방에서 대개 퀸카로 불리는 공주 왕비과 여사원들을 종종 마주치게 되고, 이곳의 섹시한 오피스레이디들이 죄다 그 서점을 이용하는 모습을 보면서 '나'의 의아심은 증폭된다.

대부분의 책들은 빈자리나 위치 이동이 없는 것으로 보아 책이 잘 팔리지 않지만, 유독 신데렐라가 꽂혀 있는 책장은 종종 빈틈이 생긴다. 책이 팔린다는 얘기다. 대개 오피스레이디들은 '얇고 붉은 계통의 표지에 제목이 성경처럼 금박'이 입혀진 '자극적인 디자인'을 선호한다. '나'의 서점에 대한 생각은 점점 미궁 속에 빠져든다. 그 서점에서 발급하는 '빨간 명함' 때문에 직장 동료들로부터 '남창'으로 오해를 받았던 '나'는 그것의 실체를 묻게 된다. 서점 여자는 비로소 그것이 '가난한 오피스레이디들을 위한' 게임인 '신데렐라 게임'이라는 사실을 말해 준다.

게임 참가자들에겐 개인정보가 든 플라스틱제를 주지요. 진짜 금을 쓰고. 그만한 값어치는 있는 명함이니까. ……그러면 이제 파티가 있어야겠지요? 황태자들이 파티를 연답니다. (중략) 신데렐라 책장. 거기서 미리 준비된 『신데렐라』책을 꺼내지요. 그 안에 파티 장소가 표시돼 있어요.

재투성이 하녀인 신데렐라가 왕자의 파티에 초대받은 것처럼 가난한 오피스레이디들이 황태자의 초대를 받아 그와 즐기는 현대판 신데렐라. '나'는 서점 여자에게 당신은 '뚜쟁이'라고 말하지만, 여자는 그저 '동화 속 수호요정'일 뿐이라고 대꾸한다. 더불어 남자 신데렐라 게임으로 '홍 길동 게임'이라는 것이 있는데, '나'의 몸매로서는 어렵겠다고 곤란함을 표한다.

이제 모든 것이 분명해졌다. 점점 쇠퇴의 길을 걷고 있는 오프라인 중소형 서점이 은밀한 남녀의 성을 매개하는 장소로 사용되고 있다는 사실은, 물론 '믿거나 말거나'이지만, 독서사회의 저변을 확대한다는 책 방 여자의 말이 허울에 지나지 않았음을 보여준다. 책방이 성을 매매하는 장소로 사용되는 것은 책방의 위치에서도 분명해지는데, 거대한 자본이 거래되는 증권빌딩과 다매체 시대 각광을 받고 있는 케이블 방송국 사이 에 작게 숨어 있다는 사실에서 그것이 지식정보를 보급하고 서적을 유통 한다는 애초의 본질에서 벗어나 있으리라는 사실을 쉽게 추측할 수 있다. 너도나도 퀸카와 킹카를 꿈꾸며 부유층과 놀아나는 색정적인 현대판 신 데렐라는 교환가치 속에 매몰된 우리 시대의 전도된 가치관을 보여준다. 더욱이 그 성이 거래되는 은밀한 장소가 책방이고, 신데렐라 책을 이용하 여 성이 거래된다는 것은, 지식·서적·돈·섹스, 이 모든 것을 등가적 관계로 매개하여 '책'의 전통적 가치가 자본주의 사회의 일반적인 교환 체계 안에 포함되어 있음을 말해 주고 있다.

두 번째 이야기인 '진실된 거짓도시'는 컴퓨터 시뮬레이션 프로그램으 로 '서울'과 '싱가포르'를 한데 합쳐 표준적인 가상도시를 만드는 프로젝트에 관한 이야기이다. 그 도시는 슈퍼컴퓨터 속의 프로그램에 의해서만 작동하는, 실재하지 않는 도시이면서 실제 도시와 다르지 않다는 점에서 '진실된 거짓도시'라는 명칭을 갖게 된 것이다. 그 프로그램 안에는 행정 규역, 인구, 지리적 조건(江), 산업 무역 시설, 출생률, 사망률, 결혼율, 이혼율 등이 포함되어 있고, 특히 정신문화적 측면을 고려해 재단의 이름을 도시 개발開發 재단이 아닌 도시 계발啓發 재단으로 명명한 것이다. 이 모든 프로그램은 시뮬레이터에 의해서 각종 변수들이 상호연관을 맺으며 자족적自足的으로 변화하는 체계를 구축하여 14개월이 지나자 그 프로젝트가 종료되었음을 알리는 '쫑파티'가 열린다.

자족적으로 작동하는 이 가상도시에서 고심했던 것은 IT산업의 지나친 발달이었다. 인간의 모든 활동이 인터넷 안에서만 행해지고, 실제 공간은 하나의 거대한 물류창고가 되지 않겠냐는 우려였다. 하지만 그것은 기우였음이 밝혀진다. 인간은 움직이지 않으면 좀이 쑤셔 살 수 없는 족속이라는 것. 한편, 프로젝트의 최종 목표는 사회갈등의 완벽한 해소였다. 사회의 각종 커뮤니티가 사회의 발전에 따라 점점 그 경계가 지워지도록 프로그래밍되어 있어 결국엔 하나의 세계를 만든다는 취지였는데, 인간이라는 족속이 원래 패거리를 짜고 경계를 짓는 본성을 가지고 있기 때문에 '사회갈등지수'는 여전하다. 국가나 민족, 더 작게는 소집단이 결국 모두 인류라는 이름하에 평등하게 어울려 살아야 한다는 '지난 시대 어느 순간에 크게 각광을 받은' 주의ism란 바로 '사해동포주의'를 말하는데, 이 최종 목표를 향하여 프로그래밍되어 있는 가상도시에서도 주민들은 하나의 커뮤니티를 형성하지 못했다. 여기서 나타나는 인간의 두 가지 속성. 부단히 움직이며, 끊임없이 패거리를 짓고 사는 족속. 이런 익숙한 인간 사회의 모습이, 데이터에 의해서 움직이는 가상도시 안에서도 나타났다는 사실은, 그것이 존재(비실재를 포함해서)의 운명이며, 가상현실이 실재현실과 친족적 관계를 형성할 수 밖에 없다는 사실을 말해준다.

한편, 이 이야기에서 풍자의 대상이 되고 있는 인물은 바로 '정치돼지 피가수스pigasus'이다. 정치돼지로 명명되는 이 인물은 여러 일에 끼어들어 시시콜콜 훼방을 놓았고, 이번 프로젝트에 내려진 '불결한 저주'로 인식된다. 그는 결국 독직 혐의로 도축되었으나, 혈연·지연·학연으로 똘똘 뭉친 시뻘건 돼지들의 힘에 의해서 '조정관'이라는 자격으로 이번 프로젝트를 진행하고 있는 '9번 격납고'로 들어오게 된 것이다.

> 포르노 돼지, 망상증에 걸린 돼지, 호모돼지, 엽기돼지, 관료돼지, 전쟁광돼지, 파쇼돼지 등등. 호모돼지는 설득력이 있는 별칭은 아니었다. 왜냐하면 배불뚝이인데다, 항문은 오물로 지저분하고 성기는 볼품없었던 것이다. 비역질을 하려고 해도 상대가 없을 게 뻔했다. 좀 점잖은 별칭으론 마키아벨리의 애완돼지가 있었다. 하도 음모와 음해, 정략과 책략에 능해 전생에 마키아벨리가 키우던 애완돼지가 아니었을까 하는 상상을 불러일으켰던 것이다.

'정치돼지 피가수스'는 확신범의 인격과 거짓말쟁이의 인격이라는 서로 다른 인격을 가지고 있지만, 결국 진실을 위장한 백 퍼센트의 거짓을 말한다는 점에서 그가 얼마나 위선과 기만으로 가득 찬 인물인가를 알 수 있다. 마지막 파티장에서도 정치돼지는 나타났고, 파티장 전체에서 그를 비난하는 목소리가 높았지만, 그는 슈퍼컴퓨터 전원에 볼품없는 성기를 휘두르며 오줌을 갈겨 누전을 일으킨다. 꿀꿀거리는 돼지의 언어로 사사건건 인간들에게 간섭하는 정치돼지는 지워버릴 수 없는 하나의 오물같은 존재이다. 결국 그는 바비큐가 되었고 개한테 던져 주었다는 최종보고서를 통해서 그의 말로를 확인할 수 있다.

'정치돼지 피가수스'는 이해할 수 없는 돼지의 언어로 끊임없이 인간들을 훼방하고, 가상 도시의 주민들은 패거리를 짜고 경계를 긋고 갈등을 일으키는, 이 모든 모습은 현실세계와 가상세계 모두에게 던져진 상동적 비극이다. 첨단 과학기술로도 인간의 존재론적 숙명은 어찌할 도리가 없는 것이며, 결국 그것을 넘어설 수 있는 제도나 기술이 존재하지 않는다는 사실을 여실하게 보여주고 있다. 결국 테크노유토피아를 건설할 것으로 기대되고 있는 과학기술도 이 앞에서는 허망할 수밖에 없는 것이다.

4. TV라는 이름의 스승

지식이 더 이상 책이라는 물리적 매체에 의존하지 않고 컴퓨터 언어(bit)로 저장되고, 인터넷에 접속하면 키워드 몇 자로 '지식검색'이 이루어지며, 자신의 취미와 개성에 맞게 수십 개의 케이블 채널을 취사선택할 수 있는 시대. 이 다매체 다채널 시대, 우리는 그 매체와 어떠한 관계를 맺고 살아가는가? 쌍방향성을 토대로 하는 디지털 매체는 정보의 수직적 전달의 한계를 극복하고 정보의 민주화와 대중화를 열었는가? '골라 보는 재미가 있는' 케이블 TV는 몇 개 채널에 국한된 공중파 방송의 한계를 뛰어넘어 방송의 개성화와 전문화를 이루어냈는가? 여러 개의 사이트를 TV화면처럼 옮겨 다니며 웹서핑을 즐기는 인터넷 사용자들은 인터넷을 '단지 바라보는' 단방향 매체로 이용하고 있는 것은 아닌가? 그리고 우리는 이 모든 매체로부터 자유로운가?

김경욱의 「나비를 위한 알리바이」(『문학사상』, 2004년, 9월호)는 케이블 TV를 세상 모든 지식의 원천지이자 공급원으로 파악하는, 어느 광고회사 '명예퇴직자'의 일상을 그리고 있다. 이 작품은 위에서 필자가 제기한 문제와 관련해, TV라는 미디어에 관한 날카로운 직관을 담고 있다. 그 사내('나')의 아침은 이라크 전쟁의 전황을 전하는 CNN 아침 뉴스로 시작된다. 잠시 후, 가슴확대수술을 한창 선전하고 있는 의료전문방송을 보던 '나'는 리모컨 버튼을 '유두'에 비유한다. 발기된 유두처럼 볼록볼록 솟아있는 리모컨의 버튼을 어떻게 조합하느냐에 따라서 TV와의 연애는

달라질 것이라고 말한다. 그 버튼으로 34번을 누르느냐, 43번을 누르느냐
에 따라서, TV와의 연애는 프로레슬링이 될 수도 있고, 낚시가 될 수도
있다고. '리모컨 앞에서 모든 채널은 평등'하지만, 그것을 수용하는 자까
지도 평등한 관계를 맺을 수는 없다. 수용자는 일방적으로 정보를 받아들
이기만 할 뿐이다. 리모컨 버튼을 누르는 행위를 가슴을 애무하는 것에
비유한 것도 수용자가 이러한 매체에 중독되었다는 것에 반증일 뿐이다.

　세상물정을 몰라도 너무 몰라, 정글의 법칙이 통하는 사회생활에서
결국 낙오된 '나'가 그러한 세상을 공부하기 위해 택한 것은 72개 채널이
방송되는 케이블 TV이다. 그것을 통해서 나는 세상을 더 많이 알게 되었
고, 세상이 돌아가는 게 더 잘 보였다고 말한다. 이때, 케이블 TV는 '나'에
게 하나의 박식한 스승이며 훌륭한 정보공급원으로 기능한다. '나'에게
그것은 '우연히 발견한 신천지'요, '오래도록 잊고 있던 풍문 속의 보물
섬'이었던 것이다. 그저, 세상은 브라운관 저 너머에서 내가 불러주기만
을 기다리고 있다. 여기서 '세상→TV→나'의 구조가 만들어지는데, '나'
는 세상을 보고 있는 것이 아니라 TV 화면에 비추어진 세상을 보고 있는
것이다. 이때, TV화면 속의 세상은 실제 사건을 대체하는 일종의 의사사
건pseudo-event인 셈이다. 비가 오는 것을 확인하기 위해서 굳이 창문을
열 필요는 없다. 케이블 TV가 세상 모든 현실을 화면으로 '재현'하기
때문이다.

　한편 '나'에게 TV는 부자간의 일체감을 느끼게 하는 매개체였다. 복싱
세계 타이틀전이나 축구 국가대표 대항전을 방영하는 TV 앞에서 그들은
불가사의한 연대의식을 느꼈던 것이다. 가족 간의 일체감을 고취시키는
미디어는 이제, 한 사람의 죽음까지도 함께 한다. 아버지의 수고로웠던
병상을 지켜준 것도 TV이었고, 운명하기 전 그가 내뱉은 마지막 말은
일기예보의 볼륨을 높이라는 말이었다. 아이들은 부모에게 배우기보다
는 각종 매체를 통해서 지식을 습득한다. 그들은 세상을 하직할 때까지

그 앞을 떠나지 못한다. 미디어는 이처럼 강력한 영향력을 행사하고 있다. 미디어에 중독된 자는 미디어와의 순간적인 절연도 견디지 못한다. 낡은 싱글 침대에 누워 TV를 보고 있는 '나'는 리모컨을 쥐고 있어야 불안함에서 벗어났고, 리모컨을 쥐고 있으면 세상을 움켜쥐고 있는 충만함에 사로잡히는 것이다.

한 달 동안의 시청 과정에서, '나'는 사적인 질문에 대해서 언제나 침묵하고 있는 TV의 한계를 절실하게 느낀다. 눈이 빠지도록 바라보는 사람을 거들떠보지도 않는 '바람둥이 연인' 같은 TV. 또한 사랑에 대해서라면 모르는 것이 없는 TV는 '나'의 사랑에도 무관심하다는 사실을 깨닫는다. 아무리 「부부 클리닉—사랑과 전쟁」을 보아도, 「섹스 & 시티」를 보아도 여전히 대답이 없는 것이다. 그(TV)가 오로지 관심을 기울이는 것은 우리가 자신을 보는가, 그렇지 않은가에 있기 때문이다.

그럼에도 불구하고, '나'의 TV를 향한 믿음은 여전하다. '나'는 매체비평 프로그램과 서적 관련 교양 프로그램을 보면서 찬탄을 금치 못한다. 물론 서술자인 '나'의 TV에 대한 탄복에 작가의 냉소적 시선이 던져져 있음은 말할 것도 없다. 먼저 매체비평 프로그램의 경우, 지난 한 주일 동안 자신이 저지른 악행을 스스로 '고해'하며, 작심한 듯 자신의 치부까지 들추는 용기에 '나'는 박수를 보낸다. 또한 '책'을 말하는 TV의 경우도, 정복된 자를 관용으로 보살폈다는 로마제국에 비유한다. 매체 경쟁에서 구텐베르크식의 활자 문화에 종언을 고한 영상매체가 책을 보살핀다는 이 시니컬한 발언에 주목하여 볼 때, TV에 비친 '책'은 '과거의 영광을 가까스로 연명하는 소아시아의 어느 왕국'의 초라함으로 전락하게 된다.

'나'는 TV와 함께 세상을 공부하다가, 한 달 만에 밖으로 나온다. 그 외출에서 '나'는 짝사랑했던 직장 여직원을 만난다. 그 자리에서 그녀는 자기 대신 명예퇴직을 신청한 '나'에게 미안하다고 말한다. 그녀는 '나'에게 임신중절을 위해 함께 산부인과에 가줄 것을 요구한다. 그러나 쌍둥이

이기 때문에 아이를 지울 수 없다는 의사에 말에 그녀는 아이를 낳아서 기르겠다고 말한다. '나'는 그녀를 어떻게 설득할지 알 수가 없다. 그 때, '나'에게 떠오르는 것은 TV이다. 인간 세상의 모든 것을 속속들이 다 꿰고 있는 텔레비전 드라마. 더욱이 불륜이라면 아침 드라마를 봐야겠 다고 생각한다. 여기서 TV는 '나'에게 하나의 스승의 위치에 입각해 있 다. '나'는 TV라는 매체에 의해서 만들어진 허구와 실재현실 사이에서 도착적 의식을 드러낸다. 요컨대, 「나비를 위한 알리바이」는 호접지몽胡 蝶之夢과 같은 찰나적 환영이 우리의 의식을 파고들어, 사태의 본질적 의미를 의사적擬事的 이미지 속에 몰아넣고 마는, 영상 미디어의 본질을 해부하고 있다.

5. 가면을 강요하는 타인의 감옥

여기에 얼굴 표정 때문에 누구나 믿어 의심치 않는 씨氏가 있다. 초등학 교 내내 동네 아주머니나 누나들로부터 귀여움을 독차지 했으며, 그들의 말에 얼굴이 홍당무처럼 되어 굳어버리는 순진한 소년. 중고등학교 시절, 순진한 표정을 감추지 못하는 씨는 친구들에게 왕따를 당해야 했다. 미남 이긴 하지만 표정을 통해 속내가 훤히 들여다보이는 그에게 누구나 쉬이 경계를 푸는 것은 당연했고, '선의의 거짓말'이나 '부득이 감춰야할 진실' 을 그대로 표정을 통해 노출시키는 씨는 사회생활에 있어 곤란을 겪을 수밖에 없었다.

이만교의 「표정관리주식회사」(『세계의 문학』, 2004년, 가을호)는 심적 정황을 표정으로 순진하게 내비칠 수밖에 없는 자아가 형성된 '나'가 사회생활 속에서 어떻게 자아를 교정하고, 그 교정을 위하여 어떻게 교육 을 받으며, 자기개발에 성공했는가를 보여준다. 이어 그의 사회화 과정과 그 기록을 A·B 두 개의 버전으로 제시하고 있다. 이와 같은 표정관리를 통한 자아의 탐색·교육·사회화 과정 전반에 걸친 한 개인의 실패담이자 출세담인 이 작품은 '표정의 사회심리학'이라 할 수 있다.

자아 교정 교육을 받기 위해 씨는 학원을 수강하게 된다. 그 교육 과정에서 씨는 개인별 교정 프로그램에 참여하게 된다. '자기 본심의 미세한 변화까지도 아주 이그잭틀리하게 표현해 낼 줄 아는 퍼팩트한 마스크'의 소유자라고 씨를 평가한 원장은, 표정만으로 치면 일곱 살 아이의 그것과 같다고 말한다. 그러나 원장은 그것이 치료해야할 부분이기도 하지만 재능일 수도 있으니 연기자반에 등록할 것을 권유한다. 결국 '나'는 치료자반과 연기자반을 모두 수강하게 된다. 마침내 자아개발에 성공한 씨는 그의 얼굴에서 풍부한 표정이 사라졌다. 이에 대한 사람들의 반응은 어른스러워졌다는 긍정적인 평가보다는 무뚝뚝하다거나 냉정하다거나 무관심하다거나 피곤에 지친 사람처럼 보인다는 평가가 주를 이룬다. 그러나 중요한 것은 그가 마침내 표정을 관리할 줄 알게 되었다는 사실이다. 이제 그는, 결혼 승낙을 받으러 여자('혜영') 집에 찾아가 자신이 실직상태에 있음을 솔직하게 말하거나, 짝사랑하는 학원의 여학생('바비')에게 말조차 걸지 못하고 피해 다녀야 했던 사람이 아니다.

> 그 정도로도 흡족한 변화였으므로 씨는 용기백배하여 연습에 몰두했다. 한결 지루하고도 기계적인 엄한 반복 훈련 과정이 씨를 기다리고 있었지만, 씨는 학원뿐 아니라 일상생활에서도 수시로 응용해 보았다. 누구를 만나든 자기 본래의 모습이 아니라, 자신이 원하는 스타일을 혹은 상대방이 기대하는 성격과 행동을 연기해 보였다. 아니, 연기해 보이는 것이 아니라 그대로 그 자체, 연기하고자 하는 대상 자체가 되어 버리는 일에 몰두했다.
>
> (강조-인용자)

본래의 자기 모습이 받아들여지지 않는 사회에서 표정은 반드시 관리되어야만 한다. 여기서 문제는 표정을 통해서 자신의 감정을 표출하는 것이 아니라 자신의 감정과 무관한 표정을 연출해야만 한다는 데 있다. 자신이 내비추고 싶은 스타일이나 상대방이 기대하는 성격이나 행동을 '연기'한다는 것은 타자에 의해서 자신의 행동이 강제된다는 것을 의미한다. 그러나 이러한 연기를 실행할 수 있게 되면서 씨에게는 그 전보다 한결 '부드럽고 폭넓은 대인관계'가 형성되었고, '바비' 앞에서도 자연스럽게 행동할 수 있게 되었다. 그러나 타자의 요구, 더 나아가 사회의 요구에 의해서 자신의 삶이 아닌 타자의 삶을 살아갈 때, 자아는 상실될 수밖에 없다.

몇 년 후, 정식 모델로 데뷔하고 유명인사가 된 씨는 대중과 학계의 비상한 관심을 끌어 모았다. 결국 씨는 다음과 같이 주장하기에 이른다. 첫째, 표정이 감정의 결과물이라는 사실은 표정에 대한 가장 고질적이고도 오래된 소박한 고정관념이다. 둘째, 표정과 감정의 분화가 얼마나 세련되고 세분화되어 있으며 자율적이냐가 그 사회의 문화성숙의 바로미터이다. 셋째, 표정은 타인과의 관계 속에서만 유의미한 것이므로 표정은 자아의 개성을 표현하는 것이라기보다 차라리 타자의 것이다. 넷째, 표정은 하나의 권력이자 기술이며 당대 문화의 상징적 시니피앙이다. 그는 이와 같은 나름의 '표정학'을 내세웠지만, 사생활에 대한 이상한 풍문이 나돌면서 그 이상 진전을 보지 못했고, 마침내 세인의 관심에서 사라졌으며 한국의 표정관리사를 다루는 학술서에서조차 소략하게 다루어지는 것에 그쳤다는 것이 그의 사회화와 기록된 자아의 A버전이다.

거꾸로 표정 속에 갇힌 기분이 들기도 했고, 자신에겐 표정 모델 자격이 없는지도 모른다고 자책을 하기도 했지만, '한국적인 표정'을 실현해 보고자 하는 씨에게 수많은 찬사가 쏟아진다. '우리들의 잃어버린 순수성' 혹은 '우리 민족 특유의 가장 고유하고 순수한 표정' 더 나아가 '우리 민족의 순정한 인간성을 드러내는 문화전통'이라는 평가를 한 몸에 받게 된 것이다. 그러나 감정과 표정을 지나치게 별개의 것으로 구별 짓고 살아가는 씨에게는 아주 강렬하고 자극적인 충격이 전해지지 않으면 감정이 살아나지 않는 '직업병'이 생긴다. 즉, 표현은 다채롭고 풍요로워졌지만, 감정은 도리어 무뎌지는 역설적인 상황이 발생한 것이다. 그는 온통 자신에 대해서 칭찬 일색인 글에 오히려 분개하며, '언제나 정도(正道)만을 걸어온 사람의 어투와 표정'으로 집을 나선다. 아내 '세아'는 그 표정이 좋다고 말하지만, 그것은 어디까지나 연출된 것에 지나지 않는다. 결국 그는 자신의 표정조차도 액세서리처럼 골라서 장식해야 하는 처지가 된 것이다. 이것이 그의 사회화와 기록된 자아의 B버전이다.

씨의 사회적 실패로 귀결되는 A버전과 사회적 성공으로 귀결되는 B버전은 서로 다른 후일담이지만, 감정과 표정의 극단적인 분리로 인하여 자아를 상실하게 된다는 점에서는 동일한 결말이라고 할 수 있다. 본의本意가 아닌 가식假飾이, 진실眞實이 아닌 허위虛僞가 문화의 이름으로 강제되는 사회에서, 주체는 끊임없이 타자의 시선 속에 갇혀 자기기만의 가면을 벗지 못하게 될 것이다. 결국 '관리되는 표정'이란 가식과 기만이 지배하는 사회를 수용해야만 하는 조건 속에 놓인 개인의 상실된 자아상의 표징이다.

6. '개복치'의 지구

이렇게 우리 시대의 집 · 노동 · 性 · 미디어 · 표정을 둘러싼 사회적 조건이 존재를 위협하는 디스토피아적 상황이라면, 박민규 식으로는, '지구를 한번 떠나보자.'라는 결심을 하게 된다. 박민규는 몇 개의 문장과 단락으로 나누어진 비선형적non-linearity 스토리 라인을 가지고 있는 「몰라몰라, 개복치라니」(『문학동네』, 2004년 겨울호)에서 '세계가 너무 그렇고 그렇다는 생각'에 한 대의 그레이하운드를 타고 환상적 외출—이 작품에서 '외출'이란 지구의 대기권을 벗어나는 일을 말한다—을 시도한다.

이 작품에서 '나'가 스무 살이 되던 날 아침, '지구를 한번 떠나보자'는 결심을 하게 된 이유와 떠나기 위한 과정과 떠나서의 일은 모두 허무맹랑한 '허풍'에 지나지 않는다. 그러나 박민규의 소설에서 바로 그 황당무계한 허풍에 주목해 볼 필요가 있다. '바로 전날까지, 아무 의심없이 수영을 하고 거북을 키우던 세계'가 어느 날 갑자기 '너무 그렇고 그런' 세계가 되었고, 그 이유는 여전히 알 수 없다는 게, 황당한 외출의 발단이다. 한국에 있는 '나'와 캐나다의 '듀란'과 그와 내가 함께 좋아했던 영국의 그룹 '듀란듀란'[3]을 연결하면 큰 삼각형이 되고, 그것이 버뮤다 삼각지대를 이해하는 첫걸음이라는 듀란의 말도 황당하기에 그지없다. 그 삼각지대에서 실종된 것들이 플랑크톤, 크릴, 정어리 등이라니. 이 진술 앞에 '모르긴 해도'라는 단서가 여지없이 붙어있는 것으로 보아, 서술자의 진술은 논리적으로 설명될 수 있는 합리적 근거에 기초한 것이 아니라는 것을 알 수 있다. '나'가 키우는 '궁·상·각·치·우'로 불리는 애완용 거북 중에서 '우'는 죽었고, 가장 무서웠던 '각'은 일광욕을 하다가 훌쩍 날아올라 색동날개의 보잉 747이 되었다는 이야기는 현실성에서 벗어난 판타지이다. 그러나 이 '믿거나 말거나' 식의 이야기는 이 소설을 계속 읽겠다는 전제 아래서는 '그대로 믿고 넘어갈' 수밖에 없다.

사태에 대한 합리적 이유와 조건이 제시되어 있지 않은 것은, 이 작품에 등장하는 철학교수의 말처럼, '우주는 하나의 사유(思惟)'이기 때문이다. 인간이란 세계의 일부이면서 그것과 관계를 가지고 있는 존재, 즉

---

3) '듀란'과 '나'는 '듀란듀란'을 좋아한다는 이유로 친구가 되었다. 여기서 '듀란듀란'과 같은 그룹의 이름은 노스텔지어를 자극하는 기표로 이해할 수 있다. 적어도 그 그룹이 국내에서 인기를 얻고 있던 80년대에 청소년기를 보낸 세대라면, 이에 쉽게 공감할 수 있을 것이다. 이미 박민규는 『삼미 슈퍼스타즈의 마지막 팬클럽』에서 그동안 수없이 반추되었던 정치적 80년대가 아닌, 프로 스포츠에 열광하기 시작하던 80년대의 대중문화의 지형도 안에서, 프로야구에서 삶의 기쁨과 좌절과 영광을 함께 하는 일반적인 대중의 풍속도를 그려내고 있다. 요컨대, 그의 소설은 80년대적 대중문화의 기표들을 끌어들임으로써 독자들의 향수와 공감을 자극하고 있다.

세계 속 존재In-der-Welt-sein이기 때문이다. 이를테면, 지구가 네모라고 믿었을 때에 지구는 정말 네모난 것이다. 따라서 세계는 자율적이고 독립적인 존재가 아니라 인간과의 관계 속에서 끊임없이 다시 씌어지는 텍스트인 셈이다. 이는 미적인 측면에서도 마찬가지이다. 그 유명한 비트겐슈타인의 「오리-토끼」그림도 그것을 인식주체가 오리로 인식하든, 토끼로 인식하든 모든 것은 전적으로 수용자에게 달려있다. 이것은 하나의 미적 주관성이자, 수용자의 눈앞에 맺힌 일종의 환영illusion이라고 할 수 있다. 박민규 식의 '허풍'이 의미를 갖는 이유는 그동안 선험적으로 인식되어 왔던 고정불변의 세계관을 조롱하며 상상력의 자유로움을 최대한 구가하고 있다는 점에서 찾을 수 있다.

'듀란'은 고교 졸업 후, 지구가 평평하다고 믿는 과학자들의 모임인 '창조과학단체'의 인턴이 되었다. 지구를 세 바퀴 반 돌고 저녁을 먹으러 돌아온 '각'이 '이제 지구엔 뉴스가 없어요.'라고 말한 것처럼, '세상이 너무 그렇고 그런' 그들은 지구를 떠날 결심을 한다. 그 과정도 황당하기에 그지없다. 우주로 나가기 위해선 샌프란시스코를 경유해야만 하는데, '나'는 '듀란'의 고무동력기를 타고, 앙코르와트에서 발생하였고 무역풍에도 영향을 받지 않는 유일한 구름인 '9호 구름' 속으로 날아들어 순식간에 공간이동을 하게 된다. 이것도 작가가 그렇다면 그런 것이지, 이에 시비를 걸기 위해서는 소설을 덮어버려야 한다.

'개복치 여관'—달에 발을 디딘 두 번째 인간인 '버즈 앨드린'이 설립—에 도착한 '나'는 이틀 동안 혼수상태에 빠지게 되는데, 그 원인은 공간이동의 후유증으로 인한 잠수병이었다. '나'는 거기서 인디언 '잭 윌슨'과 중국인 '호'狐와 연결—이 공간에서 사람을 소개받고 알게 되는 일을 지칭하는 말—되었고, 실제로 이들의 명상의 힘으로 우주 공간으로 외출하게 된다. 우주로 떠나는 날 아침, '링코스타'—그룹 비틀즈의 드러머—가 찾아왔다. 그는 개복치 여관과 '외출'의 후견인이었다. '듀란'과 '나'는 그레이하운드에 올라타 비틀즈의 음악을 틀어놓고, 꼭 돌아와야 한다는 '링고스타'의 말을 뒤로 하고 날아올랐다. '잭'과 '호'의 명상의 힘으로 버스가 수직상승하고 그 힘의 범위를 벗어날 만큼 높이 오르자, 눈앞에 광대한 우주가 펼쳐졌다. 그러나 6시간의 순항에도 불구하고 지구는 보이지 않았다. 그들은 달의 뒤편에 있었기 때문이다. 일정한 궤도를 돌아 한 시간 정도 나아갔을 때, 달의 지표가 환해지더니, 지구의 모습이 드러났다. 그러나 생각했던 것처럼 지구는 전혀 둥글지 않았고, 오히려 아주 납작했으며, 그렇다고 아주 평평한 것만은 절대 아닌, 뭔가 복잡하고 생소한 모습의 평면이었다. 지구는 한 마리의 거대한 개복치였던 것이다. '개복치'의 지구는 폭죽처럼 3억 개의 알을 쏟아내었고, 그들은 그 앞에서 스스로를 가엽게 여긴다.

지구가 수억 개의 알을 쏟아내는 개복치라니. 「그렇습니까? 기린입니다」에서 화성인과 금성인을 찾던 인물이 결국은 우주로 나가 지구의 실체를 본 것이다. 우주에서 지구를 보면 어떤 모습일까? 달에 발을 디딘 두 번째 인간인 '버즈 앨드린'이 엠파이어스테이트 빌딩 앞을 지나면서, 그의 아들 '아담 앨드린'에게 한 말이 이에 부합한다.

애야, 우주에서 보면 이건 빨판이 달린 한 마리의 기생충이란다.

엠파이어스테이트 빌딩에 대한 우주적인 시각이다. 같은 논리로, 우주에서 보면 지구도 왜소하기 짝이 없는 존재이다. 박민규는 더 이상 새로운 것도, 아름다운 것도, 가치 있는 것도 없는, 그저 '너무 그렇고 그런' 세상을 보다 거시적인 우주의 시각에서 바라보고자 한다. 그렇게 바라본 세계는 한 마리의 흉측한 '개복치'였으며, 그들은 그의 산란 장면을 목격하고, 다시 지구로 귀환하기 위하여 핸들을 돌린다. 우주로 떠나는 것은 지겹고 고통스러운 일상에서의 탈출이며, 지상을 떠나 우주라는 상위

고도의 시각을 확보하는 것은 그런 현실적 고통을 좀 더 거시적인 맥락에서 파악하기 위해서이다. 바로 여기서 그의 '왜소화 전략'이 작용하고 있다. 세계가 '너무 그렇고 그렇다'지만, 그 현실을 보다 상위 레벨에서 바라볼 때는, 감당하기 힘들게 느껴지는 고통일지라도 미미한 것이 되어버리고 마는 효과가 바로 그것이다.

　지금까지 현대사회의 일상에 주목한 최근 소설의 경향을 살펴보았다. 이상의 작가들이 보여주는 사회적 시선은 문학이 수행하는 사회적 주체성이 문학적 에크리튀르로 구체화되고 있음을 보여주는 증좌이다. 이와 같은 우리 시대의 근본적 모순을 환기하고 그 근원을 탐구하는 작가의 노력이 계속될 때, 문학의 존재 가치를 보증 받을 수 있다. 바로 이것이 문학이 책임지고 있는 사회·윤리적 과제이다.
　이에 대하여 가라타니 고진은 문학이 도덕적 책무로부터 자유로워질 필요가 있음을 강조한다. 그의 말대로 문학에서 도덕적 과제를 제거한다면, 문학은 단지 오락이 될 뿐이다. 그는 문학이 정치·사회적 영향력을 지니던 시대는 이미 끝났고 이제는 그 잔영만이 남아있을 뿐이라고 말한다. (柄谷行人,「근대문학의 종말」,『문학동네』, 2004년 겨울호) 그러나 근대문학의 역사에서 문학이 과도한 정치적 부담감을 가져온 것은 사실이지만, 문학이 이념으로 정식화되는 것이 문제이지, 문학의 사회적 길항력 자체가 의문시 될 수는 없다. 근대문학이 짊어지고 있었던 사회적 가치들이 지난 시대의 역사적 국면에서 모든 역할을 다 하고, 이제는 패잔병처럼 남아 있는 것처럼 보일지라도, 근대문학의 정신은 지금도 그 책임을 수행하고 있다. 고진의 말처럼 이들이 '고립을 각오하고 문학을 하고 있는 소수의 작가'라 할지라도.

(『현대문학』, 2005년 8월호)

시지프의 운명

인쇄일 초판 1쇄 2005년 09월 05일
       2쇄 2015년 09월 03일
발행일 초판 1쇄 2005년 09월 10일
       2쇄 2015년 09월 03일

지은이 김 정 남
발행인 정 진 이
발행처 새미
등록일 1994.03.10, 제17-271호

서울시 강동구 성내동 447-11 현영빌딩 2층
Tel : 442-4623~4 Fax : 442-4625
www.kookhak.co.kr
E-mail : kookhak2001@hanmail.net
ISBN 978-89-5628-165-0
가격 10,000
* 새미는 국학자료원의 자매회사입니다.
*저지와의 협의 하에 인지는 생략합니다.

고도의 시각을 확보하는 것은 그런 현실적 고통을 좀 더 거시적인 맥락에서 파악하기 위해서이다. 바로 여기서 그의 '왜소화 전략'이 작용하고 있다. 세계가 '너무 그렇고 그렇다'지만, 그 현실을 보다 상위 레벨에서 바라볼 때는, 감당하기 힘들게 느껴지는 고통일지라도 미미한 것이 되어버리고 마는 효과가 바로 그것이다.

지금까지 현대사회의 일상에 주목한 최근 소설의 경향을 살펴보았다. 이상의 작가들이 보여주는 사회적 시선은 문학이 수행하는 사회적 주체성이 문학적 에크리튀르로 구체화되고 있음을 보여주는 증좌이다. 이와 같은 우리 시대의 근본적 모순을 환기하고 그 근원을 탐구하는 작가의 노력이 계속될 때, 문학의 존재 가치를 보증 받을 수 있다. 바로 이것이 문학이 책임지고 있는 사회·윤리적 과제이다.

이에 대하여 가라타니 고진은 문학이 도덕적 책무로부터 자유로워질 필요가 있음을 강조한다. 그의 말대로 문학에서 도덕적 과제를 제거한다면, 문학은 단지 오락이 될 뿐이다. 그는 문학이 정치·사회적 영향력을 지니던 시대는 이미 끝났고 이제는 그 잔영만이 남아있을 뿐이라고 말한다. (柄谷行人,「근대문학의 종말」,『문학동네』, 2004년 겨울호) 그러나 근대문학의 역사에서 문학이 과도한 정치적 부담감을 가져온 것은 사실이지만, 문학이 이념으로 정식화되는 것이 문제이지, 문학의 사회적 길항력 자체가 의문시 될 수는 없다. 근대문학이 짊어지고 있었던 사회적 가치들이 지난 시대의 역사적 국면에서 모든 역할을 다 하고, 이제는 패잔병처럼 남아 있는 것처럼 보일지라도, 근대문학의 정신은 지금도 그 책임을 수행하고 있다. 고진의 말처럼 이들이 '고립을 각오하고 문학을 하고 있는 소수의 작가'라 할지라도.

(『현대문학』, 2005년 8월호)